U0523820

望潮归

曾庆国 著

人民东方出版传媒
东方出版社

洞庭夕照

洞庭湖之夜

目平湖一景——渔舟晚归

目平湖晚霞

目平湖湿地

兔耳山水库

逝水一景——胭包嘴

青山湖上龙舟赛

小 米

目　录

序　………　姚建彬　001

第一辑　**潮流情韵**　　/ 001

　　静谧的鹿溪　………　003
　　草木闲话　………　007
　　草尖春色　………　016
　　秋天的约会　………　021
　　洞庭湖之夜　………　024
　　目平湖掠影　………　027
　　湖边人家　………　035
　　金牛夕照　………　041
　　兔耳山花事　………　047
　　阳台上的三角梅　………　053
　　家里的月光　………　058

第二辑　潮媚风物　　/ 063

　　云巅垂纶 ………… 065

　　目平湖酒香 ………… 071

　　青龙桡·年味道 ………… 076

　　月亮洲上的小屋 ………… 086

　　逝　水 ………… 092

　　忘不掉那只喜哥儿 ………… 099

　　等　待 ………… 105

　　火　把 ………… 111

　　那棵酸枣树 ………… 115

　　让心绪在笔底尽情流淌 ………… 120

　　米面物语 ………… 124

第三辑　潮中剪影　　/ 129

　　花竹篮 ………… 131

　　小米的冬天 ………… 143

　　灯火里的红与黑 ………… 147

　　亲属签字 ………… 156

　　穷困道场 ………… 160

　　洞庭波涌 ………… 168

　　绿　旦 ………… 174

　　琴声散作满天霞 ………… 182

第四辑　潮逐屐痕　/ 185

　　回望巍峨的宫殿 187
　　不倦的歌声 193
　　金陵随想 198
　　海滩上的一抹亮光 204
　　美丽的水母 209
　　哭泣的流年 212
　　久望白塔 218
　　宝岛流连 222

第五辑　潮湿语丝　/ 237

　　水中人影 239
　　城市剪辑 243
　　梦的花园 249
　　每天都这么走 253
　　怕　热 256
　　与子细语 260
　　好来顺想 264
　　茶之味 268
　　珍藏每一次感动 272

后记 276

序

姚建彬

应曾庆国的约请，答应为他的散文集《望潮归》作序，已经是半年前的事了。我本想等到读完集子中的全部散文后再胡诌几句，无奈迄今无法找到相对完整的时间来完成。而这本散文集的出版，是早已安排在出版社今年的计划里了。考虑到很多像我一样喜欢曾庆国散文的读者都在期盼这部作品的出版，我还是赶紧"交差"吧。

坦白地说，当代的散文，我读得极为有限。因此，我就没有资格把曾庆国的散文同当代文坛上有名的或无名的、有流派的或无流派的、上榜的或不上榜的作家们的散文放在一起来进行比较，这是要特别恳请读者朋友们原谅的。我接下来要说的，自然只能是我自己阅读他这部由47篇散文组成的集子所产生的几点印象。

总体上看，《望潮归》无疑是丰富的。"她"的丰富，当然是指作者书写的虫鱼鸟兽、花草树木、风俗人情、人生经历令人目不暇接；"她"的丰富，也是指作者援引的历史掌故、风物传说、诗文经典琳琅满目；"她"的丰富，更是指作者所表达的感悟、思考与感情如浪奔、似潮涌，有时也如溪流淙淙，绵绵不绝。

毫无疑问，《望潮归》的上述种种丰富，在作者给他这本散文集所做的"潮流情韵""潮媚风物""潮中剪影""潮逐履痕""潮湿语丝"五辑分类中都有不同程度的体现。这五个小标题，无疑是充满诗意和画面感的。然而，一眼望去，一般的读者想必不能轻易地从中确切地捕捉到作者的所写、所思、所感、所闻、所忆、所叹、所喜、所忧、所求……

作为有幸最先读到待出版的《望潮归》样稿的读者之一，我想就《望潮归》的丰富，谈几点印象。

为汉寿风情写真

对出生于汉寿的我来说，《望潮归》中最先吸引我，读来也让我兴味盎然的，自然是那些描绘汉寿的山川风貌、民风民俗、家长里短的篇什。对作为读者的我来说，曾庆国时而是一名导游，时而是一名风景画家，时而是一名写真摄影师，时而又是一名到田野采风调研的民俗学者。在他热情而出色的导览下，我不仅从《静谧的鹿溪》中饱览了"一脚踏三界，树荫冠三县"的奇迹，而且也乐享了"云雾追逐着山峦，飞腾起舞，群峰尽现"的自然美景。在他的文字的感召下，我也仿佛腾云驾雾了一番，顺次攀越天宝岭、刀老岭、笙竹坳，看"千峰竞秀，万石峥嵘"，听流水潺潺，好不快哉！在一番酣畅淋漓后，也恨不能学他那样，一路飞奔到云峰山附近铁甲村的四妹子土菜馆去大快朵颐，在推杯换盏间环顾四周，一边惬意地欣赏周围古色古香的建筑所呈现的"黑色小瓦，白脊飞檐，雕梁画栋"，一边恣肆地遥想曹操那支败军流落于此处并定居的种种情形。至于《金牛夕照》《兔耳山花事》《目平湖掠影》《目平湖酒香》《青龙桡·年味道》《洞庭湖之夜》《月亮洲上的小屋》《湖边人家》《逝水》等篇什，要么以描写夕照晚霞取胜，要么以描绘花事见长，要么以描摹桨声灯影、江风明月、渔歌朝霞显妙，要么以晒年味、画乡俗、忆往昔燃情。如果你愿意用五彩丝线把这些为汉寿风情写真的散文编织起来，就不难得到一幅关于汉寿多姿多彩风情的曼妙长卷。虽然它没有《千里江山图》的气势，也赶不上《清明上河图》的繁华，但是，它一定会让你真真切切地感受到扑面而来的鱼米之乡的丰饶、"潇湘八景"的底蕴、龙阳儿女的真情。因此，无论从文化上看，还是从美学上看，他这些为汉寿写真的散文，毫无疑问都属于老黑格尔所说的"这一个"。

曾庆国真不愧是从我的家乡汉寿走出来的作家。他对故乡山水的热爱，对故乡历史掌故、风物传说、民风民情的谙熟，是我所不能比拟的。正因如此，他许多篇散文中所书写的汉寿历史文化、山川风物、民俗风情，大多数是我有所了解而又知之不切的。对我来说，阅读他的这些散文，不仅成为我再次涵泳湖湘文化、环洞庭湖文化、汉寿文化的重要契机，而且给了我在文字的世界、想象的天地中去亲近家乡、感受家乡、思考家乡的诗意津梁。因为多年在外求学、工作、旅行，家乡于我，其实是既亲切而又陌生、既清晰而又模糊的。所幸的是，捧读曾庆国一篇篇饱含激情、灵感、想象，诗意与人文底色兼胜的散文，不仅激活、唤醒了我对家乡的记忆，而且丰富了我对家乡的观察和思考。

于我而言，读曾庆国的散文，获得的不只是审美的享受，更有回乡的亲切与自然。我甚至要骄傲地坦言，这种复杂而丰富的阅读体验，或许只有像我这样在外远游而又眷念故乡的人，才能自然地把捉到，而且能够且乐意尽情地享有吧。为此，我得谢谢曾庆国以这些充满诗情画意而又饱含深情的文字，为曼妙多姿、丰富多彩的汉寿风情所作的传神写真。

为湖湘文化剪影

对我来说，读曾庆国的散文，不仅是在做文字的旅行，更是在文学的世界里回乡。看到激动处、高兴处，的确每每有拍案叫绝的冲动，也有大声诵读的操演。但是，我的朋友啊，如果你以为这些散文，仅仅适合熟悉汉寿文化、环洞庭湖文化、湖湘文化的人阅读，那就不仅会犯下美好的错误，而且会酿成诗意的遗憾哦。曾庆国的散文中所思、所感、所想、所听、所见、所闻、所触……虽然具有明显的汉寿地域特色，但是并不妨碍它们通江达海、连接古今。曾庆国在其散文中所书写的我们家乡的文化，虽然仅仅是湖湘文化微不足道的组成部分，然而，如果要深究历史渊源的话，她又实在是连通着整个中华文化或华夏文明的。我这样说，虽然不免有"攀龙附凤"之嫌，然而也未尝不是实情所在。

从地理位置来看，汉寿县位于湖南省西北部，地处洞庭湖滨、沅澧两水尾闾，东濒沅江、南县，南界资阳、桃江，西接鼎城，北抵西湖农场，与安乡隔河相望。从历史沿革来看，汉寿古称索县，县境在战国属楚地，秦属黔中郡，西汉为武陵郡索县地。如今的县名，源于东汉时期所寄寓的"汉朝江山、万寿无疆"之意。从文化传承来看，汉寿可谓历史悠久，境内有多处距今7000多年的新石器时期遗址，不仅是重要的楚文化传承地和沧浪文化的发源地，还形成了独具特色的沧浪文化、屈楚文化和龙舟文化。

正是出于以上原因，我们在阅读曾庆国散文的过程中，就不难发现楚文化、湖湘文化，更不用说沧浪文化的元素，会频频从他的字里行间往外冒出来，想吸引读者的关注，甚至想和读者攀谈乃至做朋友。我以为，在《望潮归》中，《目平湖掠影》和《云巅垂纶》两篇，最能体现曾庆国为湖湘文化剪影的热情与功力。

《目平湖掠影》一文，洋洋洒洒 5000 余字，蔚为大观。曾庆国别出心裁地把目平湖比拟成"一个精力充沛的旅人"。与此同时，他又"一向视这个赏鉴万世的旅人是长者，是一部历史，是活着的历史教科书"。顺着这个思路，曾庆国以情感为线索，生发出想要为目平湖编写目录的冲动，并且拟出了"旅者、居者、渔者、隐者、酒者、乐者等几十条之多"。不得不说，为一个湖，而且是一个不那么出名的湖编写目录的这个想法，是一个兼具文学地理学和生态文学价值的出色想法。这自然地让我想起了当年在岳麓书社工作的刘果博士赠送给我的那本厚重的《洞庭湖志》。我没有向曾庆国求证过，他有没有看过陶澍与万年淳合撰的《洞庭湖志》；我也没有询问过他，他为目平湖编写目录的想法，有没有从中受到启发。

不过，如果我们稍微花点时间，仅仅对比一下曾庆国构想的目录与《洞庭湖志》的目录，也能够看得出二者的明显差别：曾庆国拟构的目录，完全是以人为中心和旨归的；而陶澍与万年淳拟定的条目，则第一次分门别类地记载了洞庭湖区的湖泊、山峦、水道、洲港、堤垸、税课、兵防、风俗、物产、古迹、祠庙等内容，同时也用"捃摭"的办法记载了洞庭湖区的古史和神话，并较为完备地收录了洞庭湖区的历代诗文，因而兼具史料价值和文学意义，总体上表现出以物理和诗文为中心的旨趣。《洞庭湖志》一书，在体例上显然有师法郦道元的《水经注》的宏大志向，也有与《西湖志》《太湖志》争奇斗艳的独特追求。两相比较，我更愿意把曾庆国为目平湖编写目录的构想，视为湖湘文化对他的滋养所赐给他的灵感。我更愿意猜想，冥冥之中，或许是目平湖要借了曾庆国的热情、灵感、想象、诗意、才华、观察、思考，以及他对湖湘文化的涵养，来为自己剪影，甚至立传吧。我想，曾庆国自己，也必定会为自己能够以这样的方式反哺湖湘文化对他的滋养而感到高兴和自豪的。说到这里，我实在忍不住畅想曾庆国将来会怎样继续为目平湖编写出更多的条目来。

正是出于为目平湖树碑立传、摹声绘影的文化情怀，曾庆国不仅上溯至亿万年前，去爬梳目平湖、洞庭湖的形成同喜马拉雅地壳运动之间的亘古渊源，而且颇为用心地从沿湖的小桥、流水、繁花、绿树、碧草、藤蔓和湖中的雨声、桨声、水声、斜风细雨、惊涛骇浪等万千景象中去放飞诗意、叩问历史、触摸文化、寻访民风。目平湖虽远远赶不上八百里洞庭的烟波浩渺、气吞山河，但是她也见惯了春月与秋风，倾听过李白、杜甫、白居易、卢照邻、杨炯、孟浩然、王维、岑参、孟郊、杜牧、韩愈、欧阳修这些熠熠生辉、与日月同辉的文人墨客大量的诗词歌赋和雄文，也安抚过华佗、孙思邈、李时珍沿岸巡诊、遍尝百草时的劳累与艰辛，更传颂过南宋末年钟相、杨幺提出的"等贵贱，均贫富"这一气冲霄汉、响彻中国历史天空的变革主张。

正像曾庆国所感叹的那样，作为旅人的目平湖，她的"影像里，不知刻录了多少动人的历史故事，留下了多少补天柱地之人的身影，以及他们垂范百世的锦绣珠玑"。

因为其独特的地理位置，整个目平湖沿湖，乃至整个汉寿，都成了湖湘文化与荆楚文化、巴蜀文化、滇黔文化、吴越文化、海派文化交汇融合、互相激荡、互为滋养的道场。在曾庆国看来，目平湖这位旅人虽然更像一位满腹经纶的学者，却演绎了多少历史风云，濯洗出无数震古烁今的旷世奇才。千百年之下，目平湖以她的智慧、包容与宏阔，不仅为塑造汉寿文化、连通湖湘文化作出了不可磨灭的贡献，更为铸就汉寿儿女的品格发挥了重要作用：

> 带着润泽湖湘，周济天下的伟大抱负，目平湖运思如卷轴，不舍昼夜，日夜奔腾，形成汹涌澎湃的强大力量，在所有的时光里激荡起连绵不绝的回响，从而炼成抱瑜握瑾、包元履德的强者。它既沉静柔美，又不乏阳刚剽悍；它既是灵动的慧眼，又喷射着永续的魅力；它既包容万物，又笑傲江湖；它既是游子遥望的乡音乡愁乡关，又敦促每个湖湘儿女实现高远目标。浩浩荡荡，振聋发聩，自强不息，永远向前，是它坚定的性格禀赋。掷地有声，百折不挠，澄澈透亮，辉耀千古，是亘古以来的品格风范。行走万里，抹平四方，回肠百转，奔涌入海，是它不懈的追求向往。目平湖养育了湖湘儿女，每个人都是它胸怀里的一滴水，一朵浪花。它永远豪迈奋进，怀揣蓝天白云的清朗，不停地思索向前，闪着星辰般的思想火光，览日月之行，浩瀚无垠，吞山嶂峦胜，包容万仞，一洲一滩，一草一木，都是湖湘儿女洒脱的身影。

正因如此，五湖四海的读者朋友们啊，如果你读懂了目平湖，或许也就能读懂汉寿文化和湖湘文化。

在《云巅垂纶》这篇散文中，读者也就不难看出，上至屈原、范蠡，再至刘禹锡、杜甫、元稹、李贺、卢照邻、杨炯、孟浩然、王维、岑参、孟郊、白居易、杜牧、欧阳修、陆游等，数十位历朝历代的文人骚客，都曾因这样那样的原因到过如今的汉寿县境，"他们或得意乘风，或寻觅乱世寓居之所,或被贬流放寻此乐园",无一不"留下垂纶屐痕",也无一不曾用他们的翰墨华彩"醺湖湘"。

好个目平湖!她不仅养育了汉寿儿女和沿湖的渔民,而且连接起了诗和远方,把楚文化、湖湘文化淘洗得光辉夺目、熠熠生辉。正因为如此,"目平湖已然变身为巨星之湖,翰墨之湖,成为大德巨匠怡情养性、祈佑苍生、安放魂魄、砥砺前行的圣洁之湖。"

远方的朋友啊,异乡的朋友,如果你读到这样饱含深情的文字,看了曾庆国为湖湘文化所作的出色剪影,是不是已经怦然心动,想要到这巨星之湖、翰墨之湖、圣洁之湖走一走,看一看呢?你是不是跃跃欲试,想要买一叶扁舟,去她的波峰浪谷里荡漾一番呢?

为真性真情留痕

读曾庆国的散文,无论是看他为汉寿风情写真,或者是为湖湘文化剪影,你都能够从字里行间感受到他的自然、纯真、淡然、天成。读他的每一篇散文,都能够看到他的身影、听到他的呼吸、摸到他的脉搏、标出他的脚印、辨识出他的味蕾、把捉到他的思考、感受到他的诗情与文心。以我粗浅的理解,这样的散文,就是对美的再现、对善的追求、对真的思考。

在品读《望潮归》中一篇又一篇散文,把捉曾庆国的想象力和文心,梳理他的思考之际,我并没有把他看作一个当官的,也没有把他当作一个干部或者公务员,而更多的是把他视为一名能以生花妙笔、独辟蹊径的思考而吸引读者的作家。

他的思想情感、他的哲思与诗情，仿佛拧开水龙头就能够往下滴淌的水一样，极为自在与自然。

迄今为止，我同曾庆国见面的次数并不多。但是，每一次见面，听他和他的家人说得最多的，就是他对文学的热爱，或者说对诗歌、对小说、对散文的痴情。当然，这并不是说他是一个只以文学为爱好的人。事实上，他也懂得含饴弄孙之乐，他也喜欢把酒言欢。但是，同他对文学的痴情与执着相比，亲情与友情、清风与明月，或许都得让一让步，略微靠一靠边。在我看来，他这样的排序，这样的"厚此薄彼"，并没有什么可以指责的。

细心的读者自然不难发现，曾庆国的散文，是他安放心灵、寻找精神自由的理想途径。让我感到高兴甚至嫉妒的，是他总有发现美的敏感、书写美的激情。无论是扎根家乡汉寿，还是寓居首都北京；无论是在竹海鹿溪徜徉，还是在西湖苏堤漫步；无论是面对清风明月，还是在侍弄花花草草间，他都能够在稀松平常中去发现美、书写美、再现美、涵泳美。

除了放飞想象的翅膀，除了览山川日月之胜，写花草树木之美，发洞幽烛微之思，抒本我真我之性情外，曾庆国也常常在散文中自省。这样的自省，无疑要直面对自己的解剖，要让自己的心迹袒露在读者面前。然而，他对这样的袒露是没有顾忌的。他的这种无所顾忌，并不是因为他不重视自己的修为，更不是无知者无畏，而是因为他在表达自己的坚持与抗争：他的坚持，是指向自由与诗意的；他的抗争，是指向流俗与庸俗的。因此，在《每天都这么走》这样的散文里，他如是袒露心迹："时刻都想走到最高处，哪怕是浪尖上，峰峦上，云巅上。"在他看来："人生就如早间的漫步，不急不慢，均匀迈脚。能相约相携固然是好，陟彼高岗，一路欢快，赏心悦目，兴会淋漓；独自与风景相识，物我两忘，也不必歧路彷徨！尽管老之将至，但这恰是抵抗未老先衰之良方。一路洒脱，送走凄清，阔别诸念，乃生兴味。"如果单单读他喷涌而出的这些文字，而忽略"老之将至"这样的字眼，你自然不难看到一个放飞自我、勇于追求的前进者形象。读到此文的结尾，我相信读者朋友们都会为作者在风雨中，在烟气腾腾、杨柳依依中所表现出的从容不迫、勇敢搏击的坚毅而激赏不已，因为他不只是写出了生活的可爱，还把生命的可爱一路行走了出来！

读到这样的文字，你很难把它们同很多人想当然地抱有某种误解的基层资深公务员联系起来，仿佛这些文字，还别有主人似的。

经朋友介绍，加上曾庆国本人的讲述，我陆陆续续得知，他先后担任基层多个不同岗位的公务员，做过不同角色的"官"。与我过去所接触的一些县乡官员所不同的是，曾庆国并不回避工作中的困难，更不回避工作中的挑战。就此而言，他是一个抛掉了伪装和繁华的人，他并没有想着去讨好谁，也没有想着要去刻意批评谁，即使他对某些社会现象有自己的思考与观察，也绝不以激烈、严苛的口吻写出，而是在春风化雨中传达自己对人性的坚守。比如，在《城市剪辑》一文中讲到的装门锁的故事，他起先是对装修工人不设防，不像时下很多业主像防贼一般防着装修工人。他家换房子时，要做简单装修。为了减少麻烦，他把钥匙留给物业，让匠人们自取自还。在一般人看来，这样的举动或许微不足道，但是曾庆国认为，这样一来，"匠人们进出开门也方便。少一点琐事，多一份安心"。他这种求省事、减少中间环节的处事原则，实在是基于对匠人们的信任。这让我不禁想起多年前自己家装房子的经历来。当年我和夫人省吃俭用买了一套房子，入住前也请了一家装修公司进行简单装修。我和夫人都要上班，平常很难有时间去当所谓的监工，加上我俩对装修房子完全是外行，为了减少麻烦，我们直接就把钥匙给了装修队的工长，由他保管，直到房子装修完，工长才将钥匙"完璧归赵"。我们都为彼此间所给予的这种信任而感到轻松、愉快。

装修结束，搬入新家后，前来贺喜的物业看门老头建议曾庆国把锁芯换掉，"换把锁芯，图个平安"。对看门人的建议，曾庆国并没有放在心上，更没有落实到行动上。虽然他觉得看门老头也是为了自己好，但是终究没有采纳。无论是作为一个读者，还是作为现实生活中的一个公民，我都极为赞同曾庆国的这种做法。我甚至想到：如果人世能多一点这种彼此的信任，那自然会让很多事情变得更加简单而自然，更会让人们勇于且乐于摘掉面具，去面对本来的彼此、本来的人世间。苟能如此，那我们就能够享受到更多的心灵自由、生命的自由。

为本色散文探路

曾庆国在《望潮归》中奉献给读者朋友的这些散文，大多难以简单地归类：你若称之为写人的散文，它们其实是在花团锦簇地写景；你若称之为写景的散文，它们其实是在睿智机敏地议论；你若称之为记事的散文，它们其实是在变换着手法抒情。实在地说，自被欧风美雨一遍遍淘洗以来，抒情散文、记人散文、议论散文、记事散文、状物散文这样干瘪的分类，就开始辖制起我们的散文观念，并掌控起我们的散文艺术和技巧来，而让我们在不知不觉中远离或者忘记了五千年文明史中所积淀的丰厚散文传统。

照我的看法,我愿意用"本色散文"来为《望潮归》中的散文命名。这样的本色散文,既不是像有的人那样要刻意地去开启文化苦旅,也不是像有的人要宗教激进主义般去寻找清洁的精神,也不像有的人那样要着意去掉书袋或放飞考古癖,而是从作者生于斯、长于斯的地域文化出发,从日常生活出发,从花花草草、山山水水出发,写真实的自我,本色的自我,本色的风俗,本色的风土人情,本色的乡音土语。

曾有独具只眼的读者这样称赞道:"作者长期工作生活在基层,在体验和敏锐观察中,积淀了无数精彩故事,他看似随意地采撷园中一景,河中一浪,林中一花,却深刻领悟,注入理性思索,写出了生活本真的血汗味和烟火气,摸到了时代的心跳。作者抽丝剥茧,层层深入地体悟生活,把生命的激情宣泄得淋漓尽致。作品展现出清晰的认知辨识度,形成鲜明的个人风格。"

也许有人会对曾庆国不去书写大事件、大场面而略感遗憾,也许有人会因为他不去写风花雪月而对他颇有微词。然而,任何一个认真阅读这些散文的读者,都不难发现,曾庆国在其散文世界里所表现出的对本色的探求与坚守不仅是一贯的,而且是认真的。如果一篇一篇散文往下读,你不难发现,曾庆国可谓丹青妙手。他思绪极为活跃、灵动,真可谓思接千载,视通万里,情贯古今。读他的散文,你丝毫不觉得他是在掉书袋。他倒像一个串珠高手,总是懂得在最不经意处,自自然然地把信手拈来的古诗古句镶嵌在奇思妙想之间。

曾庆国在本色散文的写作上所作的探索和努力,通过他为汉寿风情写真、为湖湘文化剪影、为真性真情留痕等多维度的写作,得到了具体而又丰富的艺术化呈现。我甚至想说,对本色写作的探索与追求,不妨看作曾庆国对散文艺术的总体追求。

除此之外，曾庆国的散文在艺术手法上的表现，也有很多可圈可点之处。譬如，用叠词来写景状物、拟声绘影，就是他擅长使用的艺术手法之一。比如，他在《兔耳山花事》一文里写樱花怒放的那一段文字，就堪称这一手法的代表。任谁读到"满山满岭的花儿层层叠叠，密密匝匝，又如蓬松的羊毛团团扭扭，每个树枝只得随每一朵花儿，向天空向大地舒展着狭长的花瓣和娇嫩的花蕊"时，都仿佛看到了在漫山遍野间那一片花的海洋所绽放出的奔放和热烈。

曾庆国写景活，写景美，写景媚，而且在写景状物中，往往把人也写活了，这也是他散文艺术的魅力之所在。像《草木闲话》一文里《冬青》《爬山虎》《西府海棠》各部分中的王师傅，虽然作者没有写他的容颜服饰，但是每一个认真读过这些文字的读者，都会对王师傅留下深刻的印象：他简直就是一位从职业生涯中自悟自证的哲学家；世事洞明、人情练达，这两个维度在王师傅身上结合得完美而有机。

曾庆国有些记人叙事的散文，颇有短篇小说的神妙之处。比如，《城市剪辑》一文的结尾，在我读来，就觉得大有欧·亨利式结尾的神妙。其中的《陌生人退货》一章不仅写出了三爷的恬淡、乐观、自然，更写出了三爷的超拔。它的结尾无疑是出人意料而又令人惊叹的。

善于锤炼金句，也是曾庆国在他的散文创作中表现出的明显追求。不夸张地说，读《望潮归》中的每一篇散文，你都不难找到一些金句。这些金句，要么以比喻新奇为特征，要么以思考独特为标志，要么以传情达意的陌生化效果为底色。比如，在《云巅垂纶》中，他对目平湖沿湖垂钓者的心事所作的比喻，就是这样的例子。"他们把心事随诱饵抛进湖中，一任波涛淘洗，发酵出味道，变成一条悲哀的鱼，然后沉在水中。"从这个金句中，你不难看出，曾庆国对沿湖的垂钓者的观察是冷峻而独特的。与一般人都看重刻画垂钓者的专注不同，曾庆国似乎更在意写出他们的"心不在焉"。在曾庆国的笔下，这些垂纶者虽然闲逸安静，目光炯炯地望着湖面，自成一道风景。但是，他们似有满腹心事而又若有所思。这样一来，他们在湖畔垂钓，只不过是去寻找宁静之所来逃脱现实，而不是为了享受垂钓本身。表面上看来充满闲情逸致的垂钓者，内心其实是颇不宁静的。虽然我们无法也没有必要去探求他们不宁静的原因，但是，我们却不得不叹服于作者信手拈出金句的本领。对这些同"满湖波涛永远格格不入，永远心不在焉，永远天马行空，却满心希望在波涛里打捞起自己的理想"的垂钓者来说，他们随诱饵抛入湖中的心事，又怎能不是一条悲哀的鱼呢？！

若要严格地说起来，曾庆国显然不属于炫技派作家。但是，这绝非意味着他不懂得技巧。他其实是懂而不玩罢了。他其实一直都在有意而且近乎固执地追求他所认定的"清水出芙蓉，天然去雕饰"的本色散文。

曾庆国不仅不属于技巧派，而且也不属于实验派或者文化寻根派或者这派那派，而毋宁说是一个本色派。我说他是本色派，除了上面所表达的那些见解之外，我目前想到的，还有三个判断依据。第一个依据是，曾庆国的散文，坚持"我手写我眼，我手写我口，我手写我心"。第二个依据是，曾庆国的散文，坚守优美凝练的语言表达，坚守对文采的追求。第三个依据是，曾庆国的散文，坚守书写自己的真情实感，力戒虚妄和浮夸。

也许，称曾庆国的散文为本色乡土散文更为合适。他的很多篇散文里所描写、所叙述的，都是我所熟悉的家乡人、家乡事、家乡景、家乡史、家乡情、家乡风、家乡俗、家乡礼、家乡理，家乡的风物和传说,家乡的文脉和烟火……但是,这些被加上了"家乡"这两个汉字前缀的事也好,景也好,史也好,情也好,礼也好……又远不是"家乡"二字所能束缚或界定的。家乡不只是乡土本色的天然基因,更因为这些人、事、景、烟火等等,又连通着"吾国"和"吾民",最起码,也是湖湘文化和楚文化的天然组成部分。就此而言,曾庆国追求的虽是本色,书写的虽是乡土,但他坚守的却是散文的本真,呵护的是国家和民族之根。

曾庆国说他"对生活最大的讲究,就是简单,一点也没有讲究"。如果他说的讲究,是指对物质生活的追求而言,这话我信;如果他说的讲究,是指对精神生活的追求而言,这话我是不信的。岂止是不信,我简直要批评他这实在是在放烟幕弹。因为他能够数十年如一日坚持读书、写作与思考,在烦冗的案牍工作、公务工作之外,执着而坚韧地坚守文学创作,努力丰富自己的生命意蕴,这,难道还不讲究?!如果不讲究,我和天南海北的读者朋友们,又哪里有机会读到他这些为汉寿风情写真、为湖湘文化剪影、为真性真情留痕的乡土本色散文呢?

不得不说,我对《望潮归》中这些散文的阅读,是肤浅的,片面的,是典型的浮光掠影或者蜻蜓点水。我用"几点印象"来给自己对《望潮归》的阅读定性,丝毫没有对读者诸君的不尊重,而实在是想为自己的"无知者无畏"事先发表一通免责声明。倘若有幸读到这些散文的读者朋友,不幸读到了我这篇硬作出来的所谓序,大可以潇洒地翻过去,或者大度地原谅我的信口开河。最要紧的,还是让我们来一起随心所欲地品读曾庆国这些为汉寿风情写真、为湖湘文化剪影、为真性真情留痕的散文,看他如何把对本色散文的写作与探求,书写到了他的文心、诗性、灵感、激情所能抵达的高度的吧。

是为序。

二〇二二年七月十日凌晨草成
于亚洲最美山谷大学——北京师范大学珠海分校
二〇二二年七月二十日凌晨改定
于北京师范大学文学院4008室

（姚建彬，北京师范大学文学院教授、博士生导师，北京师范大学文理学院中文系主任）

第一辑

潮流情韵

　　人的一生都在寻找和发现最美的风景。每天打卡刷脸，任日子一天覆盖一天，翻阅记忆，潮流訇䃁，回响远去，岁异月新。心中抹不掉的是身边的风景，那是永远的潮流。蘸上潮水的韵致，经丘觅壑，草木生情。每睎窗外，河潸峰峦，撩雾裁风，涤人尘虑。最近最熟悉的，又是最神秘缥缈而深邃的。潮起潮落间，那么瑰丽壮美，却有不夺虚名、不求浮华的外衣，美得实在，美得贴心，美得恰如其分。我醉入其中，打开千古经典扉页，采撷一枝一叶，雕刻成记忆漫卷的日子。

静谧的鹿溪

> 小溪二三米宽,叠石成底,一股浅浅的清流,向路人诉说着满腹的神奇和秘密。
>
> 天宝庵蕴藏着千古之谜,谜底怕是我们俗辈难以寻见。

过了鹿溪竹牌楼,一条小溪日夜不息,潺潺流淌,两边是恣意生长的雏菊、旅人蕉和蒲公英,还有不知名的香草,一直伸延到遥远的山山岭岭。

小溪二三米宽,叠石成底。相隔不远,一丛丛红豆杉林,茂盛抢眼。路旁高大的一棵,遒劲的根须裸露在外,嶙峋的枝干顶着一团巨大的浓荫,满树的红豆宛如缀着的红宝石,摘几粒放进嘴里,酸酸甜甜的。近年,因了在树枝果叶中提取的紫杉醇有抗癌奇效,红豆杉声名鹊起。有一棵被誉为活化石的古树,在苍茫旷野中亘古不变,默默守望了五百多年,显得肃穆而清幽。繁华不古,热闹无果。我知道,城市终日喧嚣,我们终于在此寻得了一片静谧的天地。沿着小溪,四围是没遮掩的田野,迎面一个大的水潭边,一二米深的潭水清澈见底,游鱼可数。潭底的页岩,经阳光斜照,皆呈紫红色,但那水却映得你刹那间迷眩。溪流入潭了无声响,流过一个石坎后,汩汩向下,去追寻远去的年华。

四周有一些半露出水的石头，西北角一块巨石上，一个篆刻的大"鹿"字，几失了色迹，背面一行小字，却告诉了我们，这是鹿饮水的地方。我估摸这就是鹿溪的来历吧。

往前走不远，田野全芜，隐到了山里，扑过来无数山丘，郁郁葱葱的翠竹，随山风扬起，又低头扭腰，迎客作礼。在山丘相连的山脚下，小溪像一条飘动的绸带，越发灵动，忽而穿过石缝，忽而跌下崖壁，忽而流淌在荆棘丛生的坎坷山岩之间。一个垭口边，公路消失了，石碑上刻着"丰家铺铁甲"。面前山脉连绵，逶迤远去，宛如用铁锁扣锁着。

山径伴小溪，穿过了三四个迂回天梯，"玉兔望月"的魅影显现出来。面前铺开的古树林间，散落几尊雕像，都是历代的当地文人骚客、官绅贤达，生平和传世的典册，全列在碑基上，使这片山坡充满书卷气。古树老态龙钟，冠盖不整，遍身青苔，种类也多，红松、红豆杉、青榉树、紫檀、青桐、栗树等，盘根错节。树中间杂了数不清的竹子，向山顶散开，一根似比一根大，竹和树在半空横生的枝丫，彼此像是要争夺天日，又像是在云间抢博头彩，又像撑起一把巨伞，并肩执手向山下张望，等着我们到来。人往高处走，水往低处流。水从路边石壁上渗出，涓涓滴滴，若隐若现，若有若无，顺着山坡流进了山涧。山路蜿蜒，越来越幽深了，连竹叶掉在肩头的声音都听得清清楚楚。一袭凉风拂过，因是从远处的山林里吹来，带着股冷冽幽远的淡淡花香，浸着丝湿润幽凉的水汽，每个人不仅登山的微汗全息，脸上腰肩都冷飕飕的，疲惫的脚底下又生出攀登的劲来。

绝美的风景都在宁静中。遥看"玉兔望月"，一路上来，天高云淡。爬到十里竹廊，山谷深处，勃勃郁郁的竹林峰巅，生出缕缕白雾，随风飘动，越来越浓，不到一袋烟工夫，千山万壑都被薄薄的羽纱幽闭了，我们头顶上是雾，脚底下是雾，俯瞰远处崇山峻岭，全被一团团白气裹挟着。云雾锁山峦，周遭又人迹罕至，林中锦鸡拍翅啼鸣，伴着松涛不息，令人惊悚。而脚底下，先前的小溪变成一股浅浅的清流，向路人诉说着满腹的神奇和秘密，每个人似入仙界，都有种腾云驾雾的感觉了。

一阵悠远的钟声响起，惊得远远近近的山都似在颤抖。寻声走去，颇为壮观的云峰寺揽尽了鹿溪的幽静。转过一段缓坡，风口上一株高大的"合欢树"耸立在我们面前。这"合欢树"由两株大树抱根而生，连成一体，树身高百尺，主干粗壮需三人合围，在这高山风口上，千百年如一日，对抗着风刀霜剑和冰雪侵凌。两棵树枝同连理，当地人也因此称之为"姻缘树"。男女到此都系上贴有爱心的蝴蝶结，祈盼古树见证今生美好姻缘，夫妻相扶百年。这是汉寿、桃江、鼎城三县吉祥界，一脚踏三界，树荫冠三县。千百年来，三县民众护佑奇景，连境同心，和睦相处，见证了彼此的兴盛。

踏上新修的竹鸡寨通往云峰山的步道时，风大了，脚底下缭绕的云雾追逐着山峦，飞腾起舞，群峰尽现。远山数十里，云雾恋山峰，织锦似的卷云挂在云峰山下，仿佛刚用牛乳洗过。天宝庵、刀老岭、笙竹坳一个个清晰起来，纤尘不染，与云峰山对照着镜子，偶有雾霭旋涡翻滚，也马上风卷遁逝。小溪像一根银丝镶嵌在石壁上，一路盘绕在山间。

有美景鼓劲，我们脚底生风，片刻登临峰顶。爬上三层高的观景台，美丽鹿溪的九村一林场五十多峰尽收眼底。往南边是桃江县，桃花江蜿蜒东去，连绵起伏的万顷竹海涌翠滴绿，一排排一列列一群群，憨态可掬地拥抱着云峰山。而往西的鼎城一边，山峰耸峙，有的像蘑菇，有的似奔走的猎豹，有的如怒放的莲花，有的孑身兀立，在云峰山脚下错落成一片深不可测的汪洋，黑黝黝的，纹丝不动，堵住我们的去路。向着汉寿一边，千峰竞秀，万石峥嵘，千姿百态，那艳痕不露、整日禁闭的天宝庵这时也情意绵绵，展颜相望。这个庙宇建于唐玄宗天宝年间，相传当年唐玄宗曾把杨贵妃暗送到此，让她削发为尼。造庵藏妃，并以皇帝年号命名为"天宝庵"，蕴藏着千古之谜，谜底怕是我们俗辈难以寻见。眺望远处，洞庭湖粼粼波光绽放着身外的繁华。

　　爬山倦累，还有宁静的去处。离云峰山二三公里，民宿农家乐最多的铁甲村中，坐落着许多敞口堂屋古民居。村落相传为三国时期曹操的一支部队战败后流落于此而建，文化品位较高。房屋一律背倚鹿溪山峰，面向峡谷开阔处，黑色小瓦，白脊飞檐，雕梁画栋，古香古色。现在因城里人来休闲度假的多，木屋都改作了民宿。客人就爱这份宁静。四妹子土菜馆的幌子，挂在大楠竹杆上，猎猎飘展，院子里种满桂花树，还有丛竹、木亭子、雪菊，齐整有致，小溪绕门前缓缓流过。四妹子亲手做的茶油蒸土鸡，已成整个鹿溪的招牌菜，倒几两药酒，喝着，吃着，聊着，鹿溪之行的韵味也尽在其中了。

草木闲话

> 一方水土养一方人。草木不仅守护了一方生态，更养成了一方人的性情，养成了一方人的智慧，养成一方人的人生观，也养成一个地方的文化血脉。

冬　青

家里的院子空空如也。低低的土坎，紧临外面的马路，住在家里就不踏实，好像举手投足都会有无数双眼睛盯着。左思右想，我便在坎边栽了一圈冬青，以后又陆续栽了樱桃、梅、杏等多种花草，还凿了个小小的鱼池，俨然一个精致的花园。春夏秋冬，亭间小憩，犹如梦中融入花光云影里，与风声雨意相和。园中气脉流动，生机盎然。

冬青树常年葱葱郁郁，心向白云。栽下的小苗高不盈尺，头年春夏一过，已高及腰间。它的枝干密密匝匝的，深绿的叶子一簇簇，斜着向上，厚实而光滑。深秋一到，草枯叶落，我在冬青树七八十厘米高处，齐齐一剪，使之整齐划一，簇拥簇生，像在院子里筑起一道有棱有角的绿篱笆。冬青深褐色的树干裸露出来，像墙面铺上了一层粗糙的疙瘩。

以后，我每年都要剪枝若干次，总是使它规整有致，线角分明，成为园中绝好的护花景观。

冬青树总是把花藏在稠密的叶子里，散发着淡淡的清香。它也想长得伟岸挺拔，不失高大的形象，可我更看中它四季如春的本色，把它编排成花树的配角。它总是默无声息生长着，冒出几枝尖子叶子的，被人剪掉后，也从没打过蔫、发过黄。临冬剪得太短时，叫人真有点担心，它能否抗得过即将到来的寒冷呢？而到了大雪封冻的日子，它头顶皑皑白雪，每株枝条肩并肩手挽手，毫不屈服，把枝上的叶子衬得更加青翠欲滴。

一场几乎是历史上从未有过的冰雪灾害席卷而来。狂风怒吼着，冰凌挂满树梢，春夏时分花开得艳丽无比的藤本和草本植物早没了影子，所有乔木花树裸露着光秃秃的枝干喘息挣扎，望着绿叶葱葱的冬青拼命呼救。待到冰雪消融，太阳照耀大地时，我发现满园的花树皆枝丫残折，颓败无比，唯有冬青迎着冰雪严寒，逍遥洒脱，让人享受到绿色清新的景色。这时，园中的花树和冬青换了角色，冬青树成为花园的真正主角。过去春风里那游鱼喋喋的景致消失了，鱼死水浊，如火蒸霞的樱桃、李、杏花，以及牵藤引蔓、垂檐绕柱、紫砌盘阶的奇异香草，皆成为名副其实的配角，齐腰枯萎，蔫头耷脑，大煞风景。

第二年开春，我请了专事园林培管的王师傅来，重新打理花园。王师傅二十岁被招工到机关，莳弄花花草草几十年，直至退休。用他自己的话说，无论何种草木，他用一把旧钥匙，总能打开它的命运之门。他深知草木滋味。我决意把那些花花藤藤挖了，连小小的金鱼池也填平，全植为草坪。园子里只留了一排冬青，将外面的马路隔开，几株桂花树点缀。

王师傅边忙活，边叹息说，冬青为庸庸者多厚福，天私其心。可我却甚不以为然，自认冬青有品，历磨难而不惧苦，终究得志装扮天地。

王师傅苦苦一笑，也不争论。他一边铲除那些枯黄颓败的花草，一边神色凝重道，花一生努力，把芳香留在春夏，最后才发现，自己到达的是冬青的目的地。又说我们该从冬青身上学点什么。学点什么呢？他说还是要深入根基，去除寸许不荒落，四季恬淡如常，才不致毁了自己。

爬山虎

一根纤弱的植物藤蔓，偏有虎名虎心虎气。

那年，院子里的花园改造的时候，什么花草都刨掉了，唯独隔墙上的爬山虎留下来。

历冰雪严寒，春天姗姗来迟。虽然寒冬在她身上刻出一道道伤痕，爬山虎粗糙的茎干写满岁月沧桑，但在鸟语花香中，渐成青紫，依旧脉脉含情，流淌着春的葱茏绿意，向前向上向左向右伸展，奔向广阔的远方。慢慢地，一片片婆娑的绿叶，在风中摇曳，紫的茎，绿的叶，还有优雅的吸盘，不知不觉间把那堵"灰头土脸"的高墙藏在绿荫里。在自己的领地里，偶有其他树枝、野草或藤蔓靠近，爬山虎便调转头，枝枝蔓蔓一起上阵，不把入侵者绞死不罢休。这样，任时光流转，整整一片墙面不杂一片草叶。

在墙头，爬山虎弯弯曲曲的茎干互相缠绕，在雨露阳光里，滋养神韵。听到风窃窃私语，望见云朵、日月、星辰飘过时轻盈的身姿，爬山虎就想去拥抱。它在无垠的寂寞中缓缓地爬，爬着爬着，一些枝条顺着墙壁拐弯，转到另一面墙上肆无忌惮地延伸，有的在空中摇摆纵逸，长成了下垂的青藤，似一幅挂在墙头的绿帘幔。

夏秋之交的某个星期天，王师傅来给我们家整理草坪，看见墙上的爬山虎长得油光发亮，打心底高兴，但见了垂在墙头的藤蔓，便说："树不过滴水，草不过墙头。"我问是何意，他说这样会影响邻家风水，久之会邻里失和，必须常年修剪。

王师傅搭好楼梯，到了墙头，见了爬山虎齐整的垂枝，不忍动手。他抬头望见天空飞过的云朵，迟疑少顷，痛惜地剪断根根藤枝，说道，你本该用触须的吸盘，在自己的领地一步一步爬着，爬到高高的墙头却不安心了，非要做梦，学云朵飘，云朵身体轻，摔下来不痛，也摔不碎，你摔下去就会从梦中摔醒，伤了虎气，被当作杂草烧了，只能化作云烟，该有多痛。

西府海棠

我乡间老家院子里有一棵西府海棠，树龄和我的年岁差不多。它在过去既不挺拔伟岸，也没有婆娑的虬枝，常年病恹恹的，叫人见了心生怜惜。不料前年春天一过，树就变了模样，抖落满树虫卵，枝滑叶葱起来。

海棠树是我父亲栽的。父亲每年立春前后都在屋子周围栽许多树。他说，十年树木，百年树人；前人栽树，后人乘凉。好些年了，屋后的银杏、大香樟、水杉、罗汉松都长得特别茂盛，有的长成后早派上用场了。在屋前，柿树、椿树、枣树等，常是硕果累累，花繁叶茂。唯独这棵海棠，相不中看，却也不枯萎，七八米高了，每年春天开花最早。沾上春雨，一个个小巧玲珑的花蕾便静悄悄地开成明艳艳的芳花，花儿又泼辣又艳丽，挨挨挤挤，密密层层，一簇簇素洁如玉，缀满枝头。娇嫩的花蕊，美丽的花姿，沁人肺腑的芳香，令人品花自乐。海棠树病花不败，置身于树前，对它执着的花心就会铭心刻骨。

尤叹海棠的身影，三冬遁隐叶子护身，迎着风雪起舞，沐浴春风则败枝吐蕊，滋生自己的烂漫。花谢之后，气温升起来，在树干底下二尺高的分枝处，常流出一滴滴花朵大的蜜膏，宛若海棠的血泪。虫子也乘虚而入，忙上忙下，总要蛀断几根新苗，主干也断过好多次，海棠树从未气馁，总是身负病虫又吐发新枝。一开始，我们喷药驱虫，可一场雨水后，虫子又肆意撒野，啃噬横行不止。请机关王师傅来会诊拿脉，他说这海棠树浆液芳香带甜，是北方嘉木，在南方则是蠹虫的家园。在树颈上常年挂呋喃丹可愈。又说，树老护心，人老护孙，这种树越老越彪，这是它的初心，也是它的天性，现在的毛病过些年就好了。我们依葫芦画瓢，挂上呋喃丹，虫是不生了，家里养的大小鸡鸭却中招全赔上，对小孩子们也不安全，只好就此收场。

这样，好些年了，我们既不挂药囊灭虫害，也很少剪枝疏叶，一任它生长。娇柔而带病的海棠，虽形容憔悴，但花心不改，南北无异。

年岁日久，树已老迈。前些年年初，春雷响过，海棠树沾了春雨，神不知鬼不觉，它满树的细短绒毛逐渐脱落，通身显出紫褐色，光滑硬朗，过去越堵越大的虫洞，竟长出像老梅树一样的疤结，倍显苍健。以后，它内厉外舒，枝干亭亭，每年最早爆出素洁娇艳的花朵，一串一串地挂在枝头,向路人绽放出古韵新姿。

西府海棠虽老而不惧虫蛀螨噬,佳色着红,让人惊叹它的郁然有采,初心之灵。

罗汉松

兔耳山上,一行行一片片的罗汉松葱葱郁郁,漫山染碧。绚烂的阳光下,幽雅的枝干相依相偎,苍古矫健,辛辣的松脂香味,弥漫在山巅沟坎。雨倾山巅,如绿油泼翠,山风不闲,山岭似跃波涌浪,青纱翻滚。

回想当初,兔耳山开垦时,山岭间石多土少,栽种的杉树、油茶等尚未成林,一场干旱,便绝了踪迹。无甚良方,试植罗汉松,虽然生长慢,但成活率高。罗汉松不负众望,一年一年,它把根深深扎入石缝间的泥土,战战栗栗的身躯啜饮雨露甘霖,远离肥沃的土壤,遭受多少干旱炙烤,它潇洒以对,遇到多少风雪严寒,它默然傍山挺立,风骨卓然,满身松香,透出练达的冰霜风骨,奏出巨龙引颈的悠悠韵律。

十多年后,罗汉松已傲然成林。不料,清明节时一场山火,把山顶长得最高大的一株树冠引燃,这株罗汉松顿时烧成了一个硕大的火炬。它站在山巅,知音甚稀,孤直而鹤立,遭此厄运,打断了我的心怡神悦。我无数次在林中徘徊痴望,在不同天气里,在不同角度上,在不同距离远观近察,罗汉松身躯的光影色泽总是呈现不同的形体模样。而那株被炸雷劈断的树,虽已折去半身,却没有死去,树干苍青泛光,下部的虬枝精气神依旧,短细的枝叶油光可鉴,一球球,一簇簇,宣泄着凌云之志,浑然忘我。烧了树尖的树桩,任春雨一浇,便发出了几丛针叶,风中飘曳,在林间颇为自在得意。这便提醒了我,我想是该把树从另一方面养护好,应树之变,才不致疏其志,误入噩梦。我请王师傅来园,给每株树"相面",依树就势,一树一景塑形。由此,每株树便面貌繁复,内涵丰富起来。

说起来有趣,罗汉松身上让人咀嚼出好些韵味,恰如坐禅,无端使人想起那些道行深厚的人。它任由你掐顶、砍枝、扎环,捆绑,钉条扯牵,曲直随心,远迎近接,百遂人愿。纠缠引位不久,塑形完成了。每株树都在妙手下呈现出独特风姿,亭亭伫立,秀掌迎客,五福临门,祥龙献瑞,长蛇起舞,鹤立环秀,双剑出鞘,等等,相尽其致,神入其中,棵棵毕肖,株株传神,皆合了众人口味。

究其实,罗汉松一树一景,得到大家赞许,全仗其品。自幼苗始,劫难不坠其志,卓然自立,身随其心。斫折拉牵,气势所定,魂魄不负春秋,秀姿独立世间。

葛根苗

我到湘西吉首看望履新的朋友进校,好久不见,便是要喝几两的。

饮酒方毕,到福阁亭饮茶。那也是湘西常见的土菜馆,简洁大气的木亭子,白脊双层飞檐,小片青瓦的尖顶,黑褐色的六柱叠台,轻风拂过,浓浓的乡土气息扑面。入亭的立柱上,挂着黑底烫金阴刻的对联,左联:"阁自藤根生",右联:"福从阁粉来"。上边大方挂着亭牌铭。进校抬眼望见,酒兴未尽,来劲了。他叫了葛茶,边饮边说,此阁非彼阁，通字也，乃常见的"葛"。医学经典《本草纲目》载，葛根乃阳明经药。

我望着他，有点莫名其妙。

他继续侃经，又拿出了《本草经疏》："葛根……解散阳明温病热邪之要药也，故主消渴。"他担心我不懂，摸头晃脑说，"老人曾言，山里冬寒，通身唐颓，伤寒头痛兼项强腰脊痛及遍身骨疼者，可作主食，酒后止渴，一饮百解。"

"你什么时候研究中医中药了呢？"我问他。

他算地地道道的湘西酒鬼掮客，时常豪饮不醉。他迷恋神秘之境，若有所思地说，一根葛藤，古人早已用它制衣织履，屡屡弱草，历春露秋霜，人人心头舌尖知其清甜，韵味绵长，终生难舍。这一回，他滔滔不绝地列出一串串数据，显示一块小小的葛根带动山里多少人脱贫致富发达，佐证葛藤有多么大的神奇魅力。临走时，他意犹未尽，提出要送几株葛苗给我带回家栽植，不论山林原野，见苗如见人，也算不浪费了一番感情。

我见了他送我的小苗，惊诧不已。天哪，我们家里，这种葛藤在房前屋后、坡坡岭岭爬满了。一根长着绿叶的细藤，七八米长，上面遍布密密的尖刺，入秋后，会结出深棕色的豆荚，根块盘踞地底下，大小不一，大者几斤乃至十几斤，扯破皮，白花花的葛浆溢出来，黏糊糊的，溅在手上衣服上，便会留作长久纪念。常有人烧了吃，等熟透了从火中捞出，撕掉皮，入口香甜带涩，至于药用价值和保健功能，则探究过的人不多，也就没拿它当回事。不曾想在这里，人们会对这种野藤如此痴迷追捧。我们闲逛，商家似乎对葛根情有独钟，将它加工成葛粉、挂面、粉条、奶粉、饼干、面包、果冻、果晶、软糖、饮料等系列产品，并说明其有改善心脑血液循环、降脂降压、止泻通便、排毒养颜、美容丰胸、防病健身、增强免疫力等功能，一口气讲完它的百好，令人思维大开，视野骤阔，可见这葛根的粉丝还真的多。我不由得慨叹，真是百味养百客，一方水土养一方人呵。葛根不仅守护了一方生态，更养成了一方人的性情，养成了一方人的智慧，也养成一方人的人生观，进而成为一个地方的文化血脉。

我把带回来的苗子细心培植，将结出的根块做成百食，竟发现和本地生长的葛根，味道相差无几。

草尖春色

> 人们对于草尖上的春色,给予殊荣和赞美,而小草更像是春天的领跑者,将激荡起势不可挡的潮流,尽管还有一种在路边的狂放和轻浅。

在杭州几日,吃饭、睡觉、逛街,谈的都是西湖。

清晨,和朋友在湖边漫步。早春的湖面被薄雾笼罩着,路上行人也不多,三三两两的跑步者,匆匆而过。我们来到苏堤的时候,情形一下让人惊愕了。一轮鲜红如血的大圆盘,突然从天空云层里跳出,越升越大,越升越艳,紧接着,又跳上树顶,越跳越高,越跳越远,然后慢慢变小,但它依旧那么鲜红,依旧圆圆的、大大的。周围的云彩也是绯红一片。圆盘掉进湖中,湖里的雾气被驱散了,满湖涟漪,波光潋滟。东浦桥和压堤桥头挤满了拎着"长枪短炮"的人,他们忙碌着,把镜头对准远远的长堤两边。一个身着洁白薄纱的美女裙裾飘飘,一忽儿抚着琴,一忽儿打着纸伞,一忽儿摇着绸扇,迈着翩翩舞步,摆弄俏姿。仔细一看,他们并不是抢拍西湖雾开、朝晖映湖的胜景,也不是为舞姿翩翩的女子而来,而是在抓拍堤边的小草。

沿堤两边,一排柔软的小草从土地里钻出来,草尖嫩嫩的,绿绿的。风轻悄悄的,软绵绵的。风里带着甜味,有黄的紫的白的细花散在草丛里，在微风中摇曳，有几只蝴蝶随风飘来，又随风飘去，忽儿飞进草丛里，像钉挂在花朵上。春日清晨里的苏堤，远看像飘着两条绿莹莹的绸带，近看却似乎没了草的踪迹，让人情不自禁想起"草色遥看近却无"之类的句子来。然而，在这清晨里，朝霞映照，草尖上露珠儿一闪一闪，滚动着，颤动着，被映得五光十色，如亮闪闪的水晶，似血红的珊瑚，像灿灿的玛瑙。趴在草尖上的小小蜘蛛网也沾满露水，银子似的闪闪发亮。每颗露珠映出朝阳的华彩，汇聚成五彩缤纷的春色，把波光粼粼的西湖装点得烂漫无比。

人们都说，春江水暖鸭先知，我却以为早春的气息，小草先知。要不怎么才立春，春风拂过大地，先知先觉报春的，是冬天枯萎的小草呢？它们经过严冬的孕育，倔强地冒出新芽，抖落料峭春寒，带来最早的春色。一年之计在于春，草尖上的春色，是大地的第一张诗笺。不必有华丽的色彩，不需复杂的修饰，草尖上的春色，是一幅简洁明了的禅宗水墨画。不时回眸，那些忙碌着拍景抢镜的队伍，好似永远精力充沛，不断寻找世界的奥秘，捕捉每一次感动，追逐时尚潮流，永不厌倦。今天早上，他们嗅到了春的气息，候鸟一样，一路先行，抢抓到心中最早最美的春色。我也知道，虽然他们的接续力强劲无限，可对小草的追踪持续时间是有限的。因为，一旦春天的花事来临，他们追着繁花的世界，就会忘了一切。他们的心永远追寻着世界的芳华。

一点儿不假，春天是从草尖上开始的。见到人们赏草，忽然想起去年五月，我们在内蒙古呼伦贝尔大草原见到的春色海洋。其时，草原的春天刚刚揭幕，到处生机勃勃。积雪慢慢融化了，雪水流到坑坑洼洼的地方，形成一片片明镜似的小池塘。在辽阔无垠的草原上，小草不惮冷风寒峭，挣脱严冬的羁绊，带着泥土的气息，迎着春风的吹拂，悄悄探出头，无数的小草随风摆动，汇成无边无际的清新碧波，密密层层伸延着。那星星点点的蒙古包，就像大海上扬起的白帆，炊烟袅袅，蕴含着无限的生命力。向远处眺望，整个大草原就是一片绿色的海洋，在微风的吹拂下，一浪接着一浪，草地上的牛羊若隐若现，像飘在草尖上的云朵。在这广袤绚丽的春色里，整个草原的天空、河流、牛羊和蒙古包，在小草的颤动中，全都随之律动。天地之间，一切融入草原春色里，多么和谐，多么磅礴，多么令人震撼。草尖上的春色，一如许诺下了庄重誓言，坚定地引领着草原走向收获的牧场。

"白日去如箭，达者惜分阴。"想挽留这春色的倩影，却无奈时光飞逝。本来，春色之于我们，不过是一场时尚的演出，谢幕之后，色迹幻化成满园春色。倘若苦苦寻觅，抑或能在早春怡人的影子里发现一点什么？

一棵小草在人们心里是微不足道的。至于一团、一块、一片草就不同了。倘是一园、一块草坪，或者像苏堤春晓，小草缀满路边，绵延远去，绿意荡漾，春色挂在面前，便令人不禁拨动琴弦，放开歌喉，尽情赞美，也会精心修剪，施肥滋养，百般呵护。草尖上的春色，呈现的小草团结齐整之美、广大辽阔之美、自由灵动之美，无不扣人心弦，给人启迪，带来希望。至于保持水土、调味入药、做饲料肥料等功效，仿佛不必在意，也无须担忧。人们对于草尖上的春色，给予殊荣和赞美，而小草更像是春天的领跑者，将激荡起势不可挡的潮流，尽管还有一种在路边的狂放和轻浅。

人们常说的"草草了事""弃之如草芥"，或者"墙头草，风吹两面倒"，等等，把草描摹成了既不专注，又无立场，也不坚强的诙谐形象，小草长期含冤却不声张，不抗拒，不作病态的呻吟。小草拥有朴素大方的身姿，蕴含着蓬勃生机，它把碧绿的清香，弥漫在悠长岁月里。在原野里，山岗上，盘桓起伏的道路上，风来了，它便轻歌曼舞；雨来了，它便英姿飒爽；阳光明媚的日子，它仰望蓝天，任悠悠的白云轻轻飘过。任何时候，顽强踏实与淡泊宁静都驻足心底，让生命有了内涵，一任岁月持久而绵长。

小草的命运注定一生默默无闻，一生奉献无悔，我们谨记着。"野火烧不尽，春风吹又生。"草的情怀充满深沉和悲壮，在它生命的轮回里，寒冬时常常甘化尘泥，以另一种方式将生命延续。但是我们面前的草尖春色昭示了，小草一出世，便已站在了时代的潮头，第一次赋予生命以时尚，并由此改变自己，在默无声息中，孕育着果实，开启生命新的辉煌。

满目西湖春色，苏堤春晓如诗如画。不知不觉间，路上已是游人如织。拍照的、叫喊的、追赶嚷嚷的，把路上、堤上挤得水泄不通。朋友便和我来到较为安静的杨公堤西湖名园茶庄，对着满湖胜迹，品起茗来。我对茶道向来一知半解，在广州、潮州喝早茶也就视同吃早餐。一大早到西湖边上沽茶，却别有一番风味了。

"欲把西湖比西子，从来佳茗似佳人。"朋友说，杭州人的生活围绕着西湖，围绕着水，喝茶也是时尚，是不可抹去的集体记忆和热烈的向往。无论是早上的饭食，还是西湖边的聚餐，喝茶都是少不得的节目。奉上一杯上好的龙井，茶香里还是朋友间相互理解的默契。喝茶嚼味，你闭上眼睛，就可以感觉到，那茶香与小草一同萌芽生长，晶莹剔透的露珠在唇齿间活蹦乱跳，让你仿佛听到那茶叶在心里抽芽拔节的声音。我也知道，龙井香气浓郁醇厚，清爽沁心，非浓烈之感，宜细品慢啜，非恬淡静心不能领略其香味。还是朋友看出我的急迫心情，笑道，茶者，只看字，人在草木之间，一语道破天机，就是人与自然的融合。龙井茶融入西湖，而西湖又融入杭州人的生活，品出了茶味，再看西湖，也无非就是欣赏水边草木，心里有什么味，西湖就是什么味。如果有一天两天没有这般喝茶了，你的一切就像是出局了。被美景和时尚放逐，那是最悲惨的放逐。如果没有见过苏堤春晓草尖上的春色，我们对美景和时尚会有什么真切的感受呢？就像领悟禅一样的心境，这一说辞，让我马上释然。品茗怀春和望梅止渴，实在是同出一辙。人们流连春色，追逐着时尚，融入时尚的生活中，时尚不断改变着我们的生活，更改变了今天的每一个人。

从茶庄出来，我们走在杨公堤上，尽情领略西湖春色。栈道刚刚修好，在上面行走，与湖水亲近，摇摇晃晃的波光，让我们宛如浮在缥缈的世界。不远的苏堤旁，晨曦满湖，桥影照水，浅绿的草色涌动，柳丝舒卷着，传递春天的旗语，指引追逐春色的人流。偶见两只白绒绒的天鹅在水面嬉戏，似是为春色陶醉，而变身为西湖最美的景致。我静静地坐在栈道上，发一会儿呆，融入眼前的春色中，感受着从来没有过的清爽淋漓。

秋天的约会

> 和秋天约会,领悟生命的律动,也多了一份淡定和从容。

昨夜雨打梧桐,惊醒一帘清梦。我知道,那是秋天送达的一札约会信笺。

人生一世,草木一秋。越过年年岁岁,我整理行囊,真诚而骄傲地在每个轮回里,和秋天约会,一起品味历经了春天的发酵和夏日繁华酿造的美酒,仰望天高云淡。

"黄花深巷,红叶低窗,凄凉一片秋声。豆雨声来,中间夹带风声。"我默念着南宋词人蒋捷为我们相见传授的密码。果然,期盼已久的细雨敲窗,风雨满怀,凉雨垂枝。轻快的见面又在雨中,一场接着一场的秋雨带来丝丝凉意。秋雨轻轻的、柔柔的、爽爽的,细小无声,掠窗无痕,滴落掌上,浅浅的凉,倏忽,凉透手心,凉透心田,落入纯真的梦里,爱的禅意便也落入梦里。光阴太窄,指间太宽。在指缝滑落的日子里,夏日的繁花和葱茏绿叶,经了岁月碾压,走过人生的繁茂,奔向零落,亦如翩跹起舞的彩蝶,去追寻道路上的鲜花的魂魄。

蹚过细雨,秋风已凉,如踩下的油门停不下。我马上明白了,为什么晨光中的见面,秋透亮透凉,原来,纯净雅致是历过的沧桑。割舍浮华，漂浮在燃烧的季节里，山川万物自由灵动，酷夏无处安放的眼耳口鼻有了着落，心终于有了宁静来包裹。

在枯瘦的河畔凝望，一条澄碧的绸缎缠绕秋色。金黄的银杏叶和猩红的枫叶层层叠叠，覆盖道路，恰如阳光落了满地，斑斓了秋的生命，拾一枚秋叶在手，浑身染上淡泊与宁静。沐浴在缤纷的世界里，所有的日子都被熏染，像刚刚采摘过的果树，枝头又长成梦幻的斑痕。秋的容颜被时间洗过，雍容典雅而清丽，秋的情愫用五彩丰韵涂抹，苍凉古朴而豪迈。没有春之"百般红紫斗芳菲"的浪漫，也没有夏日"接天莲叶无穷碧"的妖娆，可是花园边、小路旁和四处原野里，那异彩纷呈的菊花、牵牛花、桂花，仅是点缀，满世界已芳香四溢，浸透肺腑。丹桂相伴，秋香出尽风头，占尽风流，气势压过秋雨浅浅的凉。"桂子月中落，天香云外飘。"桂花树摇着伞，它的干，它的枝，它的叶，恭顺谦卑，风流蕴藉，却把花恣意洒进车窗，洒在案头，洒在肩上膝上，洒在茶里酒里梦里，人们捧桂花酿酒，空气中游荡的是琼浆玉液的魂香。

在秋风万里的美妙夜晚相会，月明星稀，秋天换上梦的衣裳，直叫人看得分明。月光下徜徉，旷野小路上，窗外屋檐底，秋虫挨挨挤挤谱写旋律，长腔短调，一声声一阵阵一曲曲，时而如山洪暴发，时而似众江汇集，时而又是溪流淙淙，如歌如诉，天籁之音，逗得你直想读懂所有音调的细节，辨别出每一位奇妙演奏家。

序属三秋的日子，投入秋天的怀抱，贪婪品味着果实的香甜，那是秋天金黄的味道，收获的味道，艳阳的味道，月光的味道，秋雨秋声秋色秋香的味道……令人仿佛刚刚脱离市井，又坠入凡尘。赏秋品韵，把酒言欢，浮想联翩，更会情不自禁地登高望远，寻找素秋万里的轻风疏影。云游金秋，听闻雁声阵阵，不由得写下惆怅的诗行。

和秋天约会，领悟生命的律动，也有了淡定和从容。每个红红火火的人生莫不是这般，从孕育繁花的春天一路走来，染上丰富的色彩，在秋天卸下浑身甜甜蜜蜜的硕果，再走进苦雨，走进风霜，脆弱地凋零在自己的辉煌里，何必在意岁月留在脸上的沧桑，掠过头顶华发的悲凉？

　　情感的长河，最令人留恋的永远是幸福时光。在与秋天相会的短暂日子中，生命开始华丽地蜕变。殊不知，"我志未酬人亦苦，东南到处有啼痕"，蹉跎岁月，只能留下永久的嗟叹。然而，我心中谨记，和秋天的深情约会，永远只是人生的一处驿站。眨眼间，欢聚的笑声还在脑畔，醉人的美酒香气还未挥散，在红叶的飘落中，在悄然唏嘘间，在咀嚼着阴凉的时刻，秋天蕴藏了蓬勃的力量，就要姗姗起程。尽管真诚挽留，也曾拴住几个丽日，但斜阳草树，怎么也阻拦不住秋天前行的脚步。秋天华丽转身的瞬间，我忍受着离别的苦痛，传递着幸福的祝愿，诉说着无尽的期盼。

　　作别秋天，我只有热烈的礼赞；执手相送，忽见风雪挂满长天。

洞庭湖之夜

> 水月镜花，是遥不可及的距离。繁星若隐，窃窃私语着不为人知的往事。我知道，那是夜的影子，神秘、缥缈而深邃，伴人度过一切苦厄。

晚霞燃烧过后，谦逊地拉下帷幕，把舞台留给了夜。

洞庭湖之夜被波涛卷得好远，拆叠成拙朴仁德的大舞台。俄顷，天空墨蓝泛翠，像波涛擦洗过，拉开柔静甜美的翠幕。夜色轻盈飘逸，夜露爬上草尖，落入唐诗宋词里。对着远方的阑珊灯火，湖中所有险雄碧秀默然微笑，风情摇曳。波涛澎湃，没有了光芒，失去了色彩，成为风的玩伴。

风摇着蒲扇，吆喝着春夏秋冬四季赶路，风无拘无束，乐于奔波。时而像怀春的少女，羞涩抚摸湖面，把柳树染绿，让它硬朗起来，把白的红的黄的绿的花儿缀了满湖，草木葳蕤，把船客醉倒在湖里，不允其醒来；时而是母亲的温情，装扮着舞台的每一处风景，水幔遮蔽了裸露的石岸，催高了芦荡的每一片苇叶，舞台上的演出，温暖着千家万户，甜蜜了每一张笑脸；时而又化成铠甲披肩的骑士，鞭挞着暴雨洪峰，舞台上是狼奔豕突，狮虎成群，夺路而逃；时而又是板着冷血面孔的侠客，漫天吼叫，把满湖化作银装素裹，试图用冰雪撕碎黑夜，把舞台还给白昼，结果一湖银白，在夜色中失眠。

谁在舞台上吟诵着一页页湿润的诗行？原来，是满湖的风水。

寂静的夜晚谁也不曾寂寞。一位巡湖的老人在湖洲守望，他划一根火柴，点亮渔灯把夜幕撕开一个洞。渔火滑过时光隧道，倏忽照亮鼓成巨帘的风帆，照亮了潺潺流淌的湖水，照亮了洞庭湖的烟波浩渺，照亮他脸上盘根错节的皱纹，也照亮了他逝去的遥远岁月。他像一条苍龙，沉郁而宽厚，毫不迟疑地占据舞台。他依偎在波涛的怀里，寻着岁月的浪迹踽踽独行，望着远远的航标灯，没有一丝惶恐。他心连沧溟，用悠悠的桨声告诉人们，渔火的光亮，永远照耀迢迢远方。

一棵树守望在湖畔，整个洞庭湖都属于它。一头牛在堤坡上吃草，一只夜鸟飞过，一条鱼在水面跳跃，舞台永远属于它们，属于多彩的生命。

星月从来不在舞台上缺席，是夜的伴侣。总是多情，爱情讲述了一万遍，坠入冷宫，月亮摇着小船，带着岸上的孩子摇啊摇，摇到外婆桥。湿地间，水虫水蛙水鸟的鸣叫声，是系在月亮上的风铃声，传得老远老远。一轮明月绝洞庭，和追月的天幕一起落入湖中，惊起湖面淡淡的雾霭。这时的舞台，天水相通，水天一色，只隔一丝初生的波光。月涌大江流，月光又一次堕入爱河，和湖水溅出火花，碰撞的涛声如山崩，又似万马凌空，千军列阵，波影银碎，却再不忍水月相破。

月亮醉了，不愿掉头。我想告别蟾宫，拥住波涛柔情，缠绵缱绻，又醉罢还醒，徐徐漫步，找回千年幽梦，圆了，又缺，又圆。月逐涛声远，星伴倦浪归。满天繁星看花了眼，望尘而拜，扎进湖中同浴，洗亮颗颗宝石，被萤火虫拾掇后，四处漂流，嵌入满湖历史的记忆。于是，李白、杜甫、张若虚等等，怀乡沉思，喟叹聊问，众星淬炼，珠光四射，罗绮满湖。对酒当歌明月夜，满湖清梦压星河。舞台上高潮迭起，波涛澎湃，皆因一轮明月，满湖星宿。

  水月镜花，是遥不可及的距离。繁星若隐，窃窃私语着不为人知的往事。我知道，那是夜的影子，神秘、缥缈而深邃，伴人度过一切苦厄。我不知自己缘何那般执着，在这夜里，总希望寻找到洞庭湖的影子。任思绪飞驰，任想象在湖水里遨游，我却只看见幽蓝的苍穹，格外的皎洁，寥廓清辉，俯视天下苍生。原来，夜的舞台，水天共一身影，讲述同一个不食人间烟火的故事，影子皆淡泊而宁静。许是时光遗忘了湖水，抑或是湖水辜负了时光，在这迷人的夜晚，万物一齐踏入梦境，伸手触摸，恰是庄周梦蝶，却无意间惊动了月光。

  洞庭湖之夜，风帘翠幕，水秀山明，找不到一丝迟疑惶惑的阴影，狂卷的波涛，激荡着满湖诗情，梦想被波涛打湿，响彻时空。然而，不知不觉间，月亮爬出水面，腾空一跃，深情作别，溅起无数水花，在湖面映出了鱼肚白。素来缘浅，奈何情深。多情的洞庭湖在挥手之间，澎湃的力量把月色冲洗得格外明丽。它们款款相邀，迎接新一天的开始。

  月亮一转身，夜就沉到了湖底。

目平湖掠影

> 雨声、桨声和水声，清逸纯净，刻在盈盈波浪里，最易湿润双眸，孕育诗性情赋，湿润心田，滋长半生感动。渴了，俯身痛饮，湖水的甘洌清甜直渗到发梢，而待到风停雨息，宁静的湖面仿佛什么都没发生过。

我怀着崇敬，更多的是热爱之情，无数次涉沅水、澧水，躺进目平湖的柔波里，翻阅漫卷的哲慧遗篇，记下一些湖声远影。

目平湖像一面巨大的镜子，照亮江南的蓝天白云和满天繁星。镜面上，沅水大桥、高速铁路纵横交错，空中航线、水上航线沿湖交织，联通东西南北的立体交通网，更像一张挤缩的五线谱，将沧桑岁月和不老情怀，谱写成前进的旋律，让湛蓝澄澈的波涛奏着和声。

确切地说，目平湖是一个精力充沛的旅人。不过，我一向视这个赏鉴万世的旅人是长者，是一部历史，是活着的历史教科书。打开书本，感情是索引，总目录竟有旅者、居者、渔者、隐者、酒者、乐者等几十条之多，林林总总，包罗万象，涵盖七十二行，呈放生命的色彩。还有子目录若干，让人体味到情感之重。我随意挑了"旅者"，并打开子目录，也随意捡了几个连在一起，想读懂它蕴藏的情感，便有了这次穿越之旅。

自远古走来，洞庭湖形成于地球燕山运动，延续至喜马拉雅运动，在形成时，目平湖位处西滨，最早凹陷成湖。在《史记》《周礼》等典籍中，洞庭湖始称云梦泽，目平湖即为梦开始的地方。到了战国后期，它才被称作八百里洞庭。司马相如《子虚赋》说："云梦者方八、九百里。"

摇船划桨，奔腾不息，旅途别具一格。亿万年前，沅江源起于云贵高原，历贵州都匀及湖南洪江、芷江、泸溪、古丈、龙山、沅陵、桃源等13县（市、区），沿途接纳巫水、舞水、辰水、溆水、武水、西水等支流，以神奇的力量，顺雪峰山东倾沧海，翻腾咆哮，汪洋恣肆，邀约自桑植东下的澧水，历湖南桑植、湖北鹤峰等11县，接纳溇水、渫水、道水、和涔水等支流，千曲百转，翻越高山峡谷，飞崖险滩，饮飞瀑激流、汩汩细泉，以激昂的波涛传颂着远古的韵律，以奔腾的节奏跨过了秦汉以来的所有年代。两水狂奔，拥抱在目平湖。目平湖近二百平方公里面积，湖中有湖，湖中有山，山中有湖，水衔山湖，波涛连天。湖水吞长江松滋、太平、藕池三河，汇合沧水、浪水、西湖高水等八条河流，太白湖、西脑湖、息峰湖等数百个大小湖泊后，进入长江，通江达海。

经过千里行程的大奔腾，越过万壑幽岩大险隘，见识了两岸旷世大美景，目平湖深藏若虚站立低处，沉积着最深最丰富的情感，把更低者更小者拥入怀里。一只珠蚌，一只小鸭小鸟，一颗茭白蓼米，都被视为珍贵之物，得到无私护佑。宽广的胸襟令人折服。目平湖畔的汉寿县、沅江市、南县、安乡县以及与其相连的其他诸县自古皆为富庶之地，繁华港湾。

旅人钟爱美景，总会倾力打造出想象力所能勾画的奇异景致。渔村夕照，自古为"潇湘八景"之一，傍晚时分，烟波浩渺，渔舟唱晚，踏着净照寺的钟声，人们在夕阳中赶回家去，脚下湖水轻声呢喃，湖岸上千山万壑俱静，田园村舍炊烟袅袅。渔家清韵，令无数文人骚客在此流连，蛰居万世。入夜，皓月千里，长空披岚，隐隐渔歌互答，湖洲似海市蜃楼，若隐若现，目平湖躺在灵境里。至于冬冷水慢，洲滩错落，萧索落木，盈盈绕面，平常模样里清韵自出。而当风严霜逼，或乱雪零落，湖天白雪浑然一色，满湖万物清寂不振，芦荡深幽，偶有一鸟飞至，高歌一首，满湖清梦，回声清绝。

在旅人游历中，沧浪夜渔，宝台望橘，到处是收获的诗笺；眉州物语，明月浴池，往古以来皆经典。不过，天不老，情难绝。平目湖慈悲广施，魂系天下，活脱脱是一位浪漫情怀的仁者。满湖春水重复着昨日的故事。春天里，江南的轻风温软柔润带着香甜，阳光像钻石一般璀璨耀眼，亘古不变。旅人迹痕所至，都叫人诗情喷涌。一条街道，一个村庄，一弯小汊小港，杨柳、小桥、流水、洋房人家，已成水乡绝配。风从湖面钻到每个角落里，小河湖汊清波横卧，古木巨石一路伴行。随意摇船到水乡人家屋檐下，面前风清骨峻，万物生华，红红绿绿的作物，五颜六色的花儿，散发出香香甜甜的味道，水乡姑娘面若熟桃，水中照镜，戴饰掩羞，每天都似生活在节日里。这一切，让旅人醉在梦中，醉在词中、诗中，醉在江南的油画、水彩、版画、木刻、写生之中，每一处都似曾相识，每一处都宛如初见，每一处都让人魂牵梦绕。湖中畅游，雨中泛舟，却不料乌云层层叠叠翻滚，雨势如箭，激起千军万马的风浪，一波又一波前仆后继，这番情景令人惊骇。斜风细雨时，屏息聆听，雨声、桨声和水声，清逸纯净，刻在盈盈波浪里，最易湿润双眸，孕育诗性情赋，湿润心田，滋长半生感动，渴了，俯身痛饮，湖水的甘洌清甜直渗到发梢，而待到风停雨息，宁静的湖面仿佛什么都没发生过。而这却使我们忘记了大自然的修复与再生。往往是大雨过后，洲滩一些水洼地在一夜之间就会出现一串串一堆堆鱼蛙虾蟹的卵，一群群雏鸭乳鹤，俯仰倾欹，随波漂荡，缔结生命的篇章，循环湿地的生命轮回。潮湿孕育生命的力量，令人惊叹。生活的万象，都在潮湿之中悄然发端。雨是目平湖的常客。许多人过去弄不明白，缘何总是放不下生命中那一幕幕的雨，目平湖雨中泛舟，让人处在纯净野逸中，忽然就明白了。烟雨滋润了太多情怀，风浪孕育了满湖生命。甘于淡泊，孤傲守志的一众洲滩，如星罗棋布，连绵竞秀，在目平湖里守望了一万年，丝毫不曾倦怠。

洞庭湖哺育了璀璨的湖湘文化，波涛间常打风捞龙，聚散沙成铁塔，化腐朽为神奇。对目平湖的深刻认识和理解，缘于我查找索引，也全赖真挚的感情。一如出生便喝湖中的水长大一样，这是与生俱来的。后来的发现和遇见，使我觉得目平湖这位旅人更像一位满腹经纶的学者，却又演绎了多少历史风云，濯洗出无数震古烁今的旷世奇才。不论怎样，他们的根脉植于目平湖，永远也挣不断波涛的乳汁。在汉寿县西港紫金山新石器时代遗址中，七千年前的陶片珠玑闪亮，沧浪河流域发掘的战国墓群出土的陶器青铜器，映现战国烽影，目平湖众多古遗址出土的诸如龙凤金饼、郢都玉石、王权玺鉴等等，洞照出远古文明的烈焰。

目平湖更具智者师者风范，师法古人，又与时俱进，丹青焕彩，墨舞春秋，从不受世名所累，其德其智足以撼动山河。它手牵一根红线，缀起梦幻世界张家界，陶渊明的理想王国桃花源，还有善德山、城头山,缀起岳阳楼上范仲淹心系天下忧乐的理想情怀,还有君山娥皇女英,赤壁荆襄古战场,与潇湘美景水乳交融,一脉相通。线上每幅图景相容互鉴,互为起点,吸纳长江流域众多文化星宿,发育滋长。于是,湖湘文化与荆楚文化、巴蜀文化、滇黔文化、吴越文化、海派文化等在这里交汇,经过激流的淘洗研磨,百家争鸣,百花齐放,百蕊芬芳,宛如一串珍珠,镶嵌在古老的湖畔上,闪耀着缤纷绚烂的光芒。

日月经天,江河行地。目平湖影像里,不知刻录了多少动人的历史故事,留下了多少补天柱地之人的身影,以及他们垂范百世的锦绣珠玑。寻求理想的屈原,灌缨濯足逐梦,留下鸿篇巨制。司马迁、司马相如、阮籍、郦道元在此磨墨,以全新的角度,将目平湖风物名胜带到世人面前。李白、杜甫、白居易、卢照邻、杨炯、孟浩然、王维、岑参、孟郊、杜牧、韩愈、欧阳修展履所至,斐然成章,他们折服在碧波里,敬献了大量诗词歌赋和雄奇文章。华佗、孙思邈、李时珍沿岸巡诊,遍尝百草,将珍奇草木收纳于传世典籍中。湖面倒映着他们逐梦的身影,波涛是他们行吟的咏唱。对理想社会的向往,纵横河湖汊港。钟相、杨幺在南宋初年,提出"等贵贱,均贫富"的主张,聚众数十万人,濒湖置寨,据湖为险,兵农相兼,陆耕积粮,打造出车船,整训水战,抵御围歼,屡战屡胜。今天,杨幺水寨旌旗猎猎,震天的厮杀声依稀回响在野旷芦荡中。众多先哲圣贤和英雄际会,给目平湖平添了一份神奇。

带着润泽湖湘、周济天下的伟大抱负,目平湖运思如卷轴,不舍昼夜,日夜奔腾,形成汹涌澎湃的强大力量,在所有的时光里激荡起连绵不绝的回响,从而炼成抱瑜握瑾、包元履德的强者。它既沉静柔美,又不乏阳刚剽悍;它既是灵动的慧眼,又喷射着永续的魅力;它既包容万物,又笑傲江湖;它既是游子遥望的乡音乡愁乡关,又敦促每个湖湘儿女实现高远目标。浩浩荡荡,振聋发聩,自强不息,永远向前,是它坚定的性格禀赋。掷地有声,百折不挠,澄澈透亮,辉耀千古,是亘古以来的品格风范。行走万里,抹平四方,回肠百转,奔涌入海,是它不懈的追求向往。目平湖养育了湖湘儿女,每个人都是它胸怀里的一滴水,一朵浪花。它永远豪迈奋进,怀揣蓝天白云的清朗,不停地思索向前,闪着星辰般的思想火光,览日月之行,浩瀚无垠,吞山嶂峦胜,包容万仞,一洲一滩,一草一木,都是湖湘儿女洒脱的身影。多少志士仁人从这里登上历史舞台,指点江山,书写中华民族的史诗;名士大家从这里走向文化讲坛,挥舞椽笔,描绘社会理想。

然而,任何旅程都有可能遭遇危险危机、困厄困顿。设若目平湖情感的活水撤退,我们心灵流淌的会是什么呢?怎么办呢,这又须回到书本的开头,循旅人感情的踪迹,要智借通天之力。强者恒强的秘诀在于能医治自身顽疾,自疗自愈。曾几何时,目平湖洲滩垒沟墙,遍布矮围网。有活必猎,无须等候,搜罗巡狩,守候必获。人们忘记了时间,忘记了季节,忘记了目平湖身心的疲惫与忧伤,忘记了琐碎的生活必须有湖水的湛蓝清亮。目平湖偶尔也会用旷野洪峰教训人,把满湖涨得鼓鼓的,亮晃晃的,所有的洲滩暗礁被迅速抹去,漩涡绞杀漩涡奔突,狂涛卷着狂涛疾驶,洪峰逼赶洪峰裂岸,万钧雷霆满湖巡游,如虎狼般地追赶急走。短暂的狰狞,咆哮的野性与剽悍的猎杀令人惊悚恐惧。但更多的时候则是暗自饮泣,或缄默以对,很少大声倾诉,自忖波涛激流会带走忧伤和痛楚。

旅人储存的那些影像、那些历史,往往也重在拷贝人们寻常的生活情感,给人一种惊奇和战栗。羊羔跪乳的故事讲述了千万年,这种人类幼年时期的感情，更易令人顿悟哲理，凡事寻踪溯源。古称"龙阳"的汉寿县谓为龙舟始源地，乡乡赛龙舟，村村打龙船，户户有桡手，人人爱竞渡。其历史可追溯到两千多年前的远古文化，而且这种文化不仅传至全国各地，今天还走出国门，输出到好多国家，彰显了这种文化的开放性、世界性和包容性。在打好龙船后，要举行隆重的"登江"仪式，龙船竞渡前，要到湖中"祭龙头"。在鞭炮声中，人们穿戴齐整，敲锣打鼓，抬着贡品行叩头之礼后，一齐跳入湖中，拜神、拜水、拜祖先，祈祷消灾除祸。这种礼俗自隋唐一直沿袭至现在，从未有丝毫马虎，并已成为目平湖的伦理纲常，不容任何人践踏，突显了人们对古老的湖泊，对于生灵万物，对于水的尊崇。湖边人家还有个传统习俗，谁家大人小孩感冒发烧、咳嗽、不思茶饭了，在夜间，长者双手托件病人上衣，沿湖叫着病人的名字喊魂："伢儿呢——，回来哟——"满湖波涛回应着。喊魂者回屋，台阶上连蹬三脚，就听到屋里一声"伢儿（或妹伢）回来哒回来哒。"过一两天患者果真就奇迹般好转。家中有患疑难杂症的，在湖洲或堤上扯一把蒿根、赤匏、紫菀之类的草药，就感觉是和神医药王隔了时空相遇，回家煨汤、做成粑粑，或嚼或敷或贴，总是会有神奇的效果。水中系着湖之魂，每每让人体味到情感之湖所承载的生命之重，真是无以言表。

人们重温这段感情后，开始自觉疏远排斥捕猎盗猎者们。在"共抓大保护，不搞大开发"的旗帜下，目平湖湿地被列入国际重要湿地名录，2013年12月经国务院批准升级为国家级自然保护区。水污染防治、水生态修复、水资源保护、水安全保障，成为人们共同的行动目标。清理矮围网围，清理采石采砂，清理乱堆乱建，黑杨清理，渔民上岸，生态修复，伤痕累累的目平湖刮骨疗毒，休养生息，重又焕发出蓬勃活力。滨湖市县区经济正发力融入长江经济带，融入粤港澳大湾区。目平湖河畅水清，壮美翠蓝，圣洁之躯今日重现。汉寿甲鱼甲天下，湖畔蔬果"领鲜"世界。被称为"洞庭湖四珍"的野芹菜、野藜蒿、茭白和蓼米，和湿地植被长叶赤爬、紫菀、甜麻、黄独、龙虾花、盒子草已遍布洲滩。目前，湿地公园生长繁育着湿地植物865种、飞禽207种、淡水鱼114种。国家一级保护动物中华鲟、白鹤、白头鹤、中华秋沙鸭等10多种均在湖中繁衍。

不曾起舞的日子是对生命的辜负。目平湖却从不辜负每一缕清风，每一束月光，不辜负每个湖湘儿女雄风万里的美好梦想。

江南五月，草长莺飞，湖洲妖娆。站在岸上，眺望湖中，万顷波涛，白帆点点，鸟儿翻阅流水的心事，如一串串跳荡的音符，重复着流水的歌声，歌唱着可爱的家乡。青山障里，龙舟列阵，划头桡，抢头水，争头名。一声令下，百舸争流，鼓点如雷，万箭齐发。

我每一次从湖中上岸，都陷入深深的思索里。目平湖这面镜子，是这样照着古人的倒影，也一样照着我们今天以至今后的作为。

湖边人家

> 那芦笋，那芦鳝，那土鸡，那野芹菜的香味，妙不可言，斟一杯药酒，撩得人们味蕾飒飒的，三天不尝，便感觉缺失了什么，像是血压、血糖、血脂控制不了似的。

常言说得好，靠山吃山，靠水吃水。湖边人家，靠着无尽的河湖洲滩，水上岸上的吃个鲜嫩。

阳春三月，目平湖风光带秀色惹人。浩浩荡荡的湖面上最引人瞩目的是芦荡，连绵的洲渚上，芦荻葳蕤，绵延数十公里，向湖心伸展，望不到尽头。

暖暖的阳光照耀着，和煦的轻风吹拂着，所有的洲渚如同听到号令，一齐活跃起来，柳丝绿了，桃花灼灼。在泥土的芳香里，一棵棵芦笋仿佛头顶尖帽的幼童似的，吵吵嚷嚷，互不相让，挨挨挤挤，密密麻麻。几日不见，便会齐刷刷地窜得老高，别有一番迷人的韵致。很快，几乎在人们尚未觉察间，在牛毛细雨里，翠绿的纱裙已换成金色的旗袍，而戴在发髻上的洁白绒毛更显得妖娆妩媚，仪态万方。芦笋最喜风雨，沐着春雨，开枝散叶，舒展婀娜身姿，把洲渚染得一片碧绿。

几乎就在同一时间里，被称为"洞庭湖四珍"的野芹菜、野藜蒿、茭白和蓼米，在这春日里的洲滩上，万头攒动，急切地穿透枯枝败叶，好像在焦急地争春夺绿，红的、黄的、白的花，青的草，绿的叶，都像赶集似的聚在洲滩上，在风中摇晃，慢慢就摇翠了一湖春水。

湖边人家的男男女女，老老少少，天天望着想着，心里就焦急起来。他们都惦记着清香脆嫩的芦笋、藜蒿和满湖野菜的味道，鲜嫩里透着一丝丝暖意。于是，寂寞的黄昏或宁静的清晨，他们三人一伙，五个一群，走在洲渚上。在满眼春色里，听得到芦笋拔节时的噌噌的声响，几只黄鹂也像等得不耐烦了，在笋尖和野芹菜丛里穿梭，啼叫不止。他们采了藜蒿回家，做成又香又甜的蒿子粑粑，算是最先尝到了湖里的野味。清明前后是品尝芦笋的最佳时节，这时，芦笋已高至小腿，味道正鲜。宋代张耒有诗云："蒌蒿芽长芦笋大，问君底事爱南烹。"袁说友在《谢魏南伯馈假河鲀羹》中也赞道："江南风物与君论，芦笋蒌蒿荐晚樽。"至于要尝到茭白、蓼米的清甜鲜香，却还要等好些日子的。宋代王质在《山水友馀辞 蓼米》中说："蓼米，蓼米，秋风易摇入秋水，大平中期难屈指。"可见，在古人心里，芦笋、蒌蒿、茭白、蓼米已经是不可多得的美味佳肴。

这两年外河禁捕，但屋前小河里的鱼虾味道比外间的差不到哪里去。特别是芦荡里的芦鳝，只要人勤快，早晨四五点起床，拿着铁扒和鱼篓子，就能挖一满篓，回家下面条，中餐晚餐用芦鳝炖腊肉或野菜，那是神仙没吃过的鲜香美味。

凤儿在职业学院学食品专业，最了解家乡的芦笋、蒌蒿及许许多多的野菜，收集了不少资料。她告诉大家，芦笋、蒌蒿、野芹菜是典型碱性活物，富含维生素、氨基酸、叶酸等多种营养成分，具有排毒消脂、清胃通肠、瘦身美体等功效。大家当然知道，比如芦笋，因为纤维粗，久煮不烂，不论烹煮时间多长，锅底不糊、汤味不败，鲜香如初，把合烹的鸡鱼肉一类菜品染得更鲜更香。凤儿还说，这些野菜自古以来就一直被不同层次的人们视为宴中上品而备受青睐。湖边人家都会烹制这些野菜。他们掐来带水的鲜嫩芦笋，不直接下锅，先喂水，至水呈乌紫色时捞出，置于凉水中浸泡。否则无论用什么方式烹调，均苦涩难当。他们泡的芦笋茶，有降高血压、高血糖和高血脂的奇效。他们制作各式菜肴，芦笋炒鸡蛋，又脆又嫩，香甜可口，芦笋炒腊肉，让人回味无穷。芦笋炖肉汤、炖鱼汤的鲜美，让人尝了，终生都忘不了。他们还会制作罐头，把芦笋和各种野菜或腌或晾干，通过蒸煮去腥去涩后，加工成各式味道，再装进罐子里，销往四面八方。

  不过，真正让凤儿尝到甜头的，并不是她宣传的芦笋、蒌蒿等野菜的知识。她的毕业作品是精心设计、拍摄的一段小视频，名曰《善省真味》，这让她挖到了人生的第一桶金，成为全家生活的转折点。

  凤儿浓浓的眉毛下一双好看的丹凤眼，气质逼人。她掐了带着晶莹水珠的芦笋，烹饪一道芦鳝炖芦笋。凤儿在烧红的锅里放入茶油，用姜片、蒜片爆香后，放入剖好洗净的芦鳝片，待鳝片煎得焦黄，如棉絮那样软糯了，放盐加水，文火敞锅，炖煮至汤汁如乳，从清水里捞出浸泡得嫩白发亮的芦笋，撕成均匀的细条，煨入汤中，并依次加入料酒、生抽、蚝油和花椒、辣椒、大葱等传统佐料。她撅着樱桃小嘴尝一片芦鳝，几根笋丝，立刻就把鳝的鲜美和笋的脆嫩爽口喊出声来。厨房灶台热气腾腾，让人感觉仿佛时光倒流，回到农家熟悉的情景。她娴熟地展现了她高超的调味技术、刀工和善用各类食材部位的能力，把人们的食欲点燃了。两三天里，访问量一下疯涨到好几百万人次。人们从那些鲜蔬上闻到了独一无二的鲜嫩气息，爱不释手地品味把玩，不由得涌起一阵阵温温热热的感情。

年轻人的想法亦如洲渚上飙长的芦笋那样鲜嫩。凤儿自视频火爆中意识到，商机来了。她毕业回到家里，便没有进城找工作的想法。她想自己闯一闯。和父母亲一合计，就把自家住房稍一打理，添置了一些桌椅，改成一家小餐馆，名曰湖边人家。她母亲掌勺，父亲跑堂，自己迎客，并在"抖音"平台上不断上传视频。鱼头炖芦笋，猪蹄炖芦笋，土鸡烩笋，谷鸭煲笋，等等，野芹菜、野藜蒿、茭白和蓼米，不一而足，都被她或炒或爆或炖，在餐桌上尽显风华。她更会展现她优雅的神态，精致的五官，清新的纯真，和按捺不住的书卷气，装束一日一新，尽显她少女和农家菜品的质朴原味，让人觉得她魅力四射，而灵气自来。凤儿学食品，懂得美食的味道。她说一道菜就是一个故事，一波三折，才吸引人。每道菜都有湖乡生鲜菜品的温润柔软或鲜嫩脆爽，吃起来才合口味。不仅如此，她还要延伸每道菜的口味，要让人在不同的菜肴里体验到原味，体验到在湖乡才能生长出来的鲜嫩，赋予味觉更多的想象空间，从而增加食欲。她把自己整个人入味在了湖边人家的每一道菜肴里。城里人都奔一个原味而来，不想吃过一餐，不能忘记，就再也丢不下了。那芦笋，那芦鳝，那土鸡，那野芹菜的香味，妙不可言，斟一杯药酒，撩得人们味蕾飕飕的，三天不尝，便感觉缺失了什么，像是血压、血糖、血脂控制不了似的。"闲烹芦笋炊菰米，会向源乡作醉翁。"湖边人家，那味道时刻追随着你，阳光灿烂的日子，会抚过身边，混入鼻息，淅淅沥沥的雨中，却也不曾缺席，它的味道藏在了人们记忆的深处。

凤儿的生意在目平湖风光带渐渐火了起来。凤儿机灵，第二年，便在城里开了连锁店，雇了厨师和服务员，她传授烹饪芦笋、野菜的手艺，确保原汁原味，店里经常随时令更新菜谱，不断推出招牌菜。生意越做越好，常常会因为一席难得而挨客人埋怨。她的成功极大地刺激了住在湖边的左邻右舍。大家纷纷仿效，野菜酒家、鲜鱼酒家的旗幌，沿湖飘荡，有的人家甚至把小阁楼改作民宿，吸引城里人来游山玩水，好不热闹。

这些年，我寄居在大城市，在流水一样的日子里，时常会觉得缺了点什么，细细想来，还是忘不掉湖边人家的芦鳝炖芦笋的香甜鲜嫩，味蕾总眷恋着鱼头炖芦笋的味道。今年清明节回去，我便直奔那个熟悉的小餐馆。凤儿一家见了我，依然热情不减，但她父母亲却心事重重的，摇着头说，现在生意难做，小餐馆多如牛毛，遍地开花，吃的还不都是湖里的那些东西，大家都在换口味呢。他们流露出些许的悲观，深有感触地说，盲目跟风，真是不可救药。又说，这种小打小闹，一如这洲渚上的芦苇，永远成不了大森林。老两口又转而为凤儿的婚事高兴，说凤儿都快三十岁了，开始谈对象了。

凤儿不说话，一肚的心事，又像在思索着什么。

我明显感到他们的担忧。现在人们在异常激烈的竞争中，都想冲出重围，寻觅一处安逸和舒适，让忙碌的灵魂歇憩片刻。人们总希冀着有一片柔软的爱来包裹自己。这是一种新的精神生态，它无时无刻不在找寻寄生的土壤，迫切要求保存这一现实的鲜嫩。不管是湖边人家还是其他服务业，也须跟上人们这种情绪的变化呵。凤儿似乎看到了，想到了。她水汪汪的丹凤眼里满是蓬勃的意气，那里贮满了金点子。她说这几年自己赚了不少，现在要上新项目，自己学食品的，离不得老本行，准备出去考察一下再动手。我也提醒他们，自家那撑门面的几道菜千万丢不得，这可是看家的老本钱呵。

说话间，芦鳝炖芦笋已端上桌来。

金牛夕照

> 金牛洞在脚底悬崖下,崖壁巨石怪张,吞洞穴藏于腹中,嚼果顿足,仿佛听到金牛在洞口"哞哞"鸣叫。

汉寿县境内的金牛山算不上名山,却也名气不小。自古"金牛夕照"便为潇湘胜景。

我登金牛山无数次,山已成为生命中的挚友。过去总是从南麓的盘山公路一路向上,或从山脚东边的徒步道,绕陡坡,撇深涧,徐徐爬上山顶,一览峰峦叠嶂、洞庭东去的瑰丽。但金牛山南坡的坑坑洞洞,让人觉得隐藏了无数说不透的秘密,我在无尽的揣测中,觉得洞里洞外流失了巍峨高山的真颜相脉,像老妇人干瘪瘠薄的乳房,心里无端就会涌出片片伤感。于是,有友人提出,以后登金牛山皆走北麓旧时的茶马古道,或许会有不同的感受。

春夏之交的一场暴雨,把空气都淋得透湿,吸一口气,便觉得是喝下一口凉水。下午雨停,我们相约山脚下。丰家铺镇金牛山村农舍院落都是不久前整修过的,幢幢小楼白墙灰瓦,在一片翠绿的山色里特别惹眼。小院里花影绰绰,松声迎风,鸣于楼上。山脚下的空地上,栽植了一片片桃、李、梅、梨、桂。这些花树扭腰摆舞,婆婆的叶子掩映于小径旁，旁边用曲直不一的木条做成栏杆，涂上了青瓦色，它的光泽便跳跃在林木之间。想想沿路的农舍里，人们还如此恋着花呀树呀，也算得上心性纯粹。这里的人们尤其喜欢梅花，十年前，犹见老干数百株，名流觞咏，每集其下，而今又添植片片桃林，争红斗绯，缤纷馥郁。桂花树下，园田鸡犬，闲逸恬淡，自带诗意。望着远处的巍巍金牛山顶，我陡然就生起攀登的劲来。

山脚起坡是一片翠绿的竹林，疏朗宁静。山不峭而堑，古石道上，残薄的积水弥漫。林间仰望长天，云气绝佳，或如万马齐奔，或如狮象起舞，或如仙姑摇伞，如山，如树，寓意不明，姿态散漫，变幻莫测，倏忽万状。不知不觉来到一块唐碑边，石已残缺，字迹模糊不能辨认，只是凿痕仍存。周围慢慢现出一大片树林，有茶树、青冈树、枫树、榉树等等，虬枝乱生，粗藤牵爬，身缠青苔，遮盖了光线。树下野花炫目，红的白的黄的，星星点点，或一丛丛，一团团，铺了满山，娇嫩得简直要滴水。道上凉风微动，芳香袭人。爬上一段陡坎，身上冒出汗来，一阵一阵，却见左手端一深壑往下凿成的巨渊，深不可测，上面巨石横溪作槛，中间现出石槛，一泓清亮的细流从凹处泻下，冲破乱石，撞成千丝万缕，汇成一汪四五米高的小小瀑布，落在斗大的小石潭里，飞向渊底。潭中叮叮有声，如珠飞溅，如雨起烟，上下烟雾缭绕。立在石槛上向上望，水直下如注，声震如雷，漂入怀中，溅湿衣裤。向下涉过数道横溪的石槛，坐在潭边巨石上俯瞰，则见小溪弯弯曲行，清流忽明忽暗，浅唱低吟，湍急不见。不曾想雨过天暮，金牛山还有如此怡人景致。

游目骋怀，微汗将息，寻石级向上。松竹间的小溪，长鸣如雷，盘桓而上时，宛如被林间细风吹软吹瘦了，只剩一线汨汨细流，随石作态。林间踯躅,细细的石径已被裁成三段,渐次摆开,一段比一段陡峭,一段比一段逼仄,却都奋力向上。爬至最上的一段,松根作坡级,天然高下,足无歇处。不过这时的茶马古道,在莽莽林海的幽暗清凉中,展现出人们穷极之力,不可战胜。石级绝处,满身汗水浸透,只见无级处则凿崖石而为之,细数有数十级,如直立的天梯。爬向上面的僧房时,在最窄处,仅容一身,关隘险要,云气缭绕,别说威虎严守,哪怕幼童持矛,鸟飞不上。这便是白云关。登却上来,眼睛渐渐亮了。山上的龙安寺殿宇僧房,还有昔时的微波站遗屋,算不得宏伟,却牢固整洁,另一边败堵危墙,旧日胜迹还存,几株仅有的古香樟、皂树围院散立,风过摇指,翠郁生生,历世尤健。大家在树下牛栏窝遗址边团团坐了,细细品尝一碗手工擂茶。院子里凿崖作沟,引泉入厨,泉水尽是清洌甘甜,所有的燥热烦闷立时洗净。我边品茶边屈指算路,自后山一路上来,只有一方旧时残碑,纪念那些繁忙的马帮赶骡人。虽然景点旧迹不多,却让人舒筋展骨。东坡和山南麓的一些遗迹,已都在我们脚下。半山腰里的风洞和雨洞,尽数绕过。金牛洞在脚底悬崖下,崖壁巨石怪张,吞洞穴藏于腹中,嚼果顿足,仿佛听到金牛在洞口"哞哞"鸣叫。林林总总的这些旧迹,在记忆里印刻不深。

这时,茶客僧人又在讲述种种传说。牛栏窝的传说是典型的"藏宝图"。据传:有道人携童子牧金牛于此,醉在清凉里,不料金牛逃匿,人们便挖山锤石,终于挖到了牛栏。牧童急了,恐将牛挖走,便跑入龙安寺内,敲响铜钟。挖山人以为是撞钟开饭,便停止挖山。乘这机会,牧童牵走金牛。人们再来时,只剩一个空洞,这便是"金牛遗迹"。金牛山上藏金牛。这个传说像一道魔咒,千万年来,在每一寸光阴里徘徊,让人铤而走险,贪婪地凿石淬金,拉近与神话的距离,从此金牛无宁日。

在东坡、在南麓及后山的所谓"金牛八景",即"金牛遗迹""白龟仙洞""村晓堆岚""杏桂交灵""风雨王洞""七石横溪""千丘水衲""双泉漾碧"等,无不被神话传说包裹着,陷入历史布下的迷宫,演绎了多少经典的财富故事。这也让每个人心里泛潮,登山者从一开始就觉得这山径总是那么漫长,脚步总是迈得沉重。人们心里,无论寒暑,金牛山的雨雪中皆是碎金散花。却不曾想过,这恰恰是金牛山最软弱的胎记。唐代柳宗元的《牛赋》载:"命有好丑,非若能力,慎勿怨尤,以受多福。""唯德厚者能受多福。"牛的一生鞠躬尽瘁,它不只是现实生活中的财富与力量,也是人们精神世界的神祇与依靠。在中国儒释道文化中,牛的神性被赋予了多重含义,它既是镇水的神兽,也是保护牲畜的神明。牛温驯无言,力大而任劳,它的奉献和包容,很好地诠释了"厚德载物"这一古老的文化精髓。我国最早记载关于牛神祭祀的《列异传》描述:牛作为水神与雷神,被赋予辟水、镇水、司雷、降雨止雨等神性。《山海经》中记载有一种"夔牛"能招风致雨。历史记载,自秦汉以来,洞庭湖一遇洪水则湖水泛滥四溢,造成无数次水灾,民众溺殁无数,读来使人落泪。神降金牛山于洞庭湖滨,实则是授意镇水制魔。金牛者,乃使天下安澜也!

然而,历世历代,无数淘金寻宝者沉湎于野稗传说,拷贝了这个故事,按图索骥。最有名的要数南朝梁任昉的《述异记》卷上记载:"洞庭山上有天帝坛山,山有金牛穴,吴孙权时,令人掘金,金化为牛走。"千百年来,好多人折戟于此。寻宝者不甘心,他们把金牛山开膛剖肚,剜心掏肺,使尽招数,阉割金身,并有不荡平金牛山、不牵出金牛绝不收场的架势。宋代诗人方信孺从九凝山乘兴而来,所吟《金牛山》道尽惋惜之情："金牛去后久凄凉，好景乾坤亦秘藏。沧海无穷月无尽，从今收拾入诗囊。"一年复一年的寻宝记，却鲜有人给伤痕累累的金牛敷上一贴止痛丹药，使得山上现今看不见一棵古木，见不到一块完整的古碑，到处是寻宝者遗下的坑坑洼洼，里面盛满了他们焦渴失望时的泪水，抑或也掺有金牛痛苦挣扎淌下的血泪，现今时时翻涌着历史的波浪，昭示后人。所幸愚公到底未能把山移走，只是造出个神话故事。自有"生态优先，绿色发展"战略后，金牛山的寻宝者已渐渐止步。这虽有点像美人迟暮，却是又一个美丽的开始，叫人生出无限欣喜。山就是山，尽管背负弓箭刀刃的伤痛，松竹掩蔽，依稀仍是当年的雄壮伟岸。

有一首七律旧诗，让我们或可见昔时的金牛山处子般模样："金牛隐卧玉石栏，威虎严守白云关。笑天狮子山顶舞，朝阳凤凰庵傍喧。杏桂神树枝交结，风雨王洞壁相连。七石横溪藏瑰宝，千丘水衲饮龙泉。"历史上，多少文人骚客，来此一游，难免诗兴勃发，留下众多名篇佳句，犹如山之珠玑，美人盼目，照亮了金牛山草木嘉树。李白、白居易、王维、史元亮、陈盛昌等都曾在生命的辉煌里，留下金牛山的身影，巧解了种种传说的迷雾，让人耳目一新，让人觉得他们为这些四壁黑暗的洞穴点起了一盏明灯。我以为，金牛山的生命恰是从这些诗书里开始的，只有这些才是金牛山值得珍藏的"藏宝图"。

我们不愿沉溺在无尽传说中，继续攀上峰顶。金牛山巅，峰如卧牛昂首，高达千仞，衔黛耸起，洗净铅华，压人魂魄。让人觉得金牛宽恕了一切，千年一梦，真身返山。山下那些坑坑洼洼掩映的悲壮，就像是过去它和人们相亲的吻痕，身前斗大的平地恰如老牛稀毛，更衬托了山峰的崇高。大雄宝殿，古堂遗庙，数百年里屡次修葺，却记载不详，但巍峨峻拔，让人遥想其当初的伟盛，令人仰慕沉思，感慨万端。殿前群岭环拱，怪石嶙岣，桃花江宛如系在腰间的翡翠玉带，蛇蟠蚓曲，默然东去。高高低低的田垄紧随，千丘水衲交错其下，正是傍晚山阴里，极目四望，数十公里，幽美清丽无比。山峰背后的洞庭湖波光潋滟，千里潆洄，万般缱绻。雨后初霁，晚霞把天宇点燃，云团披着彩练曼舞，洒下万道光芒，那灼灼光芒，仿佛穿越千年时空，如此凄美而缠绵，涂抹在四周的层峰顶峦上，金色满眼，熠熠生辉。在近前的山脚下，袅袅炊烟，暮霭堆峙，百态尽现，满是祥风瑞气。

　　金牛夕照是如此之美，实在是老牛新生，风骨不坠，欲率群峰起舞呵！

兔耳山花事

> 日本俳句的清寂朗逸的境界着实令人动心，仿佛这些孩子也都是清寂之人，背负了一份朗逸，一份眷恋，今天来到人间花海里，把积攒许久的清愁尽数挥洒。

三月底，正是花开时节，我心里一直惦记着老屋旁的兔耳山樱花园。从外地回家，就直奔山里头。

兔耳山横亘在青翠碧绿的曾家冲水库边。春天的阳光并不凶猛，暖暖地洒满山坡，洒在水库里，整个兔耳山映在水中的倒影，像翡翠里一片片洁白的云絮。漫山遍野的樱花开成了一片海，一片堆满白雪的海，中间偶有几树粉红色的，是染浸在白色云絮中的一团团红霞。十几年的樱花树干都碗口粗了，加上精心的修剪管护，每棵树的枝条都匀称挺拔，小巧玲珑的花朵，三五朵、十几朵挤成一丛一球，一团团，一簇簇地压弯了枝头，逗得蜂蝶群舞。满山满岭的花儿层层叠叠，密密匝匝，又如蓬松的羊毛团团扭扭，每个树枝只得随每一朵花儿，向天空向大地舒展着狭长的花瓣和娇嫩的花蕊。轻轻一碰，一股香甜的味道，如一丝熟悉的香水味，四野里恣肆流荡。樱花绽满了整个春天。这种奔放，这种热烈，这从未见过的盛事，叫人不禁又担心这花事该如何落幕，才不致伤了这春天呢？

这向往已久，只在梦里横空出现的花海，一下唤醒了我心中的悲苦。

几个不高的土丘牵连着的兔耳山，似奔跑的野兔。千百年来，满山都是乱石，从没长成过一棵大树。丘脊像刀背，连草也长得少。田土责任到户时，百来亩面积是作为添头搭配到户的。十多年前，我在整修山下水库时，觉得这山丘闲了怪可惜的，和每户商量，用不多的一点钱把山地流转过来。我用挖土机把一块块磨盘大小的乱石翻出来，运到水库上首边，砌成了山脚的挡水坝墙，使水污两排分离，水库从此一天比一天蓝了，直到现在，那蓝莹莹，湛碧碧，叫你看一眼便终生丢不掉，什么时候想起来都会心往。山顶的一条岭脊则换上了从外地拖来的湖泥和黄土，这样才勉强能栽植树木了。栽什么树种，也是颇费了一番心思的。山里高大的用材林在这里长不活，栽果树不懂得管护的技艺，雇工则成本大，而且一旦丰收，老户主难免收收捡捡，弄不好把人得罪完了，尽现尴尬。盘算来盘算去，我还是选择了樱花，一方面是无果实管理的烦恼，另一方面鲜花共赏，樱花素来是希望的象征，代表高雅、绚烂的情感，大家在这美好的春天得到濡染，生出质朴和纯洁的心性，去一起迎接新的希望，岂不是两相得宜？

一棵棵与人等高的小樱花树苗，在铁锄的关爱里成活，在春风的抚摸中，吮吸了甘露的营养，慢慢伸枝展叶，穿过夏的炽爱，秋的暖意，也扛住了冬天严寒的摔打。有水土不服的意志薄弱者，短命枯萎之后，便只能来年春天补苗。这样，先后用了三年多时间，兔耳山上和水库周边才栽下了两千多株樱花树。起初，村里人谁也不知道樱花树究竟为何物，以为开过花后，便会结出樱桃来，熟了便可卖钱了。但当看到每年花期过后，一颗果实也不曾得到时，大家失望了。他们气愤地发泄，只开花，不结果，有何益？就像个生不了娃的俏姑娘，再漂亮也嫁不到人。于是，四叔牵头，一夜之间，大家划片分垄，一户一块，在樱花树下全部栽上油茶和杉树。我啼笑皆非，有口难辩，听凭你讲樱花的观赏价值，却没有半个人信你听你理你。开弓没有回头箭，愈是这样，我愈不能气馁。揣着公证过的合同入户，和大家拉家常，讲樱花树的故事，终究还是四叔带头，让大家移走苗子，让这俏不结果的樱花树留下来。水伴山色，山借水光，昔日的乱石冈历十数年，已傲骨植土，花枝繁身，俏姿无比了。

  晌午时分，平时寂静的山谷里车水马龙，热络起来。三三两两的城里人，打扮入时，或吟诗作对，或轻歌曼舞，享受这明丽的春光。我隐隐觉得，不见到兔耳山满山遍野的樱花，还真不会理解日本人对樱花的疯狂和痴迷。这时，清水湖高尔夫旅游学院的一群大学生，在花间搭了个简易舞台，开始举办诗歌朗诵品花会。男主持开场白是唐代元稹的《折枝花赠行》："樱桃花下送君时，一寸春心逐折枝。别后相思最多处，千株万片绕林垂。"我才知道原来他们是在毕业相送，情深深，意切切，樱花很自然地成为他们梦中的花。接着，连续几个女生诵出的都是日本俳句经典《万叶集》的妙句。一位穿红色连衣裙的气质美女，外表像极了伊能静，诵的《旅中感怀》："樱花谢落会重开，燕子离巢且再来。一闪光华难再现，谁家倩女费疑猜。"诵前两句时眼睛还扑闪一亮，接着，惆怅一点一点仿如花朵无声飘落，诵完早已独自伤怀，泣不成声了。日本俳句的清寂朗逸的境界着实令人动心，仿佛这些孩子也都是清寂之人，背负了一份朗逸，一份眷恋，今天来到人间花海里，把积攒许久的清愁尽数挥洒。我以为他们马上要上映林黛玉的树下葬花，岂料她接过话筒，把《奈良颂》诵得如平湖潮涌，掐中了大家的快活神经。于是，一阵阵惊呼声、尖叫声、喊问声在花间回荡。大家都盯上了爱情，把《古今和歌集》翻了个遍，"就像透过迷雾看到山樱那样，我隐约中看到了你便爱上了你，再也无法忘怀"，歌颂的是爱情也是樱花之美。日本作家川端康成、山岛由纪夫等描摹爱情的经典，成为他们接龙的趣味游戏。最后齐唱日本民歌《樱花》："生命中最美丽的海／一簇簇的歌声，一朵朵的期待／花开时来，花落时也要来／因为／有许多故事／开始动人，结局更可爱。"缓缓结束。他们便钻进花海中，摆出俏姿，留下每一个激动人心的精彩瞬间。

见了这情景，叫人对面前的樱花不禁多了一份怜惜珍爱。四叔带着他在城里开茶馆的幺女芬儿走过来，显然也是被面前的花海震撼了。芬儿大学毕业后，不愿待在拥挤的大城市里，到县城来创业，开了家茶馆，生意做得活，短短两三年时间，置了房，买了车，据说还在谋划大手笔。现在打扮入时，一副城里的女老板行头，言语也大大方方。她对我说，正要找我商量，准备明天把樱花采回城里去，让我一阵惊悚，我不知他们爷儿俩又在打什么主意。沉沉羞涩的花事，在涨破我的薄如绢丝的呵护。我愠怒地问她：

"做什么？怎么人都这么残忍，这么世俗？见了美好的东西就想占有独享呵！"

"只是观赏，而不思永续的开发利用，是孤独的繁荣，是捧杀生命，有负生命的芳华呀！"芬儿振振有词地说。

她接着又解释道，樱花可以泡茶，可做樱花酱、樱花露、樱花饼，可用盐腌渍后食用，做樱花蜂蜜。其药效是平喘、止咳。她还说道，樱花具有很好的收缩毛孔和平衡油脂的功效，可嫩肤和增亮肤色，现在北京、上海,一杯樱花拿铁,加上一块樱花蛋糕,甜度爆表,樱花冰激凌已是和路雪、哈根达斯、雀巢等世界前三品牌冷饮的主打产品。她又说日本有句著名谚语"樱花七日",说的正是云霞一般绚烂的樱花,花期不过短短七天,惊艳稍纵即逝,不可能久留。只要开发出糕饼,樱花就能驻留心间,美不胜收,心花也会随之怒放。

不曾想这丫头这么精明干练,市面的行情摸得这么准,我想也是在生意场上摸爬滚打,逼出来的聪颖。她告诉我,她已从上海聘请来了一名糕点师,正在试制樱花系列产品,这两天就可尝到美味芳香的樱花饼。说完,她从袋子里拿出一个包装考究的小盒子,说是要给我尝尝鲜。这是一款仿佛带着温热的桃花饼,只因桃花产量太少,难以形成跟风效应,市场占有率低。我却像拿着一个人血馒头,双手颤抖不已。细看那饼,确实做得精致,是烘焙的,酥皮层层,放在嘴边,闭上眼睛,轻轻一舔,觉得有味却不过瘾,又轻轻咬一口,满口芳香,柔香袭人。芬儿说,自己要毕其功于此樱花一役,必定花开得胜。芬儿要包收下山上的所有鲜花,问我一年要付多少钱。我还在深深惊愕中,从没想过用樱花谋财。连看到风吹花落的樱花雨,都会有股莫名的伤怀,现在却要目睹着一面枝头开花,一面树下采花,这简直就是要毁灭一个美好的春天呀!我不禁为这樱花暗自神伤起来。

忽地,我想起清代钱泳在《履园丛话》中说:"花叶亦可为菜者,如胭脂叶、金雀花、韭菜花、菊花叶、玉兰瓣、荷花瓣、玫瑰花之类,愈出愈奇。"看来,这食花吞叶还是有渊源的呵!花愈香,味愈浓,记忆便愈深。这鲜花馔不仅让人收获芬芳与美味,也聊作一种愁绪,抑或是乡愁呢?瞧着我的神情,芬儿不敢多说话,她知道,这些年来,我是把这一片樱花树当作生命来呵护的,时时刻刻,也是在守护这生命一般的春天。她说不管怎样，一定等到樱花七日后，才开始采撷，尽管味道可能欠了一丝丝，但要把樱花生命最绚烂的时刻留给大家，让大家在观赏中感受这大自然的馈赠，锁住这春天的味道，与鲜花一道，度过生命里最惬意的良辰美景。

听她这一说，我也释然。觉着这丫头懂事，懂花的心事，懂得我的心事。其实也是，万事万物皆有自己的归宿。水是龙世界，云是鹤家乡。虎豹啸归山林，鱼虾戏归碧波。这都莫不是最好的归宿。

正午的阳光照耀着水库周围，金光灿灿，好像这山这水因了这怡人的樱花都涂抹了散金玉缕，晃得人睁不开眼睛。我却觉着像是给这俏丽的花儿找了个好的婆家，有个满意的归宿，让她去结果，使这花香传得更远更久。想到人们食饮用樱花做的糕饼酱露，便是活生生吞下了整个春天，芬芳自带，充满了花色满面的精气神，我情不自禁地点头，也算是对芬儿创业的点赞，应允她的请求。

阳台上的三角梅

> 三角梅在绝境中重生，实在是演绎和诠释着我们的人生。在精彩的人生中，每一段路走到了尽头，要有拐弯的力量，转过身来，就会发现，我们面前每条路都是相通的，途中依然写满生命的繁盛。

我时常端坐在家里的阳台上，品味脚下的春花秋月，咀嚼远处错落有致的繁华胜迹，也称得上老子所说：不出户，知天下。

几年前，家里的房子刚装修好，还未搬家时，我就先将西府海棠、梅花、兰花、茶花还有五针松，大大小小的盆盆钵钵摆在了阳台上，一个花架占去大部分，让人再没有了盘桓的余地。我把国画大师霍春阳给我挥毫的条幅"智者心日月，仁者寿山河"裱好了，挂在墙上，狭窄的阳台好似一下开阔起来。家里人开头还有些许不满，但凡见着那花开的日子里芬芳满屋、鲜艳热烈的景象，也就不语了。中秋节后不久，那盆性急的茶花就在阳台上抢先绽开了，芳菲繁枝，红光炫昼，清朗而不失俊逸，花期足足有一个多月，给我们全家人带来乔迁的惊喜。有意思的是那盆梅花，外面的花树早就开过了，我们家的只有花骨朵儿，久不吐蕊，而就在小孙女小米出生的那天，从傍晚时分开始，一夜之间，满树尽放，如素雪迎风，白云绽瑞，芳馨冰洁，在凛凛寒风中，嫣然争俏，把我们全家惊异得不行。一开始就干扰我养花的老婆，那天居然设下香烛，在阳台上敬起了花神，弄得我十分诧异。开得最泼辣的是海棠，早春里，密密层层淡红的花，像波浪翻滚，又像飞泉喷溅，那浅黄的花蕊就像小姑娘的酒窝，羞羞答答的。

看那一棵棵生命的芳华在悠悠时间中流淌，成为我们最甜美的往昔。只要看到那花，看到群芳竞艳，看到滴翠泛油的绿叶，无论是闲适，还是忙碌，是愉悦，还是忧郁，每个人精神都会抖擞起来。

那天下午，朋友给我送来一盆三角梅，花盆是别致的大紫釉缸，清秀古雅，浮雕的福禄寿喜图案，栩栩如生，底下还有篆刻的金字。花树一米多高，缩龙成寸，像一位风姿绰约的青春少女，花朵缀了满树，婀娜多姿，整棵树似是迎风燃烧，灼灼其华，那娇艳简直要扑到你的眉宇上来。花的三瓣苞片柔如彩绢，伸出的三颗花蕊各顶着一朵雪白的碎花，干净纯白，零零星星地散落在每朵花间，像镶嵌的一颗颗闪亮的宝石，把整棵花树装点得妩媚多姿。朋友告诉我，这是对我上次寄养在他家的那盆百年杜鹃的补偿。杜鹃花树枯死后，早化成了灰烬，现在提起都让人黯然神伤。我摇头唏嘘，还是谢了他的美意。

坐在傍晚的阳台上，和着面前的花影幢幢，我们又泡了一壶碧螺春。如往常一样，他说他的选种移苗，浇水施肥除虫催花，过了关，修剪成形就看个人的水平和爱好了，我则告诉他，那花有感情，时刻都应着你的喜乐悲苦。朦胧的月光泻在阳台的花上，我忽然想起了谁的句子："鲜花明月两相妍，月洒清光花色鲜。我赏鲜花花赏月，嫦娥花我俱无眠。"他则把苏轼吟海棠的"只恐夜深花睡去，故烧高烛照红妆"诵出来，一来二往，连品茗也如饮醇，都似醉半醺才作罢。

在深秋的泥土中，丹桂寥落，菊花已残，落英成冢。在阳台上，三角梅染浸了百花的气息，开得豪宕雄健，咄咄逼人。窗外的风景也好像为这阳台设好的，金秋的阳光斜照进来，洒在花叶上，花树宛若镀了一层金光。而周围的梅花、海棠、茶花等，望不见花讯，默无声息，一应为它做着陪衬。偶尔飞来的几只蜜蜂，隔着窗纱，努力挣扎着，想扑在它身上，折腾了半天，最后悻悻远去。一天下午，飞来一双玉色蝴蝶，一上一下，在艳阳中翩跹，绕窗无数圈，想挨近它，吮吸它飘出窗外的艳迹，品味它青春的汁液。我一时动心，打开纱窗，想将它们诱进来，那蝶见着人，仿佛要远离俗世一般，回望一下，旋即飞走了。坐在阳台上赏花，每天都有不同的鸟儿扑腾着，落在附近，眼巴巴地望着满树繁花，似乎要啄食什么，最后只能无奈远去。可能也是不甘心吧，造访者每天反反复复，围着花转，被三角梅远拒后，都徒劳而返。寒潮来临之前，洒下一场秋雨，雨丝飘进来，三角梅伸叶展花汲取甘霖，如临风的仙子，一身仙风道骨。偶有薄雾升起，坐在阳台上，让人想起天上瑶台，身外琼楼玉宇，似幻似仙了。

那年的冬天来得特别早，霜降过后，到处都冒着冷气，千里霜铺天天见。我们全家到南方休息了几天，一回来就都呆了。因忘了关东边的窗户，许是寒流来袭，地上残花败叶，一片狼藉。那棵三角梅花落满地，连叶子也蔫巴巴的，零落大半，枝尖裸出了枯相。才几天工夫，败落成一副落汤鸡样，叫人伤心，不忍再看。而一旁的梅花、海棠、金菊却安然无恙，山茶树和木槿更是枝叶泛亮，一身花苞，半露猩红了。傲者先衰，惆怅难抑。想是这种花木难历风霜，嫩叶娇枝不好整饬，不忍心瞧见那庸俗的结尾，我干脆连枝带杆全剪了，把它扔到一边的角落里，等有空了再去找一棵合意的来。一如昙花只能绽放瞬时异彩，不能永久炫目，又好似与人往来，只需尽一时之兴，切不可追看得太遥远。

初冬的晚上，我家阳台上满庭春色，一派祥和，仿佛世间一切的幸福和希望都合了意，联袂登场。我在阳台上一边就着一小碟咸菜喝一碗小米粥，一边观赏木槿和山茶开花的盛况，望着梅花枝条的精气神，就想起许多咏梅的句子，元代谢宗可的"风霜气势从千折，铁石心肠亦九回。只为东君甘自屈，不教枉点百花魁"最是难忘。这时，不意办公室来电话，要我去长沙参加一个学习班，带一清单的资料，第二天报到。电话讲了近半小时，粥和菜都凉了，我顺手倒在三角梅树桩上，再添热的。

从长沙回来了一段时间，我从花店买来有机质的花肥，给一盆盆花埋好肥后，再浇水，莳弄这些花花草草过冬。这时候竟然发现，在一旁角落里的三角梅树桩上，已长出四五根娇嫩的苗芽，叶子油光泛亮，显得玲珑潇洒，很是惹人怜爱。我惊奇于它的顽强生命力，好久不曾给它浇水，也没埋过一次花肥，全家人对它先前的娇媚丰姿渐渐就淡忘了，现在准备淘汰它的时候，它却在半碗剩粥滋养下神奇地生长起来。我在惊异中细一思忖，三角梅没有海棠的明媚绚烂，没有梅花的芬芳袭人和花中君子的美誉，也没有茶花的朗朗俊逸，更没有牡丹的雍容华贵，但它淡泊红尘，与世无争，在芸芸众生的花海里满身勃勃生机，舒展着旺盛的生命力，花开花落，不经意、不夸张、不掩饰自己的容颜，这种矢志不渝、坚如磐石的力量，也让它能超越平凡，默默奉献着生命的灿烂。这也就是我长期栽花养卉寻找的花之魂吧？三角梅在绝境中重生，实在是演绎和诠释着我们的人生。在精彩的人生中，每一段路走到了尽头，要有拐弯的力量，转过身来，就会发现，我们面前每条路都是相通的，途中依然写满生命的繁盛。

于是，我又开始给三角梅松土、浇水、埋肥，百般呵护，迎接它们萦春绊秋怒放的娇艳。我总爱如此养花，给一切有生命的精灵提供再创造的机会。这些年，总有不负我心的品种，在我的呵护下延续着华彩，光色久久长长。

家里的月光

> 我们刚把白玉的杯子斟满酒,那月亮便扑腾一下跌落杯中,金灿灿,亮晃晃的,有如太阳那般耀眼,酒从杯中溢出来,月光比酒还快,跟着跑出去,闪着亮,桌面便像着了火,飘起柔白的焰头。

家里的月光随我所思,纵我所梦。

每天穿过大街小巷回到家里之后,浑身疲惫,直想清空所有的繁忙。而城市的万家灯火,忙忙碌碌,永不疲倦。于是,我坐在阳台上,静静打量这朦朦胧胧的世界,按下时间行走的暂停键,任思绪飞驰。春夏秋冬,阴晴雨霁,谁也见不到我卸载的劳累疲乏,我孤独地品味这个世界每一袭轻风过处的冷暖凉热,每个角落里的酸甜苦辣,每盏灯火里的悲欢离愁。品着想着,月亮出来了,仿佛是从每一幢楼宇,每个家庭的屋檐底下渗漏出来。一钩新月,皎洁苍白,阳台上的每个角落都变得明亮起来,我披着月色,像裹着薄薄的羽绒毡子。原来,这些疲乏只是被月光笼罩着,随了月光的身影,走走停停,并未远逝。只是我看得更清楚了,心里忽而就明白了。阳台月光里和远处的灯火里构画成两个截然不同的世界,雕琢出了两个自己:一个是满面春风,和世界水乳交融，无惧一切烦琐事务的自己，另一个则是在梦幻营垒中，远离了于红尘中翩跹起舞的自己。我咀嚼着回忆，吞噬了这两个自己，却不想画上楚河汉界。我怀想着月光的美好。

月光每天光临寒舍，却是一天一个模样。它的圆缺和光亮充满了世间所有的况味。它在所有的夜晚跟着我的行程，有时心急地走在前面导航，有时却躲进云翳里，在我的身后默默跟从，生怕我走不出黑暗而受惊吓。不过，我最感动的还是陪在身边，烙在心头的月光，像一枚发着光亮的印鉴，上面镌刻着如意。

前不久，在医院做完手术回来，我每天躺着，无法入眠。月光陪我度过一个又一个不眠之夜。病痛折磨着我的精神和意志。在阳台上远眺，品味一点一滴的时光里的情感。仿佛城市的霓虹冲淡了夜色，月光也失却了往日里的朗逸，只是悄悄在屋顶或高楼的夹缝中向下投射一下身影，模样也是淡淡的，显得苍白无力。病痛的煎熬，让我心中泛起无尽的酸楚。还好，有月亮陪伴，尽管它有缺陷，还不圆满。月亮柔柔的亮辉，抚摸着伤痛直达灵魂深处，抚摸着内心的酸楚，为我疗伤止痛。月光铺陈了生活的底色，并不断用空灵的烟云掺和旧时的油彩调色，在我脑子里展开许多故事。看到月光下大地的喧哗与孤独，我想起古人曾经赞叹过月亮的那些妙语，那些经典，那些过去读过却不曾懂得的意蕴，竟一时就通晓了。古往今来，人们对月亮情感的恒久、浓厚、深沉、唯一，勾画出了形形色色的情调和意境，若明月有情，也定会情乱意迷。赵匡胤发迹前，"未离海底千山黑，才到中天万国明"的帝王之象最令人难忘。《诗经》里"月出皎兮，佼人僚兮"的句子让皎洁的月光成了装扮美人最好的饰品。"月上柳梢头，人约黄昏后"，灵月是完美感情的见证。"月出惊山鸟，时鸣春涧中"，月如顽童，惊碎了鸟儿的好梦。

　　我不免想，今月曾经照古人，古人也有今人的伤痛困苦吗？是否真的由月光排解呢？月有阴晴圆缺，才如此千娇百媚。圆缺的变幻，正如生命的轮回，不是循环往复的枯燥，却是满透着变幻的魅力。

　　短暂的休养，使我有机会重读了《红楼梦》。特别感慨书里的月光，尽管多是在诗词歌赋里，尽管都是风花雪月，脱离不了爱情的窠臼。我把它归结为贾雨村的小人之月，贾母的对酒伤月，香菱的离别苦月，黛玉的凄凉悲月等，众月轮升，叠成贾府落月。第一回贾雨村咏出一首七绝："时逢三五便团圆，满把晴光护玉栏。天上一轮才捧出，人间万姓仰头看。"若不看贾雨村这人，以及他后面做的猪狗之事，只看他的诗，哪像是一介书生作的？诗里冲天之志，逆转黄昏，乾坤顺治。这贾雨村也确实不负众望，轻松考取进士，很快升任知府。家庭生活上，娶了甄府的丫鬟娇杏做二房，花好月圆。不过贾雨村后来的作为，把他气宇轩昂、满腹才学的颜面，丢进了"有才无德"的垃圾桶。他的诗，是一个美丽的谎言，抑或是一个美丽的误会？其实，只是他沽名钓誉、蛊惑世人的一种雕虫小技罢了。这样的月光，最让人伤心落泪，几要叫人看后同声一哭。正因了这月光，照见芸芸众生太多的喜怒哀乐、贪嗔痴怨、爱别离、怨憎会、求不得，要不曹雪芹怎么能写出那么多的忧郁和深情？一开始，它的名字还是叫《风月宝鉴》呢！设若没有月光的照亮，《红楼梦》恐怕早已淹没在了浩瀚的典籍里，翻寻不着。我想，月光之美，不仅美在光芒，美在意境，更美在古人勾画了了的风骨。

　　古人的风月轻松里蕴藏浑厚深沉，点缀着命运轨迹。想起我的往事，寒冻里便生出暖意。我们住的机关老宿舍，当时正准备集资改造。青砖灰瓦的二层小楼，宽敞的廊道，吞并了窗户的光亮。那夜的雪，是我见过最猛的。北风吹得地动山摇，使劲用鹅毛大雪把窗户封堵着，白皑皑的雪却一片漆黑，那北风尖厉的呼哨声，真让人觉得世界像是要凌空飞旋起来，却着不得地。我和妻子在房子里感到莫名的惶恐，便想着集资改造这房子的事，没有半点睡意。我们工资低，是典型的"月光族"，到哪里凑钱去呢？面对肆虐风雪，惶恐加焦急，真是一筹莫展。急着急着，月亮出来了。那是一轮满月，轻快地升空，逼视着满天风雪，把皎洁的影子挂在窗上，柔柔的清辉，带着蹚过风雪的清寒，顿时把屋里照得一如白昼。我们更没有了半点睡意，干脆坐起来商量，每个人给自己的亲戚朋友打电话借钱，一人联系三个人。电话决定命运。要知道那时借钱，可是世界第一难事。开口借钱，立马就像矮人半截，以后说话都要低三下四的，何况还不知人家肯不肯借。谁愿意做这种丢人的事儿？有钱人不愿借出去，担心以后收账费力，弄得双方都挂不住面子。借钱的苦也是逼出来的。月色凛然，北风不歇劲，大雪蹦蹦跳跳，一点都压不住我们的焦急。不过那天运气不错，不到半个钟头，我们各自找的人都满口答应，我们内心的惶恐和焦虑一下就被北风吹得烟消云散。这时风停了，雪停了，一泻千里的月光，驱散了心事，点亮了满心的欢喜，那么明亮柔和，那么纯洁透彻。白皑皑的世界，让人生出无限希望和遐想。月亮清清白白，明明朗朗，让人看清一切。真是无光不是月，无月不成事呵。

去年中秋节，在阳台上与友对饮，我赏到了世界上最美的月光。天幕像一块宝蓝的绸缎，流动的色韵，通透幽蓝而深邃。月亮如一个巨大的银盘挂在窗前，喷洒出清朗的光辉，晶莹剔透，柔软如玉，月光铺满阳台的每个角落。我只觉得面前的世界是如此真实，盆栽的花花草草挣脱了地板上的疏影，借着月光，直把浓郁的香甜送进人的口里鼻里和心窝里。我们刚把白玉的杯子斟满酒,那月亮便扑腾一下跌落杯中,金灿灿,亮晃晃的,有如太阳那般耀眼,酒从杯中溢出来,月光比酒还快,跟着跑出去,闪着亮,桌面便像着了火,飘起柔白的焰头。轻轻抿一口,好似光亮滑进肚里去,圆圆的月便稳处杯中了。这时候,人的贪心涌上来,便把这杯中的圆月一口吞下去,放下杯子,月亮果真就变成一颗小小的星星躺在了杯底。一杯两杯三杯,我们就这样品酒赏月,不知喝了多少,吞下了多少月光,只觉得把这曼妙的世界都吞进了肺腑里。我们谁也不说话,生怕自己的俗语会惊动月亮,一起身,所有的曼妙都走脱了。当妻子收拾残局时才发现,我们都醉了,却不知我们贪吃了月亮,永远也不愿意醒来,早就希冀着有这样一场沉醉。

世事沧桑,心海茫茫。在黑夜的忙碌或是少顷的闲暇时光里,我总是执着地仰望月亮,不仅是为了感受它黑夜里落花般的凄美,也不仅是为了寻找一个暂时的依靠和慰藉,更不是为了让自己迷失在焦虑的谎言中,而是寻找着希望的力量。仰望月亮,总会觉得,月亮和太阳一样,洒下光辉,为自己铺就了一条洒满光芒的路,时刻护佑着我们。

也可以说,不论是每个家庭,还是我们每个人,都有一轮皎洁明月在自己心里。尽管是同一个月亮,但因人的气度不同,而韵味各异。在家庭的港湾,心中的这轮明月激励着我们,让人坚信,在如历万壑千岩的生活里,我们将无惧一切烦琐困扰,拥着生活的底色,生发自己的明亮。

第二辑

潮媚风物

万物灵秀，总是浸润着人的情感。一个钓台，一棵古树，一杯老酒，一碗米面，在不经意间，向我们悄悄走来，诉说着久远的沧桑，编织成情感的巨网。一应风物，历历嵯峨，风兴云蒸，独览其胜，经潮水搓揉，百般洗研，媚人媚物，俱无平迤冗沓者，却又如屏风九叠。徐徐端详，结果如美人照镜，情感陷得太深，照得太真切，永远也不忍转身离去。

云巅垂纶

> 群才韬笔,思摹经典,这不仅开启目平湖文化和政治抱负的传承,而且把文化遗产的价值品位刻留在波涛间,于是,满湖翻涌着诗歌的灵感和艺术冲动。

目平湖风光带西接沅水、澧水、沧水、浪水,碧水云天,千帆竞发,逶迤东去,直奔长江。沿岸的岩汪湖镇、洋淘湖镇、蒋家嘴镇上,楼宇鳞次栉比。远眺山峦青色如黛,俯瞰湖水缠绵缱绻,外湖一众洲滩如片片柳叶浮游其中,蒹葭萋萋,柳丝如烟。河堤道上、广场上点缀着的雕塑、亭、廊、灵壁石等园林小品,充满远离城市的灵动野趣。雨后初晴,岚气袅袅升起,云蒸霞蔚,与远处青山碧水相映衬,恍若仙境。登上望江亭,脚下湖水滔滔,树叶婆娑,满天的云朵全都飘落水中,轻风拂过,摇摇晃晃,宛若站在云巅。亭间垂钓,别有一番诗情画意。

沿湖到处都是垂钓者,湖水映着他们的身影,也映着天上的云朵。他们便站在云巅,隐居在波浪里。他们面前摆放着两三根钓竿,闲逸安静,懒得说话,目光炯炯地望着湖面,自成一道风景。他们似满腹心事,若有所思,寻找这宁静之所逃脱现实,这是要给自己一点氧气。他们和满湖波涛永远格格不入，永远心不在焉，永远天马行空，却满心希望在波涛里打捞起自己的理想。他们把心事随诱饵抛进湖中，一任波涛淘洗，发酵出味道，变成一条悲哀的鱼，然后沉在水中。在时间无涯的荒野里，波涛汹涌的吟唱间，只要浮标一动，他们便在水里、在云巅照见自己僵硬了的嘴角泛起的会心的微笑。

古人谓垂钓为垂纶，强调垂钓者整理丝线，梳理思绪之意，至雅。古意垂钓还有占占运气之意，钓得多就是今年运气好，钓不着就是今年运气不好。而垂钓之人并非为了生计，也非为了食鱼。正所谓醉翁之意不在酒，钓翁之意不在鱼，而在乎娱，钓之野趣也。常言道，拿起鱼竿，打烂药罐；鱼竿线钩，延年益寿。垂钓包蕴着深沉的智慧，知道世事多变，不到最后不知道结局如何。垂钓的人需要眼光远大，也需要耐性，更重要的是需要十足自信，相信自己不会看走眼，失却一份心动的收获。久而久之才发现，在这云巅垂钓，是在读目平湖这部扣人心弦的书，风光带的长堤作封面，万顷碧波皆是流光溢彩的华章。

盯着漫长的时光浮漂，满湖抖动的故事最令人感动。

在目平湖垂纶的范蠡，生于河南南阳，从小立志齐家治国平天下。公元前473年，他辅佐越王勾践灭掉吴国，成就霸业，被尊为上将军。范蠡意识到大名之下难有宁静。"飞鸟尽，良弓藏，狡兔死，走狗烹。"传说范蠡带上西施离开越国，乘舟游历五湖。范蠡逆长江而上，进入东洞庭湖，再到目平湖旁的赤山。舟行至一山汊，里面泊满了渔舟、商贾货船，白日热闹喧嚣，入夜则明月皎洁，繁星点点，竹影坠坠，杨柳依依，渔歌乘着蛙声远去。这里没有朝堂上的生死角斗，没有宫闱里的权势纷争，温馨的渔村里，淳朴的乡风，触动心弦。夫妻住下来，劝农桑，务积谷，不乱民功，安民所善。每天在湖边垂钓，怡情悦性，一住经年,目平湖成为他们彼此生命中的永恒,成为人生顺水顺风顺意之所。范蠡和西施走后的许多事,难免令人叹惋。当地人敬重他们的鹣鲽情深,把他们夫妻垂钓处改名为蠡湖,赤山改为蠡山,龙阳官府把它定为乡名。清人周宗法写范蠡湖:"扁舟若未来南国,一水如何属越人。"

凝视横无际涯的水云间,满湖飘荡着一串串文化浮标。

穿过两千多年的历史烟云,回望战国末年,七国争雄,战事频仍。楚怀王十七年,屈原之父伯庸带兵征战,几乎全军覆没,伯庸亦自刎身亡,以此报国。朝廷任用屈原,担任左徒、三闾大夫。怀王使屈原造为宪令,上官大夫见而欲夺之,屈原不与,上官大夫谗之骄傲自满、揽功诿过。怀王听了气愤,疏远屈原,以致他三年未能见到楚王。屈原履忠被谗,忧悲愁思,独依诗人之义而作《离骚》,上以讽谏,下以自慰。及至后来被放逐,憔心愁悴,彷徨山泽,思君念国,忧心罔极。正是在这湖畔,远离世俗,水隐其形,浪远其声,幽居独处,形浪遁逝。屈原遇见向他致意的渔父,桨歌沧浪,灌缨濯足。他正气凛然,"宁赴湘流,葬于江鱼之腹中,安能以皓皓之白而蒙世俗之尘埃乎?"不为世俗所染。"余既滋兰之九畹兮,又树蕙之百亩。"他亲手砍下杂树打桩,用石头砌成矮围墙,自筑钓鱼台,每天会客垂纶,吟诵赋辞,变易仪容,欣然自乐,写下千古绝唱《九章》等大量辞赋。沧浪水、沅澧、江潭坪、辰阳、濯缨桥、橘州等,众多的楚辞元素和标记,隐居云水间,皆已成为不朽的文化经典和旅游胜迹。

眺望如蟒长堤,满湖是外客铸成的巍峨丰碑。

目平湖温柔的碧波,让自秦汉唐宋以来林林总总的诗人文豪醉在其中。李白于唐肃宗乾元二年(公元759年)在此垂纶。因参加永王李璘起兵,遭到清算,李白在流放途中虽获赦免,却孤寂难耐。在江南恰逢被贬的好友李晔和贾至，三人满腹委屈，同病相怜，相约目平湖，临湖垂钓，寻觅心往的归宿，并游览了赤沙湖等名胜，李白在《陪族叔刑部侍郎晔及中书贾舍人至游洞庭五首》中发出长长慨叹："洞庭西望楚江分，水尽南天不见云"，"南湖秋水夜无烟，耐可乘流直上天"。长堤远眺，千里清秋，江山如画，湖波无际，白云乱飞，夕阳下泛起的粼粼碧波，带着落寞清寒，让旅人难免想起归程。一日垂钓后，回到沧水驿楼，李白禁不住伤怀，便于墙上题下了《菩萨蛮》："平林漠漠烟如织，寒山一带伤心碧。暝色入高楼，有人楼上愁。玉阶空伫立，宿鸟归飞急。何处是归程，长亭更短亭。"题毕，踏上归途。宋代《花庵词选》推此词为"百代词曲之祖"。幽幽墨香，飘至今天，其味愈浓，其色愈华。

湖畔垂纶，享受江南温柔的轻风，面颊生芳，思绪飞驰，荡尽愁思烦腻。杜甫、元稹、李贺都在此留下垂纶屐痕，翰墨华彩醮湖湘。还有卢照邻、杨炯、孟浩然、王维、岑参、孟郊、白居易、杜牧、欧阳修、陆游等，历朝历代的数十位文人骚客，慕名而来，他们或得意乘风，或寻觅乱世寓居之所，或被贬流放寻此乐园。他们以诗词歌赋为寄托的疗伤期，对当时王朝、对目平湖意味着什么呢？他们在此垂纶，一任心中郁结愁绪消弭在波涛中，摒弃世俗，灵气自来，倾匠心铸黄钟大吕，借理想勾画救世巨擘，也抚慰痛楚愁思的乡怀。在晚唐诗人释齐己留存的 800 余首诗中，很大一部分是讲述目平湖的故事。他们把诗词歌赋或壮语雄文披挂在莽莽长堤上，而现在，这些古风华章，已铸成一座座丰碑，微微风簇浪，散作满湖星。

瞭望点点白帆，满湖波涛是梦里的诗和远方。

刘禹锡的官船在唐元和九年（公元 814 年）来到了目平湖。作为朗州（今常德）司马，刘禹锡仕途坎坷。在任上，他无数次与目平湖神交，湖水沁育万民，万物和美，令他百感交集，吟出了《望洞庭》："湖光秋月两相和，潭面无风镜未磨。遥望洞庭山水翠，白银盘里一青螺。"他察城镇，巡水乡，坐在屈原自筑的钓鱼台上，默默沉思，见到百姓在朱檐黄瓦的县衙里出入自便，渔夫往来渔猎，生活怡然自乐，所到之处，百姓好客，聊述乡俗家事，湖边人家，橘柚吐芳，差吏鲜扰，田园阡陌，鸡犬相闻，鸟作和唱，与他向往的太平盛世正好合拍。目平湖正是梦里的诗和远方。他诗思潮涌，数年光阴，折进诗里，吟成一首七律，题曰《龙阳县歌》：

县门白日无尘土，百姓县前挽鱼罟。
主人引客登大堤，小儿纵观黄犬怒。
鸱鸪惊鸣绕篱落，橘柚垂芳照窗户。
沙平草绿见吏稀，寂历斜阳照悬鼓。

这首七律以及后来的《洞庭秋月行》等，是刘禹锡当时的心境写照，一千多年来，一直为民众传颂。

长空寥廓，湖水耀波，湖洲连绵，鸟鸣不绝。目平湖畔，从古到今，渔猎养家，耕读传世，田园生活，景象万千。洲滩上，还有关羽后裔垂纶，食禄抚民，追思远方。钟相、杨幺的义军提出"等贵贱，均贫富"的主张，至今仍能听得到当年鼓角号鸣的回响。元代曹珙在此垂纶，沉醉湖中，逐浪归来吟道："醉后不知天在水，满船清梦压星河。"明清旅人，来此垂纶，翰墨香了满湖，留下不少旷世之作。现当代好多名作佳话，还在波涛间洗磨漫卷。众多历史遗迹的出现，特别是文人骚客在文化巅峰时刻来此垂纶，把目平湖推向一个新的巅峰。他们忧国忧民，追古思今，吟诗作赋，他们执着坚守，所钓为何？为己之清誉，为兴邦之霸业，为瞬息之洽娱，为解万世之忧？是亦非耳。群才韬笔，思摹经典，这不仅开启目平湖文化和政治抱负的传承，而且把文化遗产的价值品位刻留在波涛间，于是，满湖翻涌着诗歌的灵感和艺术冲动。目平湖已然变身为巨星之湖，翰墨之湖，成为大德巨匠怡情养性、祈佑苍生、安放魂魄、砥砺前行的圣洁之湖。这样，更赋予垂纶以诗歌的高度，在大自然里赏画的娱悦，与波涛对弈的爽朗，获得浏览历史的豁达，闲逸怡情，素心悠然。

　　云巅垂纶，我感觉自己就像条鱼，在这圣湖里，游走在云巅，和先哲圣贤对语，与往事呢喃，其乐融融。

目平湖酒香

> 在岩汪湖闻香靠岸，找家临河吊脚楼，或邀上跑船的熟东家，点上吃不厌的鱼鳖虾蟹，围桌相叙，杯盏可亲。

沅水和澧水带着远古的印记，从大山深处一路奔来，在目平湖相期执手，深情款款，望长江逶迤东去。目平湖居洞庭之西，千里苍茫，烟波浩渺，开阔的湖面风光，照亮了一张又一张惊喜的脸。踏着悠悠的桨声，在堵口起坡上岸，岩汪湖小镇醉在水乡里，如烟如梦，如诗如画。

小镇临河而建，鳞次栉比的吊脚楼和白墙灰瓦的河房，檐角向上轻轻翘起，褪色后的砖瓦，留下斑驳的影子，倍显沧桑。底下沿街商铺，一排排整齐排列，商贾云集，写满繁华。特色酒行、米油铺、服装店、小酒店挨挨挤挤，老板娘风姿绰约，站在一堆养眼的美女里，出挑亮闪。不远处的五美桥，传出古韵遗风，掩映在高高的白杨和馥郁的桂花树下。绚烂的民俗文化，一脉相传，几条古老的村街，笼罩在捉摸不透的神秘中。"雷神庵的酒，五美的赌，堵口里的女儿穿裙不露丑。"古老的民谣，随着日夜不息的江水，流传到迢迢远方。

而今，那些埋藏久远的往事，随着一拨拨外客到来，再也无法深藏，开始娓娓倾诉，笼罩了目平湖，漫卷到整个世界。不过，历年的环境治理，把五美垸热闹非凡的赌场已打得七零八落，直至销声匿迹。小镇遮不住湖乡女儿的时髦倩影，在商贾食肆的繁忙与闲适间，早泛着粼粼波光，洒播远去，融进阡陌红尘里。唯有湖畔飘荡的陈年酒香，陶醉了所有过客，醺醉了八百里洞庭。

　　小镇西面的雷神庵村，家家户户都会酿酒，炊烟里弥漫着浓浓的酒香。每年从正月到腊月，从村东到村西，酿酒品酒成就了他们的全部日子。早稻开镰，高粱红了，苞谷熟了，直到割了晚稻，田里的农事忙完，他们便有的是时间，有的是原料，开始围着酒甑忙碌，各家自有传世的秘方。热酒味长，自第一户出酒，他们便相聚品鉴，颇有品酒师风范，每一锅酒的香甜度要分出高低，些微的败味要剖析得一清二楚。那过瘾的味道，倏然从喉咙滑过舌尖，又喷吐出来，润润地在鼻中和口腔回味。人们盯着晶莹的杯中之物，把色香味讲得入木三分，喝起来就有了感觉。这种常年的酿酒技艺切磋交流，使他们一年一年长进。至纯至真而口味独特的糯米酒、高粱酒、苞谷酒成为小镇的三绝，也成就了像杨恒山父子等新一代酿酒师傅。他们的酒不要包装，甚至不需装瓶，刚一出锅，水边等候的乌篷船就会装满大桶小罐，摇晃在目平湖的烟波里。

　　酒是恒山的命根子。他十岁跟随父亲做酒，祖传的秘方终究得到湖乡的认可。酒缸里岁月淘洗得来的人生智慧，经历了工业化的大规模酿造，更让他眷念这目平湖畔的美好时代。而今恒山财富与才艺双收，八十岁了，感慨一生修成正果。只要有人来别墅买酒，请他做酒，和他谈酒，他就一句口头禅："我有一缸故事，就是费酒得很。"一旦搭上腔，他便用《菜根谭》里的"花看半开，酒饮微醉"，劝你饮酒适量。他唠唠叨叨说，半开之花，绽放的美丽，一日比一日鲜艳，开到极致，由盛而衰，落红如泥，令人痛心。饮酒莫不如此。若三杯下肚，他红彤彤的脸上便泛着光泽，老年的迟钝和面斑消失了，如鹤发童颜，昔日再现，开口他的做酒经：家乃杨幺后裔，千年酿家酒，使得杨门英雄豪杰辈出……

老子喝酒不醉，儿子却滴酒不沾。大家好奇恒山的酒量，问小杨师傅，友泉六十岁了，只抿嘴一笑。人们猜测，他能喝二斤、三斤、五斤、十斤，友泉还是一笑。这个问题没有答案。在龙阳、沧港、株木山、毛家滩、丰家铺、坡头、洲口等十多个乡镇，老头一年到头做酒喝酒。后来友泉解释，老头倘是喝下一二斤，便一头钻进被窝，一会儿，如雷的鼾声响起来，酒精和着一切烦心的事都跑得精光，如何醉得了呢。他说酒虽酿藏百味，自己却没有饮酒的习惯。

小镇上酿酒出名的师傅有五六个，目平湖每个角落里都晃荡着他们的影子。他们一生的辉煌与沉寂全泡在酒香里。雷神庵的酒旗已在岩汪湖小镇飘扬了好多年。靠水吃水，目平湖的鱼鳖虾蟹挤满大街小巷，林立的酒店餐馆里，每家门旁摆一口大酒缸，上面扣着大海碗，回春酒的大红纸上题着："承天地元气，酿日月芳华"，格外诱人。相传，这是洞庭湖有名的老中医曾宪毅借着杨氏家酒创制，一般为中药草浸泡，能增益元气，滋阴壮阳，祛风散寒，驱毒养颜。水乡湿气重，湖畔人家，户户都有一只泡着药酒的大肚缩口瓦缸，缸里常年没有干过。人们通常都用绢囊裹药，在春节浸制，自称为岁酒。秀丽的水乡风光，孕育了独特的酒风民俗。筵席上，几杯甘醇香甜的回春酒或岁酒下肚，所有的烦忧消弭，酒是情谊，是成功。江湖里，杯里的酒是波亦是浪，波里来浪里去，擅饮的高手才获宠幸。常喝这酒，感觉自己回到遥远的岁月里，古风甚浓。

其实，酒香早融进湖乡人的血脉里，若是三两天不沾酒，便浑身不自在。于是，每年的春节到端午节，再到中秋节，亲朋好友细品豪饮，豪气冲天，自不必说。若遇上婚丧嫁娶，新屋上梁，新店开业，新船下水，置车置业的，大家浸泡在酒坛里，翻江倒海，不分输赢。小镇上的男男女女，老友熟人也好，生客故旧也罢，在酒杯里俯仰畅游，碰杯干杯，同饮对饮，斗酒斗智，感激幸运，祝福期许，全在一杯酒中。只要一端杯，千般愁绪，全部訇然散尽，再棘手的问题也有办法，留下的是充满酒气的舒心爽快。男人喝酒，豪放飘逸，更能率性雄起；女人喝酒，活血养颜，更会妩媚撩人；老人喝酒，更加健硕硬朗；孩子们也尝试着，用舌头舔过半杯，开始撒娇，童稚的脸蛋，浑如灼灼桃花，慢慢记住了酒味。

都说湖乡民风剽悍，却是好客的豪气使然。酒香折腾了不少英雄豪杰。独自一人要饮酒，不一定要有酒友，酒就是友。图个醉眼蒙胧，酣畅淋漓。有朋友更要饮酒，平常日子，呼朋聚饮，三日一小饮，五日一畅饮，猜拳行令，套路招数，别有玄机。大交杯，小交杯，交一杯，花样迭出翻新；猜拳，猜谜语，猜数字，一打接一打；一杯干，一壶干，一碗干，十面埋伏，防不胜防。游戏较量到最后，作揖讨饶，蛛爬虱走，图个喝好，图个你醉了我还在。最"狠毒"的是难为姑爷，女儿出嫁正当时，姑爷驾车摇桨来娶亲，几个闺蜜端着酒碗，唱着送贺郎歌儿，挡在屋门口，让你不知挑哪一碗是好，却漏不得一碗。若没打虎武松的量和胆，又没人搭救，醉倒在丈人家门口，狗熊一个，让人笑话一世，翻不得身。

自常德、张家界、湘西、怀化顺水放舟，或从岳阳、益阳逆水上渡，水上船家，八方游客，漫漫长路，在岩汪湖闻香靠岸，找家临河吊脚楼，或邀上跑船的熟东家，点上吃不厌的鱼鳖虾蟹，围桌相叙，杯盏可亲。可以不吃饭，不能不喝酒，酒是粮做的，喝酒就等于吃饭了。一壶而罄，再来一壶。下得席来，一身酒气，打着酒嗝，折身回舱，一路草都薰香了。瞭望湖面，香气氤氲。惊鸿一瞥中，酒香点亮了目平湖的粼粼波光。

青龙桡·年味道

> 离乡望水，只有扒龙船，每个人耳根根上都是劲，抓到大家的痒处，把每一颗散漫而失落的心箍在一起，亦如把每滴水凝成浩荡的湖水。

一

离除夕两三天，阳光暖暖的，空气里满是微笑。大街上，行色匆匆，尽是拎着大包小包打年货的人，一身喜气，过年的快乐从心里溢了出来，流淌到全身，洒满大街小巷。二叔今年从船上搬到岸上的新家，年货置备得早，杀了年猪，腌了一缸腊鸡腊鸭腊鹅，还有数不清的腊鱼腊牛肉，二婶又做了一缸年粑粑，一桶水酒，新屋里整日热气腾腾的，老两口怀着喜滋滋的心情，穿梭忙碌着，拾掇节日里的琐碎与喜悦。

二叔中年得子，四十岁那年，二婶生下龙青，自然高兴得不得了。龙青出生那天，二叔把渔船靠在五美码头，一整夜焦躁地无法入睡，临近天亮，昏昏沉沉中做了个梦，梦中祥云瑞彩，映照着宁静的洞庭湖，一条木雕青龙从自家船上破空而起，向湖心深处冲去。等他在惊悚中醒来，二婶在医院来电话告诉他：生下一个男孩，母子平安。以后，记起那梦，他们就料定这孩子将来必登高台，给一家人带来富贵，梦境之事却从不和外人说起，生怕泄漏天机，别有报应。

龙青天资聪颖，自小惹人怜爱。被太阳晒得黝黑的清瘦的脸上，稍稍注进去的眼睛，更显精神。他常穿着一身牛仔外套，看上去很旧。作为渔民的后代，全家常年在洞庭湖里漂泊着，他在岸上的寄宿学校读书，却肯用功，尽管没有专人照料，学习成绩也一路领先，让人羡慕不已。前年高考斩获县一中理科第三名。不过，报志愿的时候，爆了冷门。老师同学都劝他选北京或上海的985大学，他却选了四川大学体育学院的船艇专业。二婶一开始还絮絮叨叨：龙生龙，凤生凤，渔民养仔划船艇。但见到他倾心这个专业，就谁也不说半句话了。今年放寒假了还没回来，二婶焦急万分，天天要二叔打电话，催儿子回家过年。早上，儿子打电话告诉他们，要铸一把元乌木桡回家，需要五万元。吓得二叔背脊上发凉。爷儿俩一个要钱，一个没钱，电话里拉锯老半天。

"那我就不回家过年了！等我铸好这把桡再说！"龙青说完，竟挂断了电话。

愣在一旁的二叔心拔凉拔凉的。铸桡，划头桡，后头麻烦大着呢。他弄不懂，一个大学生花钱铸把破桡做什么？口里嚷嚷，别人过年，我们是过关，过关！二婶问明原委，寻思着，老人都奔抢上岸过日子，年轻人还要往湖里奔，急得也不知如何是好。自五八年修江东市水库，二叔父亲带全家响应国家号召移民，到捕捞队当了渔民，二叔两口子漂在水上赴风赴雨几十年，省吃俭用，有点积蓄，本打算收媳妇时，在城里买个房，让孩子上岸去。现在洞庭湖禁渔，政府为渔民建好小区，全家上岸搬进了新房，却蹦出这趟事来。二婶找龙青的师傅猫叔商量，没等她讲完，猫叔就说早知道了，现在集体有困难，三十多户移民，也只你们一家拿得出这点，龙青喜欢就先铸回来，捕捞队也只他能划头桡，踩凤尾，出征得胜。听话所音，二婶知道铸桡是猫叔的主意，不知他葫芦里到底还装着什么药。她决计只能妥协。二叔却执拗得很，要钱就是要他的命。"儿子不回来，你抱着钱过年去！"二婶说，"搬了新家，得团团圆圆，图个吉利！"最后二叔还是依了二婶，把钱转给儿子，但也告诉他，这是全部家底，准备婚事还是铸桡，自己权衡，但不论怎样，须得回家过年。

临近除夕正午，窗外下着轻轻的雪，白绒毯子似的铺盖了树、房子、道路和城市。都喜欢玉琢银装的岁末，因为雪尽春回是必然的。幸福岸边好多户早放鞭炮，关门吃团年饭了。龙青背着个大皮箱，顶着雪花姗姗进屋，直喊爸妈："快点放鞭炮！"二叔听得喊声，急得把早就预备好的一大桶鞭炮搬到堂屋里，手忙脚乱点着了。龙青把箱子打开，解掉金黄的包缎，取出桡来。二叔双手接过，就觉得这沉沉的桡是有点神惊鬼骇，只三四尺多长，温润乌亮，闪着柔柔的光芒，飘逸的水纹云纹中，一条精雕细刻的盘龙缠绕，鳞爪栩栩如生，手柄上雕成的龙头，青绿偾张，闪着玉石般光泽，上面篆刻着"青龙桡"，两面魏碑体行楷刻着："一桡劈开洞庭波，三顾龙涎乾坤定。"刻字皆以石绿饱笔。青龙丹口衔珠，似吐焰火，如瓢的右下端，留角卷曲成翘起的龙尾，煞是精神。两滴水珠落在桡杆上，轻轻一吹，便顺着光亮的桡片滚落下来。

"好桡，镇得住洞庭湖的风浪。"二叔心里扭着结，却情不自禁喊了一句，不过那惊呆的表情，渐渐转为一脸佩服，最后露出松了口气的样子。有了它就有了驾驭江湖的力量。他想着，拿出一段红绸布，在龙头把手上扎了朵大红花。

想想也是，血缘关系最牢不可破，二叔盘算家底的焦躁烦恼里，一瞬就有了牢固的维系。"龙青回来了,团年啦!"小区里好多人隔着门窗打招呼。半晌,他才记起要敬先人先过年。二婶收拾好用过的香蜡,把桌子上的十二个钵钵碗盏整理一遍,在红运猪头、年年有鱼、百味寻鸡、牵手油肘、清炖甲鱼、腊肉长笋的炉子里添了燃料,从容不迫点上火,告诉爷俩,今年上岸,现捞现煮的鲜鱼没有了,得水上岸上合着吃。她一边关了门,准备吃团年饭,一边还嗔怒地骂儿子,也是告诫二叔:"过年,就是团团圆圆,全家一条心,天大的事也要过好年呵!"

天气虽然寒冷,却挡不住新年的喜气,挡不住屋里屋外充溢的红火又兴奋的年味,挡不住大门口树梢上的红气球,家里台阶上的红灯笼,满院遍地火红的鞭炮纸屑,挡不住热气腾腾团年饭里满满的祝福。一时,所有的不快都被这年味荡去。

二

吃完团年饭,二婶刚打开大门,就被五花八门的年味惊住了。

堂屋门旁有人在送春联,左联:"跟着共产党住在幸福岸边",右联:"保护洞庭湖下船就业有路",横批:"幸福人家"。队长猫叔带着小区的住户,一人手里拿一卷鞭炮站在门口,猫叔边躲开噼噼啪啪的炮仗,边不停地道着:"恭喜恭喜!"身后插满长香的火龙,阵仗霸气十足,唢呐声中,在台阶上开始庄严的点睛仪式,由舞狮开路,家家户户燃鞭祈福。火龙插满长香,一样龙腾虎跃,缠绞穿插,鼓锣敲打也格外热闹欢快。二叔和龙青踩着鞭炮和锣鼓响声,醉红着脸赶出门来,双手打恭,招呼大家进屋。

猫叔捧起青龙桡仔细端详,赞不绝口。大家把屋里围得水泄不通,争抢着观赏,心里却虔诚祈祷。看到大家情绪高亢,猫叔双手举着桡说:"青龙桡是我们的领跑者,让我们看得见希望,绘出一个我们能够到达的理想,有了它,抢头水,争头名,顺风顺水。"

"有了这青龙桡,今年要争头名,龙船要早点练。"有人提议,还掏出那句老话,宁愿荒废一年田,不愿输掉一条船。

马上又有人喊出:"我们的故乡是水乡,船本是家,现在搬上岸,走亲戚也不踏实,不如明天就开始练吧。"这个提议,马上赢得大家的赞同。

猫叔知道江东市这群移民的心结,住在岸上却想着湖里。离乡望水,只有扒龙船,每个人耳根根上都是劲,抓到大家的痒处,把每一颗散漫而失落的心箍在一起,亦如把每滴水凝成浩荡的湖水。他庆幸的是,龙青和他想到了一块。龙青早就和他说过,上岸后,故乡的生命几经湮灭,渔民内心的世界,却须得以接续而渐趋蜕变。虽然铸桡是渔民们多年的梦想,但还是龙青有眼光,踏到了节点上。他真的有点佩服自己带大的这个徒弟,一心想用新的方式征服洞庭湖的理想,扒龙船要争第一。他不得不承认,现在师徒间出现的差距。兴许是两代人的代沟,抑或是和当代大学生见识的距离?不,是与众不同的眼力,年轻人有新的世界观,这才是真正的差距呵!这个时候,每个人心里,已赋予了青龙桡崇高的殊荣和神奇的力量。

"那我们就从明天开始,在岸上练动作,校准调号,齐整了再下湖练。"猫叔和大家一合计,也就顺水推舟,按往年的分工,要锣鼓手和前后舵手都同步到位,各做各的准备:"龙青也参加,感谢你铸桡,今年扒头桡！铸桡不忘本，至于偷乡里一枝花的绣花鞋，包在我身上了，别说是乡里，县上的一枝花我敢打包票，你偷得到！一个川大的高才生在县城讨个漂亮老婆，和你铸桡一样，只要稍许努力，一点不难！你垫付的钱，等开赛有了赞助就还！"

一听这话，大家都鼓起掌来。依旧乡俗，新船新桡下水，这划头桡者，是乡里的白马王子，在端午节前三天的晚上，须偷来乡村最漂亮姑娘的绣花鞋，将其塞在船舵，压凤尾避邪躲灾。毕竟一条船上几十条人命，也是几十个家庭的顶梁柱，谁敢当儿戏？当然，也得这姑娘有意愿，才去偷人家鞋的。现在上岸，家里没底子，乡里漂亮姑娘谁会相中呢？二叔老两口激动了，不知猫叔还有什么好主意，扯着他留大伙晚上喝一杯，团个渔民年。就在他们群情激昂，夸着桡，议着龙船，憧憬着龙青偷来绣花鞋的时候，外面烟花放起来了，从一面，接着从两面，再接着从四面八方，整个城市笼罩在烟花的海洋里，渲染着年节的天空，渲染着大家美好的祈愿。

正月初一早晨醒来，幸福岸边小区里白雪皑皑，林间树梢，银装素裹。仍是鞭炮声，一阵接一阵，此起彼伏。小区广播里播放着《龙船调》《父老乡亲》等熟悉的旋律。队里那条"青龙白"，昂首驻足在广场正中央，面前香火缭绕，准备开始它宠幸的游戏。这是洞庭湖区乡村里最好的一条船，船身结构紧凑，龙头、龙尾、干船、闸水板、龙篸、舟桡等，做工精细，干船用耐撞耐浸的优质坤甸木制作，龙身龙腹麟甲的涂彩，都是精工的大师亲手做的，色泽艳丽鲜明，图案漂亮炫目，长长的皎洁龙须飘起，映着周围的雪光，整条船欲腾空疾去，更显生动雄浑与搏击风浪的沧桑，力透全身。后面巨幅的红色标语写着："划头桡，抢头水，争头名"，在茫茫风雪中，随风飘动，特别惹眼。小区的秧歌队戴红着绿,锣鼓喧天,绕着"青龙白"不停地变换队形,跳着欢快而有韵致的舞蹈。

时钟打九点,猫叔和大家穿上统一的运动服,背着桡片在广场集结了。他让后艄公二叔先讲了些技术细节,锣鼓手又讲了一些基本要求。他只讲了几句话。他说,今年捕捞队响应政府号召,上岸过第一个春节,大家切记懒散不得,我们虽然经济上是弱势群体,精神上绝不能服输,要时刻保持咱追鱼奋发的朝气,发挥水里寻窝择大避短求真的品质,打有准备有把握之仗,打出渔民上岸的威风!他面对着大家喝问:"今年龙船目标是什么?"整个队伍齐刷刷答道:"划头桡!抢头水!争头名!"一刹那,整个广场热闹非凡,惊得树梢的雪末不停抖落,四周很快挤满了观阵的人群。

其实,他们训练还是用古老的方法。拜神祭水仪式结束,各就各位,开始连板划水,练桡的吃水深浅和左右摆动,渔民都是老船匠,这一招也就省了。猫叔用漂红的指篾把每个人手里的桡把绑串勾连,头桡与鼓手单连,听鼓点,动桡把,手脚不乱,指篾不断,久而久之,动作齐整协调了,划船就顺了。练完了指篾,再练席草绳,难度虽然更大,但因为练顺手了,就容易协调一致了。不过通常练完一打十二根指篾,胳膊肘子肿了两三轮,功夫也就八成到家了,再练一把席草绳,那腕肩上的劲就攒够了,一桡下水,弦动矢达。此时的龙船,踏着昂扬的鼓点,犹如龙翔水境,旋即凌空飞去。在岸边看到了龙船,再冷血的观众也要蹦起来,叫喊几声的。"青龙白"选在春节盟誓,初一上场,在岸上先攒劲,可谓是抢先机,志在必得。开弓没有回头箭,猫叔和大家对未来的日子想得多,看得远。

一阵爆竹声起,就听到船上锣鼓齐鸣,喊声震天,久久在幸福岸边回响。

"咚","咚咚","咚咚"……

"扒起","扒起","扒起"……

三

二叔常说,渔民就是生在波涛里,活在鱼群中。他从来没想到,一把青龙桡,搅得一家人乃至整个小区,在这个春节里都忙得不亦乐乎。

他每天上午忙完事,下午和龙青跟大家在一起练船,尽管是岸上练,一天下来也是腰酸腿痛头发晕。终日在水里而乐此不疲的渔民们,有了船划,个个都像一条快活的鱼,要不是下雪天气温低,几个老头子受不住,他们早就推船下水了。

明天正月十五,出元宵节,龙青就去上学了。龙青回来几天,为了队里铸青龙桡,和猫叔里应外合,傻顶硬杠父母亲,挨着不少怨怒,几个中学和大学的同学来玩,还轮着陪他练了好几天,大家暗地里笑他,肯定相上人了,又老记着那个古老的风俗,要踩凤尾,偷绣花鞋的事,龙青嘴里却说不出一句话,只得任大家猜笑。一想起来,二婶鼻子里就酸酸的。车水马龙的沧浪路,从繁华的商场到大大小小的酒店,鳞次栉比,城市气息扑面而来。繁花似锦的商业街近东侧,只需转个弯,便曲径通幽,深巷两侧成排的旧店铺商品琳琅满目,红顶青瓦,桂花树掩映的庭院楼阁,宛如一幅色彩斑斓的水彩画。移民的渔民们看惯了湖上的景致,厌烦了风里来浪里去的日子,现在每天上街徜徉在这里,上岸的幸福溢于言表。

停下忙忙碌碌的身影,匆匆赶赴一场接一场团圆。这就是古老的年。无论何时,等待你的是一张张快乐的笑脸,端上桌的是圆圆满满的甜蜜。

一大早,猫叔就和队里的老会计上门,将一塑料袋的钱还给二叔,整整一万元。他说这次才开训,各级领导和企业来送温暖,表示要进一步支持大家。到端午边,开赛拉了赞助,优先还铸桡的钱。二叔两口子感激涕零,也知道猫叔从来不失信。对龙青和猫叔长期黏在一起,两口子心里也是热乎乎的,要猫叔多带携,巴望着儿子跟外面多交往一些,路子广了,再不打鱼了。龙青迷上龙船,让二叔忽然想起儿子出生时,他做的那个梦。心想,这真是命中注定呵。猫叔要龙青赛季请假回来,又谈了好些具体训练细节,叮嘱他在校要勤练苦练,通过熬炼,打牢基础,还问是否已有女朋友了,又猜肯定有了,是这段时间陪他练船的几个美女里的一个。龙青略显神秘地笑笑,摇摇头,表示对这些旧俗没兴趣,让大家办妥,绣花鞋万一找不到,他会找女同学要一双。他说:

"今天的船为什么还要照着老路旧俗走呢?"

猫叔释然,他把话又唠叨一遍才回去。二婶就忙着自家做菜,想要抓住年尾巴,好好热闹一番。她像个大厨那样,在厨房里餐厅里摆下大阵仗。今天不能简单,她想,全家人都要记住上岸后过的第一个年。在她心里装着的食谱里,有鱼翅汤、蟹壳酿肉、针鱼烩香葱、酱汁蒸鱼头和腊猪手,茶油烹红花鸡是加了河鲜填满,甜品是椰汁沙谷米、炸香蕉饼,不比团年饭淡一点味。她总是念叨着儿子爱吃的几道菜,那道炒杂菜,只是青椒、干鱼、香菇切条状,加上干扁豆丝热炒,有趣的是,最后再放些干炒的蟹黄米椒,油亮泛红,在盘边围一圈作为装饰,简单的菜立刻提升为特别的节日佳肴，香酥甜软，鲜味萦鼻，久久不散。若是在船上，便能尝到当天捕捞的外河野生红尾翘鱼，用姜丝、蒜蓉清蒸，鱼肉晶莹澄澈，新鲜得仿佛是用筷子从湖水里夹出来的，今年落空了。心里总是惦着过去，但也更明白，许多能称得上最好的时光的东西，其实都已经渐行渐远，也如每年这年味道，不可能复制，仅能怀想而已。

月亮洲上的小屋

> 水湾里一块球场大小的空地，披着慵懒的阳光，浅草野花享受着野旷宁静，一片零乱的牛蹄印，像是串门的邻居留下的回访请柬，几间破旧砖瓦房守着面前的水湾，聆听流淌的水声，眺望一行行白鹭来回，记录历史的每个瞬间。

月亮洲像一弯浅浅的新月，落在碧波万顷的洞庭湖。水绕洲身，而深凹的臂弯里则躺着秀丽的龙王湖。

我第一次上月亮洲是随父亲去的，他去守洲看芦苇当伙头。父亲开始还有顾虑，说上面生活不便，住的小屋破破烂烂，不过是砍柴季节民工歇几天脚的住所，尽是荒凉。我一点也不介意。于是，晚秋时节，我们挑着沉沉的铺盖卷和大包小包的日用品，在岩汪湖码头搭乘一条渔划子，颠簸了好久，中午才起坡上岸。

踏上月亮洲，湖天秋水被碧波卷走，浩瀚无垠的芦苇，如一张金黄的大毯子，托举着一层洁白如羽的芦花。风从遥远的河面吹来，尚不大，一股一股，芦荡里不停颤动，一缕缕芦花铺洒如雪，轻巧地落在草丛里，翻滚在波涛上，摇摇晃晃挂在树枝树尖树叶上。一块篮球场大小的空地，披着慵懒的阳光，上面零乱的牛蹄印像是串门邻居的回访请束。小屋在月亮湾内侧的高地上，背倚芦苇荡，面对龙王湖，几间简陋的砖瓦房，周身爬满藤蔓，房顶上几个硕大的南瓜，如瓮如盆如瓶如雕塑，有瓣有纹，金黄泛红，几个长长的冬瓜如调皮的小孩子吊在屋檐下，两间房门口被一蓬稀稀疏疏的野扁豆堵住，上面缀满一绺绺白蓝紫色的小花，后坡地翠玉般的白菜棵棵饱满，让人担心它们会随时炸裂了菜心。房里除了几张用树枝麻绳捆搭成的床铺外，没一件像样的家具，早到的两个民工用土布袋包裹着各自的行李，搁在地上。小屋守着面前的水湾，聆听流淌的水声，眺望一行行白鹭来回，记录历史的每个瞬间。

我们简单打扫一下，就开始做饭。这时，父亲推开厨房侧门，一排长长的石阶直通湖里，临水一个木水桶，里面浮着一把金黄芦瓜瓢，舀一瓢湖水饮下，沁甜沁甜的。两个早到的民工有心，在石阶边的水里放置一个花篾鱼篓，把苇茬上的绳子轻轻提起来，半篓小鱼活蹦乱跳，有打船丁、鲫鱼、红尾鱼、刀鱼等，尤以通身透亮的针鱼最多。我们宛若打捞起整个江湖，一阵欣喜，随便炒两个菜，抓了一碗小针鱼，蘸上油盐酱醋，搁一点剁辣椒，蒸在饭锅边，嫩白的细肉，鲜活香甜的味道，竟然成了记忆中最好最美的。

入夜，秋月洒在湖里，冷冷的，淡淡的，没有声息，朦朦胧胧的芦荡宛如漂浮在一片墨青的云水间。借着皎洁的月光，龙王湖似乎摆脱了外面的吵闹，一片寂静，群鹤邀集野鸭、野鹅、野鹭鸶嬉戏长鸣，惊得几只小鸟躁起来，四处转悠，把满湖的秋虫惹得吟唱不止。月亮洲南北两端出口相距二三百米，而外湖则涛声震宇。那波涛乘上狂野的夜风，一忽儿颠得远远的，一忽儿又飞快跑回来，把城市的喧闹和喘息带入湖中，撕绢裂帛，稍不留神，突然就歇在了墙根下。我们躲进小屋插上门窗，风拍墙打门，从地缝里，从窗隙间，从屋顶的瓦楞钉眼里，吹着悠长的哨声唤人唬人，又像是要传递什么急迫的口信，一遍一遍地重复念叨，没有丝毫倦意，颇有不把这月亮洲吹走捣碎不罢休的架势。

看见两个民工哆嗦打战，父亲便抱来一捆干枯的芦材生火，大家围坐在火塘边磨一堆锈迹斑斑的柴刀，准备大班人马来砍柴的用具。火光中的小屋如夜洲升起的彩虹，光芒四射。起初，那风追进屋里，卷着火舌冲，碰到墙壁上，把影子撞痛了，又把湖水里厚重的鱼腥味撒在屋里呛人，退到门外还想把人拽了去，把小屋变成自然的法场。我听父亲和民工们又谈起今年山里收成，后段砍柴进度，几个人的点子就如门外的狂风拍门，一招接一招。火光点亮每个人的双眸，四个人皆化成鱼，在小屋墙壁上游来荡去。父亲一边用学生作业本画用餐登记簿，一边和他们说起宋时杨幺攻克十九州县，来这里巡弋，广贴罪己诏，又说起他宝台雄武的龙帐，月亮岛四围的狮虎营房，唯有龙王湖畔这月亮岛不许士卒踏足。一轮明月照大楚，月光之下，乃天下龙脉，大楚安魄之所，龙潭虎穴之地。讲到这里，两民工抖着身子起身，想开门又怕风里惹出什么不如意之事，坐着烤火又怕犯龙威，实在不安，就对着门外双膝跪地，叩头作揖行起礼来。父亲忙拉起他们说，我们落在洲上，守护龙池苇山，自有神灵护佑。杨幺过去提出"均贫富"的主张，现在潜藏在这湖洲水湾里，是襄助困苦之人的，有什么好怕的呢。他说风是来打饭圈子销饭簿的，可我还没开甑哩。两人又惴惴不安坐在火塘边，想起当年义军的声势，一人手握一把镰刀，笑那狂野的风，操练了几百年，胡乱转悠，湖里还和几百年前一模一样。

我本以为屋顶上的南瓜和屋檐下的冬瓜等会被风摔得粉碎，第二天早上起来一开门，不见了风的影子，吼叫拍门的粗鲁野蛮也没留一点痕迹，那瓜棚上的花儿似乎多了几绺，浅草野花迎着艳阳，轻松招手舞臂。站在通向湖水的长石阶上，湖面像一面镜子，被晚风一擦，格外明亮。用瓢舀起水来，一饮而尽，一样的香甜，一样的滋润，一样的透凉。那风吹了一整夜，却什么也没变。

记得其时我读到嵇康，"游山泽，观鱼鸟，心甚乐之。"远离嘈杂的城市，在如此水草丰美之地，居得茅庐，神赐逍遥，觉得兴味无穷。小屋是水洲的一道彩虹，是神灵的爱抚寄托，全赖它守护水洲的灵魂。

第二次上月亮洲，我就因它的变化，特别是小屋变身为华丽高端梦幻之所而惊讶。

多年后，开发者独具匠心，要静中植动，应和那风，抚慰湖水，在这宁静之所嵌入一片热闹与繁华，对月亮洲进行了气势磅礴的包装打造。远远地就能望见湖中"水上繁花"的霓虹闪烁，水畔的月亮气势恢宏永不倦息，映照着古老的波浪。过去望不到头的芦苇荡，已全部改成广阔的黑杨林，一根根高大挺拔，亭亭玉立，间有几丛低矮的苇叶从水中冒出，也只是无语喘息低怨。那爬满藤蔓的小屋已修葺一新，蜷缩在新建的豪华餐厅一旁，迎送客人，也可临时休息。菜园没有了，辟成了百花园，作为餐饮包厢和水上 KTV 娱乐城，装修风格也是城市的仿制品。前坪是嶙峋的怪石垒成的假山，流水淙淙，直通湖边，一排高大的垂柳，窈窕婀娜，绕园迎客，随风轻拂。湖中泊船常密密麻麻，歌厅的喧嚣传到好远的湖洲湖面，似是向人们历数人间沧桑。

我陪客人在一个暮春的傍晚，冒着淅淅沥沥的小雨舍船上洲。春天的湖水涨起来，淹没了大大小小的矮围网和迷魂阵，淹没了急急火火的开发者足迹，淹没了所有良心对湖中的担忧。春雨中，湖光水色仍是那么迷人，只有小屋侧面新增的压把井告诉我，湖水似乎不宜直饮。洲上的烟火气甚浓，菜单上的招牌菜，一律都是醒目的全鱼宴，清蒸、煲汤、香煎、油炸、爆炒，样样都有，干锅臭鳜鱼、清炖回头鱼、柴鱼片、砂锅鱼头、翘嘴鲌鱼、油炸刁子鱼、米椒糊鱼，酸、甜、辣、苦、咸，五味俱全，让人味蕾绽放。至于吃河豚、鲟鱼、江带子等特色菜肴则需要和老板面对面商定，而再高档的百鱼宴，则须提前预约由名厨打理，让人无不好奇这湖洲上的餐厅还会发酵成什么样子。我脑洞不开，一心只惦念餐厅旁边的小屋，只念记着那时品尝过的鱼篓里捞起来的小鱼的味道，对珍馐美馔竟燃不起热情，于是，点了一个清蒸小针鱼，回答是没有，又点了清蒸小黄尾，回答说只有冰冻的进货，没有鲜品，而桌上砂锅鱼头似乎也是岸上进来的。我知道鱼群已远离这豪华之所另择幽居，面前的全鱼宴在聚光灯下黯然失色，正在作离场的挣扎。

  我们全鱼宴还没结束，隔壁的歌厅已是声震如雷。急匆匆从餐厅出来，那歌声一浪高过一浪，覆盖了月亮洲，覆盖了龙王湖，覆盖了湖水上方所有的夜空，可谓补充了全鱼宴的缺陷。我在过去小屋周围徘徊许久，便坐在它的阴影蔽着的石凳上喝茶，缅怀那个遥远的日子，透一口气，沉静片刻。我直想那最狂野的风，最宁静的湖。小屋是月亮洲一片最温暖的记忆。服务员关门清理场院，转身发现我，一个劲催我进屋避雨，去歌厅喊几嗓子，不知道为什么，我却兴致全无。打量头顶上的那把巨伞，我试图在细雨中寻找曾经听到的野鹤、野鹅、野鸭的长鸣，寻找小鸟们过夜的丁点儿踪迹，寻找一丝旧时火光里的幽静和狂野，而这一切连同洲上千百年来所有的记忆，都已删除尽净，托付给了那浪漫而多情的歌声。风和波涛总算觅到了知音，终究把湖洲变成娱乐的刑场。

  真是相见不如怀念。小屋，还有这月亮洲，这混沌的湖水和古老的波涛，是否也要打一把伞呢？像我这样避着雨，发思古之幽情。不过我又想到杨幺当年的义举，就像丹青妙手在巧夺天工的卷轴中留白，留这片安静之地以慰古人，何不更好呢？望着月亮洲那张花俏的面孔，我心里陡生茫然。后来也因忙着自己的生计，无暇他顾，竟有好些年不曾再踏足。

流水的泡沫易聚好散，流水的记忆却绵长悠远。洞庭湖禁渔几年后，几位老摄影家憋不住了，想一睹碧波万顷、洲滩错落、百鸟翔集的景象，寻找旧时的记忆。前不久，我们相约成行。这时的月亮洲黑杨清理完后，苇子蔓生，豪华餐厅已不见踪迹，龙王湖如一面巨大的镜子，澄澈湛蓝，与洞庭湖缠绕在一起。小屋不畏浮华侵扰，刚刚苏醒，四眼洞穿，成为越冬候鸟的暖房，默默守护它的宿命。所有历过的惊奇疼痛，终于有了救赎，写在拆卸门窗后的洞穴里，所有的烦躁慈悲，所有的践踏苦闷，皆化作流水，汇成沧海。

大家到过许多洲滩，走访了一些弃船上岸就业或找到公益岗位的渔民，看到他们有节奏的生活，开始神经还一阵紧绷，跨上月亮洲之后就激动不已，纷纷记刻小屋的历史瞬间。

逝 水

> 昔时碧水盈盈、河岸青青、汪洋入湖的景致，带着记忆中的香甜味道，跌落到遥远的年代里。而眼前，自上往东，树丛间隐隐露出的白脊红瓦的一幢幢小洋楼，却晃晃映着一缕逝水般的情愁。

洞庭天下水，心里念兹在兹，不由得想起流入洞庭湖的南湖，想起横亘在南湖边的老屋，想起老屋旁那条日夜流淌的小河。日子总是百无聊赖。清早一醒来，人们习惯站在院子台阶上，眺望每天第一缕阳光照耀的小河胭包嘴。

那里是一片水，水就是财，就是村里的命根子。这样，人们一早起来心里就充满了希望。

兔耳山下面的沟港河汊到了胭包嘴，直达南湖，再下去就是洞庭湖，就是长江，童叟皆晓长江口就是上海。人们都向往有一天开了铁驳船，从胭包嘴去上海逛一逛。一列低矮的山丘成为村里巨大的背景。那耸起的胭包嘴张着巨口，衔着远山，襟江带湖，岚绕碧水，南湖烟波从此逶迤远去。依仗一汪碧水，人们生活无忧无虑。早晚天阴凉爽，山间凝重的露水化作蒙蒙雾气，披在身上缠手裹脚。倘是出门转转，一条条沟港、一棵棵钻天水杉、一块块大石礅一一入目，滴水的轻重，鱼啃草的声气，叶子风飘摇摆的响动，都历历可辨。

　　小河春肥冬瘦，春夏涨水季节，沟沟壑壑鼓得满满的，像羞涩的大姑娘挺着丰满胸脯，腼腆地走向远方。枯冷的冬天瘦得只有细细一脉，仿佛双手可握。小河秀古今。河面没有湍流漩涡，不见虹桥飞渡，两岸蔓生的青草和马铃根在柳荫里那么安静，从不弄出一点声响来。胭包嘴并非野水，却永远荡漾着清澈的、快乐的、自由的涟漪。村庄也因此而具清秀和灵气。小河虽然不长，却在人们心里流淌了与生命一样绵长的岁月，还将穿越无尽的年年岁岁。

　　小时候，我们经常摇着木划子，穿过十里荷塘，到烟波浩渺的南湖泗水，看水天相接的湖光山色。

　　春夏时节，南湖水涨上来，胭包嘴四周围的河汊里便不消停。二哥喜欢起早床，家家户户跑得动的男人女人跟着，到河边捕上水鱼、露水鱼，小河里鱼虾成团，二哥将满篮满篓的新鲜鱼拿到街上集市，抢手得很。那时，龟鳖横行，在稻田里劳作，割稻、采藕、摘菱角、芡实，不经意间，踩到一两只肥硕的水鱼或骚乌龟是太平常不过的事。那水鱼也叫甲鱼、团鱼、鳖、中华鳖，乌龟的名号就更多。人们都说，乌龟王八命贱，到处都长得大，对河里的乌龟王八、虾、螺、蚌都熟视无睹。河边人家，常常早晨打开门，就捡到爬到台阶上来生蛋或游荡的甲鱼乌龟。河岸闲走，偶尔还要被蹭在路上晒背的甲鱼吓一跳。多了也就没当回事，大家都不大喜欢吃。村里老老少少都喜好那碗鱼，习惯不改，一年四季，饭桌上除了鲜鱼就是干鱼。

　　二哥爱读书，一心想把甲鱼研究透。刚读初中时，放了暑假，他把学校实验室的显微镜借来，把我母亲捡来养在水缸里的一只大甲鱼杀死了，装模作样解剖，弄了一天，也只是把公甲鱼的生殖器切成几段，让围观的男孩子看会儿,除了看见那甲鱼扁扁的生殖器在显微镜下显得大得无比,什么门道也没看出来。到了晚上,我母亲做集体工回家,发现水缸里的甲鱼被杀了,一群孩子荒腔走调在显微镜下围观甲鱼生殖器,愤怒无比,拿起门板上挑水的钩绳扁担要打人,二哥吓得撇下显微镜,往胭包嘴仓皇逃跑,跳进小河泅走了,才算躲过了一扁担。

不过,后来他在中南大学李教授指导下,又开始研究甲鱼。他翻阅了大量的医药学经典,从《神农本草经》到《名医别录》《药性论》《本草纲目》等,找到对鳖甲与甲鱼口味功效的详细记述。发现甲鱼具有滋阴潜阳,软坚散结,消痞清热,平肝熄风等功效。他常引经据典,用自己的观察实验和中南大学研究的种种数据证实,甲鱼提取物能有效地预防和抑制肝癌、胃癌、急性淋巴性白血病,并有益于治疗因放疗、化疗引起的虚弱、贫血、白细胞减少等病症,常食对肺结核、贫血、体质虚弱等有明显疗效。他举了许多的例证,揭示了中华鳖的千年秘密。过去人们只知道甲鱼味最纯最美,却不知它给人体留下那么多益处。

甲鱼的秘密和价值被揭开了,人工养殖遍地开花。在短短几年时间里,有活水的地方就有人修了精养池养甲鱼。而照看池子的大都是村里的人,他们懂得甲鱼的习性,懂得用温控的方式孵化甲鱼卵,培养雌性稚鳖,繁殖雄性种群,又手脚麻利吃得苦,很讨人喜欢。

不过大家渐渐也发现,人工养殖的甲鱼虽然营养成分差不多,但那味道与过去的比起来,却缺少了什么,让人燃不起心中的激情,是什么呢?大家都细细地品,努力地找,最后终于发现,甲鱼还是那个甲鱼,种也还是那个种,个头还是那个头,肉里汤里却是缺了过去的一份香甜,缺了那一份张口衔在嘴里,就钻到全身每个骨节每根神经里的味道,抑或也是时间酝酿出的生活味道,愈是要寻找,似乎那味道就淡得越多。村里人从来都只尝尝河汊里野生的甲鱼。

人们对甲鱼总是情有独钟，皆因那令人回味无穷的味道，也赖它全身都是宝。宰杀一只甲鱼，俨然比杀猪宰牛更慎重，甚至说得上心怀虔诚。通常甲鱼的血冲兑成药酒，主要食其肉。甲鱼用开水烫过，撕下薄如纸张的皮膜，然后开膛，一件件清理肚内的胆、肝、肠、心、胰，小心翼翼，用水反复清洗，一点也舍不得浪费。烹饪方法特别讲究，秘制、红烧、清蒸，五花八门。特别是加了姜、蒜、青椒油炸去腥，加汤清炖，留存原味。不过后来龙阳城春华轩、静香园的一些名厨美食家们用鸡汤熬煮，加鲍鱼、海参、人参等炒炖煨，使这道土菜越来越精致，仿佛凤髓龙肝都无可比肩。往往菜未上桌，香味早飘了满屋，尝一勺羹汤，再来一口底板或裙边，香甜软糯，如满口含玉，黏润温爽，连吃到牙缝里，剔出来都是香的，让人一生忘不掉那味道。于是，人们便满眼都是荡漾碧水涟漪的胭包嘴小河。

水秀涵幽，村野生懒，"鱼米之乡"的美誉把村庄醉得长期不思远行。

20世纪70年代末至80年代初，家家户户的粮食短缺问题成为大事，挨村的南湖水面都围垦成稻田了。胭包嘴既不通外河，也没有河湖连通，活水成了死水，河床高处当然逃不掉被围垦的命运，开始种粮食。村里人一开始还只是不习惯，二哥找了村里乡里县里来的干部说，不能堵坝，让村里活水变死水。他说："这是让全村人被毒蛇咬了一口！"他的话险些为自己惹祸，上面说他破坏粮食生产，眼里只有村，没有全县，要跟他算账，吓得他马上闭口不语了。那天晚上，他背上铺盖行李，第一个走出村子进城了。

人们再也见不到小河中的涟漪。

水才是每个人的命根子。自那时起，人们开始想念逝去的小河。村里读书的学生，还有正儿八经的男女劳力都追着那活水，寻找人与鱼水和谐相生的魂魄，却远走城市，再也不愿回来。顺时而为，顺势发展。他们便成为村里一条新的河流，日夜不停地追赶着远去的大江大河大海。旧时热热闹闹的小河岸边，村舍默立，一任家里老人们守着吃饭的方寸之地。人们只在心里记着那一泓宽容而温柔的水。小河里捕鱼捞虾渐渐地淡出了记忆，人们把偶尔摸到的野生甲鱼视作珍宝。有人便在晚上去钓甲鱼。在泥水田里抓两条大黄鳝，切成寸许的小段，用中间系好尼龙线的小号针挑起，投进山塘水沟里，每次都能钓到两三个几斤重的野生甲鱼，都是小河留下的中华鳖种。

但凡钓到的甲鱼都是青壳白底板青云纹，或者黄壳白底板红色蓝色云纹的，人们就知道自己捡到宝了。他们无论如何舍不得吃，除非家里来了一世不上门的贵客，才会宰杀一只。上最尊贵的亲戚家拜节行礼，带的上台面的东西，也只有这甲鱼。大家长期习惯了，好吃的宝物留着办要紧的事，送家里的亲人。远在异乡，还能见到这种古老的东西，品尝昔时的香甜滋味，也会想起村中的小河。

昔时的胭包嘴，碧水盈盈、河岸青青、汪洋入湖的景致，带着记忆中的香甜味道，跌落到遥远的年代里，而这恰恰又是我们记忆中最初的种子，跌落越远，种子的根在泥土里就钻得越深。人们选择逃离，远走他乡，也是因了这种子的缘故，撼动了对过去的眷恋。眼前虽然仍是那一片树冠密覆的丛林，还有树丛间隐隐露出的白脊红瓦的一幢幢小洋楼，却都晃晃映着一缕逝水般的情愁。就像许多地方，人们都有坐街的习惯一样，多年来，守家的人们清早起床，或茶余饭后，闲来无事，仍习惯坐在院子里的台阶上，男人掐箴做活，修修补补，女人带上针线活,缝缝纳纳,古今中外,天南海北,家长里短,连真带假,笑话不止,边聊着边望着胭包嘴,那里却空空如也。只有到了每年农历的腊月底,走南闯北的人们倦累了,想家了,想着家里的过去和现在了,便奔回家过个团圆年。

二哥到城里安家后,每年都带着家人回老家过年。我也从县城回到老屋里,难得与大家一叙。但凡在北京、上海、南京、武汉、长沙或县城找到一份工作的,他们便都在那里买了房,安了家,有了稳定的事业,心中时时翻涌着一份走出去的荣耀,一份事业有成的持重,一份感动。他们说话的口气也大了,开口就说的故乡却是一种心痛与旧爱。故乡和它的边界正在悄然发生改变。老家不再是每个人唯一的终点,也没有人能肯定何时抵达。但不论怎样,心里撇不下那份风干的水乡情结,记着浅草平沙,记着绿窗华屋旁的胭包嘴,那水常常反复抚摸着心痛与旧爱。他们聚在一起,品着昔时潜藏的甲鱼,品着时下淘起的泥鳅,品着从大城市带来的茅台酒、五粮液,还有拉菲、白兰地,觉得都是胭包嘴流年逝水的味道,心里一下就涌出许多想法。每人讲一讲自己的故事,每人为古老的河流做一件事,要使它一展新容。他们却把所要做的每一件事,所讲的每一个故事锁定在胭包嘴。人们已经习惯生活在胭包嘴的影子里,回味那份永远丢不掉的心痛与抚摸。最后,他们到底见了世面,叹息一声,自己所到之处,还有哪座山,哪个河湖,哪个村庄溪流不曾动弹?只是有的踏践伤害太深,多一份痛楚罢了,有的恢复改造得更怡人眼目,成了新的风景,新的地标。

"我们的根天长地久,生在胭包嘴的影子里,生在村里泥土中,在每一片瓦砾中,在每一棵树根树尖上,没有了小河,我们却寻找到自己新的河流,有了重新生根滋长的机会。"二哥深有感触地说:"水不断根,只要回来,这里还有一杯隔夜茶,世界没有一成不变的地方,一会儿行走,一会儿守候,就是天长地久。"

云树依依,乡关渺渺。隐在树林中的老屋,仿佛是脑子里的一个印象,一个记号,一串密码,一个无法消弭的元素,可让人分享的情感和经验越来越少,久而久之,它会像村中的小河那样干瘪吗?

人们惦记着那片逝水,却有了一份感激。暗自庆幸有机会选择新的河流,开始新的奔腾。

忘不掉那只喜哥儿

> 小鸟们在园子里自由生活，每天早晨优雅对歌，欢唱美好的时光。只是好久不见喜哥儿的身影，人们难免会偶尔怀想，但一想到那些不快，就再也不去想了。怀想不如忘记，抑或这是最美丽的忘记。

新的一天，总是在小鸟的歌声里开始的。

我们所住的小区，绿油油的草坪，一年四季鲜花不败。小区虽然有点陈旧，但伴着小桥流水的经年树木，郁郁葱葱，古韵悠悠。栗树、樟树、栾树，还有木樨、黑杨等，高大参天的树冠如同一把把巨伞。无论是骄阳似火的夏日，还是风多雨密的春秋，或是雪花飞舞的冬天，人们都愿意在树荫里歇一歇，躲一躲，呼吸着清新的空气，寻觅家园的安稳和快慰。每天清晨朦朦胧胧的林雾里，树林中的一只小鸟婉转欢唱着清新的旋律。"哇，哩哩哩——"，一声接一声，像悠扬悦耳的长笛，打破清早的沉寂。之后还觉得不过瘾，未尽欢快之兴，干脆拍腾起翅膀，在树枝间蹦跶起来，一忽儿上，一忽儿下，清脆悦耳的叫声，像欢快的奏鸣曲，传得更远更真切了。

那是一只黄莺，它每天奏鸣着破晓的序曲。

在这激动人心的序曲里，夜间的天籁之音遁去了。久久聆听，好像那啼叫得异常忧愁悲悯的杜鹃声也不见了。所有的叫声都欢快起来。大家充满希望，迎接一片新的美好的光明。

黄莺的同伴清醒了，来劲了。一个家族出动。它们在树枝上齐声展开歌喉，无所拘束，无所隐匿，奏出一串串绚烂的旋律，让人感觉到了这世界的清新。黄莺的欢唱引来了一群麻雀的羡慕，它们纷纷跳出巢穴，汇入林中，急不可耐地喳喳喳，叫成一片。麻雀对这新一天的到来似乎更迫切也更疯狂，于是它们聚成一团团，一群群，展翅腾飞，忽前忽后，忽高忽低，忽远忽近，像传递黎明到来的喜讯，又像寻找恋人，邀约了所有精灵天使，一起来联唱对歌。果然，在它们铺天盖地的喊叫声里，黄鹂起来了，开始轻唱，歌声开始是感伤惆怅的，忽而，哀婉暗淡的歌声转为欢快的调子，像叮咚的泉水倾泻着流畅的韵律，让人感到顺耳顺意，满满地透着欢乐呀！画眉起来了，它的歌声最清脆悦耳，唧唧啾啾，像奏着一首进行曲。布谷鸟也来炫技，在树枝间和早起同类们合韵联奏。还有好多知名的和不知名的小鸟们，都以各自的腔板，尽情恣意，做着精彩的对歌或联唱。让人觉得这一天才刚刚开始，它们就有了自己的精彩展映。这一个开头，无不令人振奋。

每天早晨最后出场的，往往都是喜鹊。"嘎，嘎嘎——"，它的叫声不像唱歌，倒更像是提醒同伴们自己的到来。还有鸟儿不以为意，仍长声短声地唱，特别是黄莺，好像什么也没发生，显示自己的时尚品位。"嘎嘎嘎——"，喜鹊连叫三声，所有鸟儿的歌声戛然而止。大多数小鸟顿时四处飞散。小区院子里出现了片刻的宁静。人们听到喜鹊的叫声，便开始起床了。都说喜鹊是吉祥鸟，早晨听到它的叫声，就是听到喜讯，一天里都会欢天喜地。这时，喜鹊在我家窗外不远处连声叫着，

"嘎，嘎嘎，嘎嘎嘎——"，我翻身起床。待我拉开窗帘，却看见一只黄莺落在窗台上，使劲用喙啄那窗棂，边啄边发出激烈的吼叫。一只喜鹊追来，黄莺飞腾起翅膀，两只鸟空中扑打起来，抖得羽毛乱飞。几个回合后，显然是黄莺受到伤害，发出嘶哑的叽叽喳喳声，在异常痛苦的叫声中飞走了。喜鹊飞到树枝上，摇头摆尾地连声叫起来："嘎，嘎嘎，嘎嘎嘎——"

大家都起床了。虽然太阳还没有跳出云霞，可是今天的喜鹊叫得特别欢，人们已在鸟语声里感到了阵阵暖意。

小区里每天都是这样开始的。喜鹊叫，喜事到。喜鹊高高在上，把巢垒在院子最高的一棵大栗树上。它黑白相间的颜色，它灵活的脖子，它蹦蹦跳跳的小爪和细小的眼睛，总惹人怜爱。它的鼓鼓腹部，软软绵绵的，让人想起满腹经纶的学者，稳重持厚而光芒熠熠，想起修养深厚的地方官员，无所不在，如同日月星辰相伴。特别是它长长的尾巴，更是透着翩翩的绅士风度。喜鹊独揽了人们对早起晨歌的鸟儿们的好感，人们对喜鹊的感情越来越深，习惯性地把和喜鹊对望叫"喜相逢"，会情不自禁地打招呼，亲切叫它"喜鸟鸟"，看见喜鹊站上梅花树，便真的喜上眉梢。喜鹊在哪里，哪里就有喜。一楼王嫂天天听着喜鹊的叫声添孙子了，要出远门带人。王嫂家里吃剩的小半桶泥鳅舍不得丢，便托物业每天去喂，还捎上一句话，让喜哥儿开心。喜哥儿这名字一下就在小区传开了。自王嫂点燃了这第一炷香，业主们大凡新近有事，祈望善果，也会急切地拿了新鲜的肉鱼之类去栗树下喂它，口中念念有词。喜哥儿吃完，连叫几声，优哉游哉飞到树上去了。大家好像得了神灵的告诫启迪，心里悬着的石头一下就落下来了，高兴至极。喜哥儿厥功至伟。

令人费解的是，早前也有两只乌鸦扎窝驻在院子的大树上，乌鸦和其他鸟儿相处甚欢，和喜鹊也是平起平坐，喜鹊对它也以礼相待，从未发生过喙啄殴驱。它不大叫唱，偶尔一开口，怪凄厉的，让那家里有生病的或闹麻麻纱纱的人听到了，伤心透了，就说乌鸦叫不吉利，得当心点。果然那两天里就有人家闹出不如意的事来。大家对它叫声报忧已恨之入骨。它偶尔晚上叫几声，让人听了毛骨悚然。第二天，有人用弹弓或弹子枪，赶得它无藏身之处，乌鸦只得远走他处垒窝了。不久之后，喜哥儿身旁有了一个伴，我们干脆把它俩都叫喜哥儿，院子里由喜哥儿这对夫妻鸟管理树林鸟虫的一切。

倘在白天，院子树林里一片宁静。除了喜鹊外，很少见到其他鸟，顶多是掠过的斑鸠、八哥等，来试试运气，觅到点小虫子之类，和喜哥儿对叫几声，打个招呼，转身也就飞走了。那些会唱歌的小鸟早晨演奏完毕，便被驱赶到远处的树林觅食去了，直至晚上，才百鸟归巢。

有个双休日，我没事到树林里的靠椅上看手机。林子里安静极了，两只喜鹊也不知飞哪儿歇息或觅食去了，只有几只蝴蝶和蜜蜂在来来往往。

晌午时分，喜鹊飞回来一只，在树尖的巢穴边鸣叫不止。不像是报喜，听起来倒像是一种悲愤的，一种怒吼的，一种揪心不忍舍弃的哀鸣。它在树上蹦来蹦去，不一会儿，嘴喙叼着一条赤刀背蛇，猛一下摔在不远处的广场舞池中央，那蛇受到攻击，显然伤得不轻，行动已很不灵便了。一看那隆起的腹部就知道，蛇在喜鹊离巢的空隙，袭击了它的家，吞吃了它刚刚孵出来的几只雏鸟。喜鹊愤怒了，不断用喙狠狠地啄那蛇蜷缩在里面的蛇头。院子里一下集聚了好些人围观。物业的白师傅一面招呼大家注意安全，一面用不无同情的腔调哀哀地说："喜哥儿呀，你就是报喜不报忧呃，你一年四季万事先知，难道连自家要出事都没料到吗？"

喜哥儿见大家观阵，丧雏之痛，被抄了老家，暴怒难掩。它跳将起来，噙住蛇头，扶摇直上，它飞翔的翅膀犹如要扇动一场飓风。它飞到半空中将蛇猛摔下去，如此往复好几个回合，像表演一支独角舞，让人瞠目结舌。大家为它的凶悍发出一阵阵喝喊，为它壮威。等那蛇已奄奄一息了，喜哥儿才把蛇头啄碎了一点一滴刮擦在水泥地上，又把蛇腹啄开，寻找到了蛇吞下去的四只雏鸟，凄苦地哀鸣，久久不忍离去。白师傅用洋锹在花园空地上挖了两个坑，把那蛇和血肉模糊的几只雏鸟分别埋葬了，它才依依不舍地飞走，它口里仍不停地叫着："嘎，嘎嘎，嘎嘎嘎——"

在以后的日子里，小区里的人们和往常一样，依然在朦朦胧胧之中听完百鸟的演奏，在喜哥儿的叫声中起床，开始新的一天。

夏秋之交遭遇旱情，三四十天未下一滴雨，近十年来罕见。树林忽然间生出好多松线虫，小鸟们对这种毛茸茸的小虫子似乎也没有胃口。没几天时间，树叶被毛虫啃噬成了竹筛。更要命的是，两个一年级读书的小孩放学了去园子里玩耍，不知怎么就染上病毒，遍身红肿，住进了医院。喜哥儿对这种虫子显然也没胃口，它垒巢的大栗树已被毛虫蹂躏得百孔千疮，病恹恹的。自家祸事临头，它似乎什么也没察觉，日常起居仍和往常一样，到园子里转悠，从早到晚，管理那些胡闹的小鸟。"嘎，嘎嘎，嘎嘎嘎——"，鸣叫不止。

它的叫声让大家心里有点慌乱乃至惶恐了。大家见了它，就再也找不到过去那种怜爱的神圣情感，如若它还望人叫几声，小孩子们就顿足骂道："死鸟！死了！"并捡起地上的石头把它赶走。物业公司急疯了，到园林部门求救。那天下午，园林植保工作人员带了植保无人机、驱鸟机来喷药灭虫。驱鸟机在林子里一打开，听到似雕似隼的吼鸣声，院子里及附近的小鸟尽皆逃散。那两只喜哥儿在巢边上下翻飞，惴惴不安，却不肯离开。后来有人拿了竹竿去赶，它们也死守巢穴不离。工作人员只得小心翼翼，把其他树丛喷洒完了药水再喷大栗树冠。可无人机刚一飞到树顶，操作员见它们还是顽固守巢，只得放弃。就在操作员把无人机降下来时，两只鸟的举动把大家惊呆了。只见一只喜哥儿箭一般飞到无人机上方，接着，便朝无人机奋力俯冲，引喙去啄，无人机来不及转向躲闪，螺旋桨立刻把它的头和身体切成两半！无人机也一头栽进树杈间，几支螺旋桨摔得七零八碎。另一只喜哥儿见此情景，早吓坏了，半天没吱声，目睹无人机这怪物栽下去后，就一跃而起，惊掉片片毛羽，落荒而逃。

　　清理完园林植保留下的残迹，下了一场小雨。小区里的林木绿意更浓，花花草草间飘出的清香，沁人心脾。小鸟们和往常一样，在园子里自由生活，每天早晨优雅对歌，欢唱美好的时光。只是好久不见喜哥儿的身影，人们难免会偶尔怀想，但一想到那些不快，就再也不去想了。怀想不如忘记，抑或这是美丽的忘记。

等 待

> 猫通人性，却不知真假。自打曹瓦匠出殡下葬后，大黑猫死守着坟冢，怎么也不愿回家，它似乎不相信面前已发生的一切，要等待一个什么不一样的结局。

等待是一句带着温暖的话，让人久久记在心间。

年末，我们联系点的工作有一些小的调整。按照惯例，每月15日、16日两天下乡，晚间到村里开展乡村夜话活动。村里提出的第一件事，就是把通橘园组的公路拓宽至5米，村里的广场完工。晚间住村里，我想把群众召集了，开个屋场会，让大家心里对下一步的工作有个底，把修路修广场的事落脚。用群众自己的话说，就是想办的事不能长期都说一句话，等待。

开会的人没到齐，大家边等边听赖瓦匠讲起了他家猫的故事来。

赖瓦匠不姓赖，他是曹瓦匠的儿，本姓曹。他从小对当瓦匠不大喜欢，跟着他爹学瓦匠，做事懒洋洋的，大家又不好意思当他爹的面说他懒，就叫他赖瓦匠，久而久之，赖瓦匠就成了他的名号。他爹曹瓦匠今年五十出头，是乡里远近闻名的老瓦匠，手里出活，会调摆，常给人家修房省下不少成本。曹瓦匠舍得吃苦，乡里人家修砖瓦房，所有泥水活都找他包干，他只要忙得过来，从不推辞。大家特别过意不去的是，每户修房结束结账时，他自己吃亏吃苦不说，总体己着人，见人家所有积蓄都丢在屋上了，有的还欠一屁股债，他就总是减掉自己的两个工日，算是帮忙。因为人缘关系好，前几年村里缺村干部，镇里的负责人找到他，请他出山，他二话不说就推辞了。他离不得他的泥水活。

赖瓦匠手艺学到手，却从不上户做工夫。去年结婚后，他便和老婆外出打工了。一家人收入不菲，日子过得滋润，曹瓦匠也让着他。他们家养了一只黑猫，如家庭成员，吃啥喝啥，可以挑挑拣拣。那猫我见过多次，个头有一般的猫两三个大，不仅高大威猛，还有着浑身黑色的毛发，如缎子般光滑柔顺，不间一根杂色，一双水晶般深蓝的眼眸闪着特别的光彩，让人觉得它是怀着敌意瞪着你，见了人两个耳朵总是竖着，总是龇牙咧嘴吼叫，并扬起尖尖的爪子，吓唬人哩，猫的鼻翼两旁的八字须雪白如剑，增添了它的凛凛威风。

猫伶俐，总爱依偎着人，养猫也无非就是使它拿耗子，和它逗逗乐子。曹瓦匠家的大黑猫却从不和人逗趣的，它只拿耗子，没事就到处闲逛，唬那些小猫小狗小鸡鸭。赖瓦匠小两口有时拿它寻开心，用一条小干鱼或一块饼干抛在空中，让猫去咬住，猫接住第一块后，朝他们吼叫两声后独自走开了。一次，赖瓦匠把它抱来想继续玩，那猫一点兴趣都没有，照着赖瓦匠抓猫的手就是一爪，撕得他手背血流不止，从此再不和猫玩这些游戏。

曹瓦匠待猫有讲究。小猫开始捉回来时，他们只是将吃剩的饭菜留给猫吃，猫从来不计较。等它渐渐长大了，见曹瓦匠一家人在桌子上吃得有滋有味，有说有笑，它在一旁就不安地吼叫，用棍去赶走它，待你坐下，它又回来吵闹。更有甚者，有次家里煎一条大鱼，才端上桌，准备吃饭，那猫四脚麻利嘴也快，跳上桌，用嘴叼起一块鱼头就跑得没踪影了。曹瓦匠懂猫性，也不追赶打猫，他说猫的命运在人手里捏着呢，福分祸分全由人主宰。自此吃饭前，先把猫的饭菜安排妥，又在灶旁置一张给猫吃饭的小竹桌，不管喂什么花样，喂多少，猫从此再不嬉闹，每餐吃毕，舔了碗，就跑得远远地休息去。

猫时常闲得无聊，便会跟着家里的主子赶脚。曹瓦匠每天早晨出门，它都跟着赶好远的路，弄得他发了脾气，真的拿了棍子要打时，它就悻悻返回家来。在曹瓦匠的印象里，他每天不论什么时候回家，第一个接到他的，总是大黑猫，喵喵地朝他叫几声，摇着高高的绒尾巴，绕着他前前后后转两圈，待他坐下来，猫挨着他伸个长长的懒腰，躺一小会儿，用前脚爪子不停地在身上蹭痒，捉虱子，头不停转动，拿眼瞄他，他抚摸一下它的头和身子，猫就起身躲远了。再后来，但凡有造屋开工和上梁的好日子，见猫赶脚，曹瓦匠就把它抱进摩托车后的工具篓里，让猫陪着他做事。做屋的东家早听说过这猫的趣事，每餐饭都按曹瓦匠的吩咐，摆一张小桌让它吃独席。

不过后来发现的一些事，想起来，每每叫人感叹不已。大凡是曹瓦匠修屋带了猫去过，户主搬迁后，开头几天里，到了晚上都会看到大黑猫来逡巡。因搬新屋的开头一段时间，老鼠特别多，猫来捉了几只大老鼠，小的就吓破了胆，早不知藏哪儿去了。等大黑猫走后，家里有鼠没鼠，大家都会情不自禁地想着它，乡里乡亲都记着曹瓦匠，记着他家的那只大黑猫。而有的人想给它什么犒劳一下，它却对人吼几声，拒人千里之外。

一个多月前的端午节，曹瓦匠晚间突发脑出血，来不及抢救病死在家里，一家人悲痛得如天塌地陷，仿佛一念间，世界没有了，家庭没有了。大黑猫也陷入了从未有过的悲愤和绝望。在治丧期间，它发狂了。

它先是围着曹瓦匠冰冷的遗体转，不让人靠近，但当意识到发生的事自己已无法抗拒后，不停地吼叫，狂暴地哀号，呼天抢地，把满屋的角落扒了个遍，希望找到夺去曹瓦匠性命的杀手，或者是能让他起死回生的灵丹妙药。屋子里什么也没有。它又在屋前屋后山里田里刨，在田坎上的洞穴里扒出了几窝田鼠，它三两下就吞吃了，它带着满嘴鲜血，在后山的一个洞穴里用爪子挖出两条蝮蛇，出来时，那蛇险些咬住它的嘴角，不过它机敏地踩住一条蛇的头，把蛇撕咬成了肉末。后来又发疯似的找到了蜷缩在一棵油茶树下的另一条，它同样用一只前足敏捷地踩住蛇头，把蛇撕碎了，一截带血的蛇尾黏在它的脑后，它也全然不顾。它像一条疯狂的孤狼，满脸鲜血，一身污渍，满山满岭狂飙怒吼。大黑猫什么也没获得，只是曹瓦匠屋前屋后的兔、鼠、野鸡、野狐无处栖身，连青蛙、虫子都逃到了不知什么地方，隐匿得无影无踪。

曹瓦匠停灵两天，一家人悲痛欲绝，没有端碗。大黑猫远远地躲开人群，也没有在它的小桌上吃一口饭，喝一口水，只待在远处苦苦地哀号。不过，在出殡发丧前，它的举动却让人们愕然了。那开路的道士刚做了法事，把棺椁前头桌上的油灯拨亮了一下，转身回到法事台时，那猫似乎意识到什么，跳上桌台，当着众人的面，把祭奠亡灵的三小碗牺肉、供果吃了个精光，然后就蜷在棺材下面不走了。道士见了，火从中来，拿起桌上的一把鸡毛掸子，照着猫一掸子扫去，嘴里怒骂道："你以为是曹瓦匠给你摆的饭菜！"那猫连声哀叫，吓得箭一般冲向屋外，不知躲哪儿去了。

村里人都说猫通人性，却不知真假。自打曹瓦匠出殡下葬后，那只大黑猫死守着坟冢，怎么也不回家，它似乎不相信面前已发生的一切，要等待一个什么不一样的结局。连续三天晚上，赖瓦匠去坟地给父亲送亮烧草辫子，那猫恭身陪在一旁，默不作声。第三天去上坟时，见到坟脚边摆了好几只肥大的死山鼠，一旁还有几张啃剩的山鼠皮毛。赖瓦匠立即明白了，肯定是猫在坟山干的。黄昏冥冥，山风阴扰，他烧完香，见了父亲躺在这荒山野地里，心里痛楚，忍不住蹲在坟头一声声哭泣，猫则站在他身边，摩摩擦擦，用嘴舔他手臂，异常亲热。天擦黑了，赖瓦匠收拾香篮起身回家，唤大黑猫，猫毫无反应，赖瓦匠想伸手去抱它回家，那猫却躲得远远的，不时扬起前爪，拒绝与他挨近。小瓦匠有前车之鉴，也不霸蛮，只得任由它继续守护在这山里。

　　见猫一直守在曹瓦匠坟头上不离开，赖瓦匠全家都感动了。他和母亲常来曹瓦匠坟头，也给猫送点新鲜的小鱼或粥之类的食物，放在坟头的那只碗里。开头去时，猫听见有动静，抬起头朝来人望望，像个垂垂年迈的老人，缓缓起身，纵身跳到那只碗前，闻了一下，摇了摇翘起的尾巴，小心翼翼吃起来。末了喵喵叫两声，算是打了招呼。隔了段时间，有好些曹瓦匠的亲戚朋友听到这个讯，也去山里看看，给猫送饭食，他们到来时，猫起身翻着眼睛看一下，懒懒地绕着弯走到碗边，嗅了嗅，却一口未动过。后来，就赖小瓦匠他们送的饭食，猫也不吃了，它似乎已没有半点食欲。他们谁也没办法，也只好任由着它。而猫还在苦苦等待，它仍盼着什么结果出现。

　　时间久了，人们到山上的次数少了，可猫仍蹲守在坟头，不断显出老态龙钟的样子，却仍不肯回到屋里。

　　冬天的第一场雪，来得猛，降温快。早晨醒来的时候，赖瓦匠似乎意识到了什么，他穿上靴子就往坟山跑去。山上银装素裹，厚厚的积雪把山路和曹瓦匠坟包边的空地都填平了。赖瓦匠没有看见大黑猫，轻声唤叫，也不见动静，他仔细低头看时，父亲坟边一个隆起的小雪包，轻

等　待　109

轻扒开积雪，现出蜷伏着僵硬了的大黑猫来。赖瓦匠的眼睛湿润起来，他抹了一把，心沉沉的。他旋即回到家里，找了几张旧的木板，钉成一个小匣子，往里放了条棉絮，然后和母亲赶到山上，将猫清理一番，盛进匣子里，葬在了父亲的脚旁。

大黑猫近乎成了一个传奇，赖瓦匠说，当下外面传的猫救我娘，道士打猫受戒，等等，都是谣传，纯粹的无稽之谈。这下子把大家的心抖得颠来倒去。有人说，养猫有报。大家马上就回到晚上要议决的事情上来。有人说："村里一点事都搞不好，养着我们干什么？人还不如一只猫呢。"不过，我却发现了会场的情况出乎预料。大家抢在我和乡村干部讲话前，都郑重表态，修路修广场的事，要压地，要凑钱只要说个时间就行了，无须再讲道理，久久等待了。

我释然。晚上的会开得简短，待大家走后，我却又问了一些大黑猫的事，感到不可思议。过去只听说过忠义犬的事。《新五代史·四夷附录》记载："狗国，人身狗首，长毛不衣，手搏猛兽，语为犬嗥，其妻皆人，能汉语，生男为狗，女为人，自相婚嫁。"语出正史，只可惜史籍记载不太详尽，无从考证。后读《搜神记》里记载的义犬救主的故事，读明戏剧《义犬记》、清人王猷定《义虎记》后，也觉得不可思议。但不管怎样，古今中外忠义犬、忠义虎确有其事，且历事之人不少，而这忠义猫的事，却听闻者少。

鉴于此，我以自己当时身份，对外讲述这则轶事非常谨慎，怕别人难以接受，即归之于异类，或以讹传讹。不过我还是按当时的情形原汁原味记录下来，等到大家都了解这个故事后，我再拿出来，大家也就不会奇怪，不会误传了吧。

火 把

> 火把在我们心目中,一如温暖的生命,那么亲切,那么明朗,更如同一个领路的人,帮我们驱除恐惧,指引我们走向前方。

我十几岁住在乡村时,家里还没用上电灯。每天晚上,家家户户点上煤油灯,借着摇曳昏暗的灯光,吃饭、喂猪、打夜工、做家什。我们那时和现在的年轻人差不多,嘴巴出奇得馋,丢下碗就拔腿往外跑,邀三五个小伙伴凑在一起,春上找到柴火烧豆子,冬天就着火土灰烤红薯吃,夏天秋天吃的就多了,树上摘不完的黄桃、杨梅、桑椹,邻里外戚土里的香瓜、西瓜,架子上的吊葫芦咬一口流出来的蜜甜得张不开嘴巴。完了再用稻草就着麻秆或柴火捆扎几度,做成一个长龙样的火把,大家围在一起看书或讲故事。晚了摸着黑,涉过田野或山丘,倘有星星或月亮,借着微弱的天光走回家去。但大多时候,我们就用剩下的稻草和着柴火什么的扎个小火把点上,一路唱着跑回家里。

不论在哪里,黑夜中只要有了火把,心就立即沉静下来。火把照耀着,我们从头到脚都火苗直窜,热乎乎的,丝毫没有了对黑夜的恐惧。在农村,尤其是冬夜,火把的光焰格外明亮,能使整个山村的轮廓都呈现出来,整条路金灿灿的,直伸向远方。而在此刻,火把在我们心目中，一如温暖的生命，那么亲切，那么明朗，更如同一个领路的人，帮我们驱除恐惧，指引我们走向前方。我们对火把的记忆是很难形容的。稻草紧裹着麻秆或柴火，走一截路就要对着火苗吹几口，那样火焰的亮光就照得更远更亮了。我们在山谷，火把夺目的光芒射在两旁的岸壁上，会露出无数动人的壁画；我们在水边，火把的光亮仿佛落进水中，淙淙溪流或小河被染得色彩斑斓；我们蹚过每处荆棘泥泞或坎坷的山路，火把热烈地照着，我们面前的所有障碍艰险，丝丝缕缕分明，每次都能轻松越过；我们回到屋门口，火把的光亮带着温暖，亲切地照亮我们的家门，把身影投映在墙壁上，让我们不致走歪了自己的每一步路。

孩提时代打着火把在乡下行走的景象，深深刻印在心里。及至后来无论是村里还是镇上召开万人大会，抑或是举行盛大的仪式，也都要在场子四周插上用竹筒装着煤油或柴油制作的火把。哪怕是在白天，烈日当头，万里无云的天气。这不禁让我们产生一些迷惑。火把的作用本就是救人于难处，在黑暗里赐予我们光明，大白天插在舞台上做摆设，这不纯粹就是一种浪费吗？特别是缺少煤油柴油的年代。后来看到城里的戏剧团来乡下演出，似乎是出武戏，那戏台前的巨大的响鼓旁，赫然插着两支烈焰腾空的火把，滚滚浓烟把戏台后面都遮了大半，似是暴风雨欲来。这时猛然听到战鼓雷鸣，队伍上阵了，杀声震天。胜或败、输或赢、继续或结束一眼便辨识出来。是火把为这场舞台上的战争壮了声威，征服了观众，让每一个戏迷沉浸在剧中不能自拔。细一想，台上点着火把，台下的每个人的心里也都擎着一支火把，是观戏也是在不自觉地为这出戏剧呐喊助威。火把阐释的已然是一种精神，它呼唤和凝聚了我们每一个人的生命和力量，那么澎湃，那么高亢。

后来每每见到少先队旗上的火炬，不由得思绪万千。这一经典的符号在我们心中，多年来早已燃烧得滚烫。每时每刻它和我们都是相通的、涵容的。大道无垠，无论我们在黑暗中，还是意志最涣散的时候，我们都会在心底里擎起这支火把，勇往直前。

沧桑岁月磨砺着，我们把记忆漂泊在时序的年轮里，采撷历史烟尘中火把燃烧绽放的璀璨花朵。清代词人纳兰性德在《虞美人·银床淅沥青梧老》中多有感叹，"背灯和月就花阴，已是十年踪迹十年心"。其实昔时我们留恋的火把，早在古希腊时期就被推崇为圣火，相传了一代又一代。二〇〇八年北京奥运会，我有幸参加了奥运圣火传递。恰在途中汶川大地震发生了，于是，每到一站，在圣火的辉映下，这个古老的民族为灾区儿女祈祷致意，不分老幼妇孺，人们纷纷解囊，为灾区捐款捐物。这是百年不遇的。为了奥运的成功举办，我们齐聚在圣火下，那重建家园喷发的激情，使圣火传递的浪潮，一浪高过一浪，如疾风烈火，席卷了祖国的每个角落。

那年农历六月，一个偶然的机会，我在四川凉山州有幸参加了那里为期三天的火把节。我们赶上头一天是祭火。为了看祭神的仪礼，我们在村里一位长者家住下来，稍作休整便迫不及待走到村口广场上，等待隆重的仪式开场。烈日还没退隐，但彝海上方极远极远的天空，有一些早早露脸的晚霞正在云的后面翻滚，使瓦蓝瓦蓝的浮云有一种透明的趣味，蓝色的内部也仿佛早就织成了金橙色的衬里，好像一翻身就要金光万道了。突然一阵鞭炮声，带动每个彝寨热闹起来，村村寨寨将早准备好的佳肴抬了出来，成千上万的游客和村民身着节日盛装，忙忙碌碌地从四处涌来，大摆宴席。傍晚时分，晚霞铺满天边，金色耀眼的光华照亮了彝家人的脸庞。一阵鼓起，人们在搭建的祭台上以传统方式击石取火，点燃圣火。五花八门的肉，陈年醉人的酒，敬龙敬虎敬鹰敬鹤敬神仙，展示他们多元的图腾崇拜。随后，家家户户的大人小孩从祭司手里接过火把，开始节日的狂欢。次日是传火。家家户户又聚集在祭台圣火下，进行赛马、赛歌、赛技、斗牛、斗羊、斗鸡比赛活动，姑娘们比照传说中的阿诗玛，身着绚丽的衣裳，撑起黄油伞，唱着情歌翩翩起舞。这时候，广场上酒性差的游客早醉倒大片。到了第三天送火，这是整个火把节的高潮。"山舞火蹈携光彩，天落星斗满人间。"这一天，依然是夜幕降临时，人人手持火把，竞相奔走，最后聚在一起，形成一堆堆巨大的篝火，欢乐的人群手牵着手，在篝火四周尽情地歌唱、舞蹈。一张张笑脸凝望火把，激情燃烧，一串串舞步踏来黎明，憧憬梦想。

据历史文献记载，彝族火把节有着以火色占农，持火照田以祈年，携照田塍、云可避虫等意蕴。作为少数民族的传统节日，像傣族、土家族、白族、纳西族等都不定期举办，虽然风格迥异，但源远流长的民族特质和多元图腾崇拜，尽在火把中被照得透亮而辉煌。节日赋予了火把深厚的民俗文化内涵，难怪被国外民俗学者称为"东方的狂欢节"。之后，我们在湖南湘西吉首又多次体验了土家人的火把节。土家人表演的《赶尸》《哭嫁》等舞蹈已把古老的风俗融入了现代文化生活之中，火把已将古代以来人们生存生活斗争的智慧结晶幻化成一个新时代的符号，被点亮护身、驱除鬼邪，激励和唤起人们投身到五彩斑斓的现代生活中，一往无前。那种场景，我们除了震撼，更多的是一种对火把这一古老文化传承的追忆。

究其实，火把早已演变成一个现代元素，融进了我们生活的血液里。聚会时，祭祀上，舞蹈里，书卷中。连城市专为老年人服务的志愿者组织标志，都用鲜亮的火把做底色图案。现在，每每望见这些标志和符号，心中的火把刹时点亮，我们周身便注入了燃烧的力量，无穷无尽。

那棵酸枣树

> 酸枣树不顾大家的心情和感受，照样举着半边枝丫，满树凛然，昂首屹立，时刻准备对抗更狠毒的袭击。

兔耳山水库头上栽过许多树，有银杏树、桂花树、枫树、榕树，当地长得最好的香樟也试过几次，都没有成活。也许是水土不服，当年筑大坝的土都是高岭土，不涵水肥，或者也有长期管护不好的原因。若大个水库堤上一棵树也没有，就像个成年人长期不穿衣服一样，看着就不顺眼。

后来，我朋友弈初选了新址建房，约我去他们家看看。我去了，看到他们择了个好的地盘，挖土机正要连根拔掉一棵碗口粗的酸枣树，他们显然是动过了刀斧，那树干到处刀痕皱裂，满树余哀，枝丫折残大半。我让他们停下，我想试试看这株酸枣树能不能在水库堤上栽活。时令是正好栽树的春季，我在水库头挖好凼后，又放了农家肥，移树的时候也小心翼翼，带了硕大的土球，用布绳缠紧，直到栽好，都没有掉根须上的泥土。或许是被我栽树的虔诚打动了，那酸枣树果真就活了。到了夏天，它伫立在红壤的长堤上，绿色和红色分明。它青枝绿叶，迎风招展，树干刀口裂痕结了层厚厚的黑痂，向人们展示着它的勃勃生机。

有句农谚说，树过六月才算到手。意思就是当年新栽的树熬过了盛夏酷暑，干死的厄运躲过，成活后才算是自己的了。那棵酸枣树也是命运多舛，恰恰就遇上那年夏秋之交的大旱。气象部门后来说是百年一遇的大旱。当地连续两个月时间里，天上没落一滴雨，人工增雨也没有成功过。兔耳山水库蓄水很快就因被坝下水稻灌溉提水而告罄了。周围农户院内后山当年栽的各类树木的噩耗，也一个接一个地传来。兔耳山水库堤距农户远，补水困难，我以为那棵酸枣树必死无疑。于是，好长时间里，我从来没想起它来过，心里也没当回事。只是偶尔想，来年春上再植一棵什么树呢？看来人家讲，水库栽树十株九难活，是到处都可验证的呵。

转眼到了中秋节，连续下了几场小雨，旱情早结束了。我回到兔耳山水库，那棵酸枣树的模样一下把我惊呆了。它的干燥的皮已在转绿，皮滑水嫩，厚实叶子里间杂片片黄叶，风过时沙沙作响。酸枣树顶的几个枝头，还挂上了几颗零星的青涩圆果子，秋日的阳光筛下斑驳的影子。我暗自庆幸，酷暑过去了，酸枣树成活已不成疑问。这一下颠覆了我对林木生长规律的认知。就是这瘠薄的水库堤上，一没有水，二没有肥，甚至没有人对它望一眼，这酸枣树健壮吐翠，成为旱季里一道独特的风景，让整个水库充满了生命的活力，出乎人的意料。

不过，接下来的事情，就让我觉得，我的兴奋和激动可能是早了一点。

大旱之后必有大寒，没有一次例外。元旦节过后的连续冰雪天气，让人们一下就手忙脚乱了。因为道路结冰，公共汽车停了，因为高压输电线路铁塔坍塌，农村停电了，因给排水管爆裂，供水断了。兔耳山被寒冷凝固了。山涧小溪结成冰柱，平日里欢唱的小溪成为冰封的记忆。山巅的泉水涌下来，难以阻挡，在山腰形成的冰凌和长长的冰柱冰挂，又成为装饰兔耳山的一道巨大屏风，把山上山下装扮得绚丽多姿。冬天的兔耳山别有一番风韵，却不曾想这美丽的风景里也有隐患。兔耳山多数的树木竹子都被拦腰压断，成为冰雪里的残废。而那棵酸枣树却迎冰傲雪，虽落尽树叶，却毫无畏惧，在水库堤上更挺拔，更率直，更飘逸了。山风过去，它树枝摇曳，任凭冰冻雪裹，从不低头，硕大的雪花飞到树上倏忽就不见了踪影，冰柱冰挂更像是它奇异的披肩，不时配合它姿态万千的表演。整棵酸枣树就像是一幅精致的木刻画，因寒冷而美丽。我原以为它熬不过这个冰冷的冬天，却不料冬天一过，它不卑不亢，在水库边就扬叶吐芽，最先报春了，带给人们阵阵惊喜。

春末夏初，雨水多，气温升得快。它的颀长的树冠恣意脱序，蹿了老高，所有的枝丫自叹弗如，只能抬头仰望，把嫩黄的小叶慢慢又变成一片片翠绿，在叶间生出一束束一团团绿豆粒大小的花骨朵儿。在六七月的骄阳里，这些花骨朵儿竞相绽放，一蓬蓬金黄色挤满枝头，显得根柢槃深，枝叶峻茂，富有生气。微风一吹，阵阵浓郁甜蜜的香味便四散开来，引诱着无数蜂蝶绕着它翩翩起舞。酸枣树显然不事张扬，早早收藏起它浓郁的枣花香味，在婆娑的枝叶间挂满了青青圆圆的小果子，微风撩拨，枝杈轻轻晃荡，小果子浑身闪动着耀目的光泽。

就在我们沉醉在酸枣树的生机勃发，憧憬着它果实成熟香甜的时候，夏日的一场雷阵雨把我们淋醒了。那是一个午后，天气热得发了狂，吃过中饭，人们都在家里休息，躲避熊熊燃烧的烈日。忽然天上阴云四合，怒风狂卷，黑云扬起豆大的雨点，狼奔虎啸，撕扯着酸枣树，树枝树叶发出低沉的吼叫。让人感觉每分每秒都是一刀一剑，酸枣树顶着这世界最疯狂的刀光剑影。刹那间，一道闪电掠过酸枣树顶，迅疾的滚雷立刻把它颀长的顶尖劈断，魔爪般的风雨凶猛暴戾地把树冠撕掉大半，残枝败叶，四零八落。酸枣树几要倒下，却以磅礴的气势奋力挺着躯干，一声声叫响鸣笛。

等到风停了雨住了，人们才发现，那棵酸枣树茕茕孑立的树影，在水库堤上鹤立鸡群。风摧雷劈在所难免，酸枣树再茂盛也经不起这样一场狂风骤雨呵。看到它的残枝碎叶，我心底难免涌起阵阵惋惜，生出一缕惆怅。返绿稳根，本来就要收获果实了，却被雷霆霹雳卷去，再添伤痕，让一棵茂盛的生命近乎走到尽头。但是，酸枣树却不管大家的心情和感受，照样举着半边枝丫，满树凛然，昂首屹立，时刻准备对抗更狠毒的袭击。等到时令过了霜降，它那圆而稍长的果子一颗颗皮泛白了，变黄了，有的还透着紫红，在枝头示人。摘一颗剥皮，衔在口里，酸酸甜甜，味香口爽。弈初曾对它的药用功效和食用功效进行过考证，并翻出古籍典章给我看。《本草纲目》记载，酸枣味酸、性平、无毒，主祛邪气，安神养心，平胃气，通七窍，助十二经，补中气，增津液，久服轻身延年。《药食真考·灌木篇》载，酸枣果肉，消食、开胃、健脾；仁，宁心安神、催眠。

弈初说："我娘九十多岁了，没有疾病，也没什么嗜好，每天睡前吃一颗酸枣儿，长期服用睡眠好。"他说："我们每年都给她做一些酸枣蜜饯，视同珍馐，赖它改善睡眠。"

我问他："这棵树的果子行吗？"

"用霹雳手段，显菩萨心肠"，他毫不犹豫地说，一边把采摘的果子放进身上的篮子里："菩萨有执念了，这果子吉祥，花钱买不到呢。"

我见他每摘一颗果子，就像举着一个人血馒头。忽然就想起了佛陀慧心所示的典故，雷霆雨露俱是天恩，逢魔遇佛皆为度化。霹雳手段即是应机示现金刚怒目之相，是菩萨心肠的光照。从那以后，弈初要在树旁修一些建筑，用以纪念酸枣树的这一番经历，最终被我说服而罢手了。真若成了，那不是神化它吗？生死枯荣，是自然天性，皆为万物生灵之常态。让它沐浴阳光雨露宁静地生长着，不是更好吗？

而今，酸枣树光滑的树干已二十多米高，一米多的胸径要两人合抱，顶上枝丫交错，长得稠密厚实的叶子，使树冠俨然撑着一把巨伞，显得巧工极致，匠心独具，把水库堤遮盖了一大截。它静立在长堤上，铮铮铁骨，朗朗硬气，历尽沧桑，光芒自在。兔耳山水库一扫荒芜，平添清幽雅致。

须知道，独木难成林。一棵酸枣树长大已属不易，每每看到这棵树，心中便会生出许许多多感悟。酸枣树历经风霜雨雪，一如不平凡的人生，不仅苦难重重，而且错综复杂，从来没有一帆风顺，没有可循的定式，更没有简单的答案，或许因此人们才会奋起而战。

让心绪在笔底尽情流淌

> 一个爱读书的人,长时间不动笔,心里无端就生出一份失落,失却了笔下的清闲雅致,失却了挥笔的冷峻洒脱,好像生命因此而蒙尘,时常生出愧歉。

我用过许多笔。我拿着它们游走在肉与灵、虚与实之间,描摹心底的风景。笔下行云流水,道不尽日月星辰山河海岳之美,说不透铁肩道义侠骨柔情之韵。我更觉得笔端流淌的每个字符,是时间的喧腾,是心灵的歌唱。

我的书橱里收藏了我丢不掉的三支钢笔。

第一支笔像个玉米棒子,是深红色的,它记载了我整个学生时代每一点印迹。这支笔的长度上只有普通钢笔的一半,它的笔尖粗糙,写字时常会划破纸张。另一截笔筒套着笔嘴和笔水管,写字的时候,须把套筒和另一截紧到严丝合缝,才可以用手握着。它吸墨水的皮管只有普通钢笔的一半大,吸装墨水不多,每天完成学习作业要汲好几次水,所以我上学时,书包里总要比别人多带一瓶墨水。我对这支笔非常珍惜,它是我第一次用气力换来的。

我读小学时,家里没有钱买钢笔,到了二三年级时仍然是用铅笔写字做作业。有天大雪，我们放学回家晚，都下午两三点钟了，生产队的劳力集中在一起翻土，大家见我们几个小伙伴踩着高跷上学，既亲切又兴奋，很想试试我们踩高跷的表演水准，提出两人碰架比力气，落地为输，几人踩高跷跑步，先到目的地为胜。几个回合下来，虽然又饿又累，我却总是把对手甩得老远。大家见难不住我，提出一个新玩法，在一垄刚挖好的松土上踩高跷跑一百米，不下地为胜。我问有什么奖品，他们却都不说话。见我们要走，队里的会计从上衣口袋里掏出记工分用的钢笔，往空中一举，把笔插在了土地的另一端。我走过去拿到手里看看，又拧开笔筒写字，确认无误后，觉得这正是我做梦都想得到的那支笔。尽管踩着高跷在百米松土上跑会很吃力，我还是再三确认他们打赌的奖品是否当真。我很想试试。田里挤满了叫喊着喝彩的人们。一切确认无误，我脱了全身的衣服，只穿了件短裤背心，口吐唾沫，搓了下手，便踩着高跷，迎着鹅毛大雪，在松土中一路狂跑，溅飞的泥块扑得人满身满脸，但我却全然不顾。尽管开始时我觉得一身轻松，可临到终点时，体力耗尽，两眼发黑，一头栽倒在插钢笔的地方。我歇了好一会才爬起来，却有人喊出摔倒了不行，要重来。我立时眼冒金星，怒火直喷，说时迟那时快，背起一只高跷就向那人头上砸去，幸亏大家反应快，用钉耙挡住了，要不差点闹出人命来了。现在想起来都全身发怵。这支钢笔得来真的很不轻松，我在笔筒上刻下一行小字："奋斗之笔，千年荣光"。之后我升了学，不管在哪里，我都戴在身上，虽非利器，特别是还要经常汲水，却反而使我养成了凡事思考成熟，胸有成竹再动笔的习惯。所以，我耽于此，作业作文常常不偏废一字。敝帚自珍，我用它记下自己每天的学习所得，亦如记下每天所得的工分。尽管用了多年之后，笔尖已很粗粝，我也舍不得丢掉，直到参加工作后，有了新的钢笔。

其实，每个人的生活都并非外人常想象的那样无忧无虑，但也并不是破碎悲惨的。我常常用谎言和沉默逃避连一支钢笔都买不起的学生时代，以专心致志和宁静祥和的心境冲出贫寒，还真能给人丝丝片片的感动。

我参加教育工作的第一个年头，转换频道，小试牛刀。学校工会组织文艺体娱乐赛事活动，我参赛的作品是两幅硬笔书法，选了两段心境平淡的文字，一幅是书写《淮南子·主术训》，另一幅是书摘宋代林洪《香橼杯》。这两段文字让我对古今圣贤的思想、领悟及体验产生强烈共鸣。刘安的《淮南子·主术训》里"淡泊以明志，宁静以致远"所传达的思想与信息，旨在劝诫人们切勿心浮气躁，要宁静祥和，专心致志，才能实现远大的理想。特别是林洪《香橼杯》："一日，书余琴罢，命左右剖香橼作二杯，刻以花，温上所赐酒以劝客，清芬霭然，使人觉金樽玉斝皆埃壒之矣。"古人几乎把香橼视同拱璧，大凡有点脸面的人家，都愿意将其在珠盘玉敦里供着，取其香，观其美。今天的南方寺庙里，供台上依然常见佛手柑。它不仅是一种高贵的果子，还是天、人之间的桥梁。举香橼之杯，斟上皇帝赏赐的美酒，与客同饮，品位不低，实在是豪迈。想想金粉银妆的朱门，酒肉却弥漫文艺的清芬。平淡清静的境界，令大家心向往之。就在这一次，我得奖了，奖品是一支上海英雄铱金笔，光滑的铱金笔尖，写字流畅而富韵致。黑杆黑筒金挂的笔握着，心中所有烦恼愁绪会烟消云散，特别是那些灵感跳跃的神来之笔，会让我激动不已。这支笔时刻给予我一种自信。而常因握得久，手上沁出汗来，却愈给人一种安适和慰藉。

就像福气非钟鸣鼎食之家所能独占，古往今来，种瓜得瓜，开山得石，我们所敬奉的事物，最终都是护佑我们的神祇。我在笔身上刻下一行娟秀的文字:"时间不苦,边走边读边写"。从此,一握着这支笔,胸生风雷,字韵流香。在教书育人的岁月里,不言书卷苦,功系新笔端,笔底流淌着人生时时刻刻的感悟。转入新岗位后,更感手握金笔、文华冠群的重任,地方的法令规定、政策文论,由它写成,获奖无数,我用这支笔写下了数百万字的文件稿件。寒笔在手,纸生琼花。汉字结构正倚交错,铁书银钩,开开合合,这些古人智慧让我如痴如醉。我对它怀着深深的感恩之情,视之为人生最可贵的伴侣,希冀它会一直伴随着我,让笔下流淌出更多精美的华章。以至二十多年后,钢笔被长期磨捏,初始的黑色已失,不蓝亦非灰黑,整支笔近与手之肌肤同泽。

  电脑的普及,把我们从"爬格子"中解救出来了,用钢笔的时候自然也就少了。之后我进入了新的单位,一次,有朋友送给我一支派克金笔,光鲜的外表一下吸引了我。但是因为有了前头用过的两支笔,我便不在乎它的自动汲水功能以及它光滑好使的笔尖。"爬格子"的时候少了,它再好看好用,我也只是偶尔写两行字,玩赏一番,大多时候只能将它束之高阁,甚至从没用它写过一篇完完整整的文章,就和其他的两支笔一起装在一个绒面布盒里,珍藏起来。

  一个爱读书的人,留着心爱的钢笔滋养生命,也寄望风尘物表,却难免冷落了它们。特别是长时间不用,心里无端就生出一份失落,失却了笔下的清闲雅致,失却了挥笔的冷峻洒脱,好像生命因此而蒙尘,时常生出愧歉。我偶尔也想,凭着单调的键盘,佳章相传,神颖为诵,古人留下的方块字瑰宝,经典神奇的形声象形指事会意,优美酣畅的笔画韵致,高超聪颖的结构智慧,难道要销声匿迹了吗?

  如此一来,我就常拿出珍藏的钢笔,让心绪在笔底尽情流淌。

米面物语

> 滚烫香辣又甜软的米面，飘着的香味里有温度，有厚度，被时间烘烤，深深烙在了心底。

乡村袅袅升起的炊烟，像头上高高的绒帽子，温馨而飘着香甜。炊烟底下，鲜香四溢的美味，时常击打着味蕾，让人脑中翻江倒海，腾起过去种种记忆。我对时下的诸多食物，特别是许多人推崇的美食，一点都不动心，而恰恰是对过去一些不起眼的东西，会感到一种莫名的怀想。我时常想起小时候母亲做的米面。一碗筋道而柔韧的米面和着稠黏的汤汁，里面卧着两个煎得焦黄的鸡蛋，面上盖着鸡杂、猪肝或细细的猪牛羊肉丝，合着菜梗一类浇头，伴着青椒丝和葱花飘出来的香味，钻进心里，经久不散。

那轻飘飘的香味，在炊烟里缭绕，思念已成我唯一的功课。

村里家家户户都会做米面，主妇们的双双巧手，做出来的米面也是百人百味。我们家吃饭的人口多，粮食少，母亲每年只做一次米面，但她很讲究。收完晚稻，母亲就开始准备余赤或者倒种春等晚粳稻，且要板田种植的。进入腊月，瞅准连续晴好的冬日，从老远的山沟挑来山泉水，把过筛的晚粳米浸泡两天三晚。时间到了，她穿着袖子磨得发白的天青圆领棉短袄，微佝着背，干枯的脸上刻满岁月的刀痕，在磨坊里推一个晚上的石磨。第二天凌晨四五点钟，米浆磨完，便叫醒我们在灶边烧火，她拿两块长方形洋铁皮做成的盆子，抹上清油蒸热，一盆里一瓢米浆，在滚水的大锅里蒸上二三分钟，待锅沿上气，端出来，四周用竹签一划，划出一张端正四方的米面皮，晃悠一下，轻轻拍在竹篙上。于是，米面的香甜随着雾气弥漫在每一处角落。两个盆子轮番上阵，一缸米浆快蒸完时的最后几张，她会撒上剁辣椒和葱花，外加一小勺香油，起锅后卷起来，塞在我们手里，安慰我们肚子里蠢蠢欲动的馋虫，也算是对烧火跑杂的一点奖赏吧。每每这个时候，我们领受那滚烫香辣又甜软的米面，飘着的香味里有温度，有厚度，被时间烘烤，深深烙在了心底。迎着早晨霞光，母亲忘了通宵的劳累，没有半句念叨，把水气晾干的米面皮切成银须样的面条，摊在晒垫上，到晚上米面晒枯了，往两个大竹篓里一装，锁进谷仓里。一年里，只有过节或来了贵客，或者家里人的生日，母亲才会开仓，做一碗可口的米面来吃。

时间一久，家家户户做的米面也时常交换一点，品鉴口味。而因粮食不足，米面中有的往往会掺和些红薯、萝卜，或者捣碎的青菜、大豆，有的为了调味，糅合了辣子、桂圆或大蒜，还有的是机器打浆，等等，这些做法，让口感大变。一碗没吃完，顿觉没了米面的原味，仿佛好好的茶水突然换成了冰红茶，有香有甜的，却没半点茶叶悠远而绵长的咂头，显出好大的差距。大凡有人来换的时候，母亲往往做个顺水人情，送一小袋给人家，再不收那些掺和了美味佐料的米面了，只说是人家费了心思费了力，东西也金贵。后来，村里人都觉得我们家的米面做得好，口味纯正，也换了米，浸泡磨浆蒸面皮，一样的程序，做出来的米面口味也就差不多了。但人们还是觉得我母亲做的米面味道正口感好，连连追问，"你的米面掺和了什么做出来的？"母亲笑笑，宽人家的心说，其实味道都一个样的，夸我做得好，是成心折我的脸呵。

因为用料简单，味道好又容易做，家家户户的米面便成为记忆里"妈妈的味道"。一碗米面，伴随我们从童年出发，一年一年地成长，成为当时的乡村一种最落地的时尚和潮流。宴客的酒席上，往往最后一道上桌的，也必不可少的菜，就是炒米面。倘有不饮酒的，没尝到炒米面，吃饭就慢吞吞地咽，一定要等到那碗炒米面上桌，尝尝味道才甘心放碗筷。

母亲通常用茶油在滚烫的锅里打底，将煎炸好的臊子熬出了浓香的鲜味，往里放入用开水暍过的一小篮米面，入锅爆炒，盐酱醋姜和桂皮、香叶下锅，炒出蛋黄色，待浇上水烧开后，缓缓加入切碎的青菜丝什么的，至于辣子、葱花须在起锅前撒入。许多人吃过了米面后，就说是臊子火候掌握得炉火纯青，或者说是佐料合适，母亲说也对，清淡酸辣，各喜各爱，信手可拈。但关键是放水的干枯配比，水多了米面太烂没有口感，水少了米面太干青菜没有入味，难以下咽。浇多少水，柔软带性，看客人的喜好，全凭经验。当米面吸饱了水，根根油光发亮，青菜丝蘸着了油汤时，米面就炒好了。辣子和香葱下锅以后，油香飘飘，透过门窗，屋前屋后的道路山岗氤氲在这香味里，没有人不被激起食欲的。一勺下肚，那米面的香味就像肚里长出来的藤蔓，伸爬到身体内外的每一个角落。香甜绵软的味道，令人神采焕发。

我们把母亲炒的米面味道存储在记忆里，久而久之，在味觉里，听觉里，触觉里便成为一个标本。倘是肚子饿了，就忆起母亲的影子，无面自香，辘辘饥肠有了慰藉。倘要碰上了吃米面之类的，便会翻出来对比，找出差异，给许多人提出改进的地方，自己心底无端就会生出一种满足。

那年谷雨时节，久旱不雨，接着闹起倒春寒，气温降到零度。村里家家户户等水做秧田，见大家焦急，我大哥约了几个种粮大户，来到水库涵洞边，所有涵洞都被水淹了。必须下水摸开塞子，几百亩田才能用上水。他水性好，毫不犹豫脱衣下水，潜下去连续拧开了两个塞子。到了晚上，大家用完水了，他又再次潜入冰冷的水里，将洞塞紧。一天的劳累，使他病倒了，全身发烧，口鼻喷嚏不止，躺在床上吃了两天药，也还不能起来。母亲急了，但她心里有底，这是"打摆子"。她打开谷仓，弄了一小篮米面，切一块腊猪蹄肉，抓一把牛角干椒熬制汤底，文火炖了一小会，再把米面氽汤，麻辣勾芡，汤汁和米面都成了浅棕色的，待加入青椒丝和葱花，就起锅了。母亲把一碗辣香米面端到大哥床头，嘱他趁热快吃。大哥几口下肚，食欲被勾起，身上立即大汗淋漓，吃完睡一觉，醒来时发现被子湿透了，自己头轻了，发热止住了，下地走走，马上体会到了全身轻快的感觉。长期以来，我们全家有发热头痛感冒的，母亲都是这个药方，也每次"面到病除"。

在物资匮乏的年代，解决温饱问题也是一件很不容易的事，大家对年节什么的，自然也就看得淡，礼俗也没特别的讲究。尽管生活困难，但仍是食物塑造了我们，香味温暖了我们，也占有了我们。母亲对每个人的生日从来也不马虎。待到那天，她早早起床，做早饭前，都先亲手煎两个鸡蛋，用早早准备的臊子熬汤，做一碗香喷喷的米面，在大家共进早餐前，让你独自吃了。但是在我的记忆里，她对自己的生日却总是有意忘记了。我和母亲的生日时间邻近，每年新谷上市，母亲展望全年收成，灿烂的笑容荡漾在脸上，到她生日那天，她总是以各种理由推脱，从没有开过仓。我们都要给她煎鸡蛋、做米面时，她却不肯拿出谷仓钥匙，说是要和我一同过生日，我们都拿她没法，只得依了。可到了我过生日的那天，往往她都会给我做一大汤碗米面，我坚持要和她一人分一碗吃，她却死活不肯。

现在想想，母亲勤俭持家一生，倾心这一碗香香辣辣有韧性的米面，一碗米面，维系了每年一家人的一种期许，也维系了家何以为家的温馨与幸福。

米面作为家庭的稀缺品，和我们挨过了一段漫长的日子。农村实行家庭联产承包责任制，家家户户彻底解决了粮食问题，米面才端上日常的饭桌，成为主食。不论男女老少，所有的日子，都弥漫在米面的香味里。早餐时，家中常做一碗香辣米面，一俟有炖汤的鸡鸭鱼肉火锅钵子，吃到末尾，汆入一碗米面，沁心爽口，香辣暖胃，就觉得盖过所有的味道。平常的日子里，倘是饿了，吃一碗米面，马上舒筋解乏，精力充盈，比任何快餐填得结实；馋了，吃一碗米面，浸淫在那轻飘飘的香味里，三月不思鱼肉味。平常人家，大凡家里有损肝伤肺头痛脑热的病人、落床的月婆子、禁口开胃的、晌午打腰餐的、晚间赶工要消夜的，总忘不了一碗香辣米面。

米面这个口味标本，已成为我们时时刻刻对食物的依恋。

而今，常常俯瞰脚下的路，或默默倒数流经的岁月，才发现南粉北面各种品牌，熙熙攘攘，挤满了大街小巷，不论口味还是营养，各种烹饪手法如此容易普及传播，美食怎么可能没改进？与母亲做的那碗有韧性的米面相比，七七八八，各种元素都融入了，味道却总觉差几许。于是，便会很想念年少时的味道，怀想那一切还未能轻易得到的时代。每每这个时候，就如望见母亲的身影，一呼气，空气里都充溢着经年相伴的米面味道。

第三辑

潮中剪影

与人面对面，嬉笑怒骂，生离死别，便生出许多悸动，铭心刻骨。而当侧过头，或转身离去后，立于潮中，俯读仰思，洗落裹身的矫饰，剥掉虚假浮云，把真实的悸动加温抚热，细心翻卷，慢慢掐捏，便找到本心的落点和归宿。我记下这点点滴滴，猛然发现，这之中也有命运的影子。

花竹篮

> 也许父亲从来就不懂什么是艺术,却一生追求着艺术的真谛,坚忍执着,无怨无悔;也许他从来就没想过要做一件工艺品、艺术品,但他制作的每一件物品都让人惊叹,它不是一般的艺术品。他用柔韧、粗糙、灵巧的双手,织出了贫困乡村色彩斑斓的生活。

我们老家后山坡上,有一片生意盎然的竹子,全是水竹。郁郁葱葱的竹林,无论是严寒,还是酷暑,四季常青。每株翠竹细细长长的叶,疏疏朗朗的节,雪压不倒,风吹不折,高耸挺拔,顶天立地。我们每每回去,都要在竹林中流连,竹林中仿佛闪现着父亲的身影。他俯下身子,挥起篾刀,砍下一株竹子,手起刀落,像砍断压在心头的忧愁,卸下重重的包袱。没事的时候,他微驼着背,在竹林中松土,开心地望望这株,摸摸那株,心里总像打着什么算盘。父亲一生都心系着这片竹林。

父亲早年是湖北沙市洋铁厂的工人,做了整整五年钳工,厂里的技术比武或劳动竞赛,他总是拿第一。回到家里来务农,他总说都是为挣口饭吃,在沙市当工人一人吃得饱,回来耕田全家吃得饱。其实不然,他回家来,心里是颇有点怨气的。在洋铁厂上班,既体面,体力上也轻松许多，可靠一个人工资要养活家里六七口人，是万不可能的事情，但又不能把家庭的重担长期甩给我母亲，母亲带着我们一家老少到沙市生活一段时间，找不到更好的谋生路子，最后得出的结论是，若长期待下去，全家可能陷入乞讨的境地。再三权衡，母亲果断拍板：回老家耕田养活人。父亲辞工回家后，洋铁厂像个回音壁，总在心里闷响着。他不大说话，见了人也只是在鼻子里轻轻"哼"一声，不知他是有意还是无意，经意或不经意，抑或在意不在意，转身又常常一个人默念着什么。后来我们都揣想他，一身技艺派不上用场，心生怨艾，也是对生活逼迫的无奈。他这性格的变化全来自他的那颗匠心，善良、节俭，总想做第一。这也使他平时很大度很随和，但时常也会很执拗而一点也不随和。我母亲根本没当回事，她说："雪融化了不就是春天？过段时间就会好的。"我们几个兄弟却天天兴奋得很，不仅仅是一家人的团聚，家里有了父亲这个正劳力，再不愁断炊了。

  因了那颗不眠的匠心，父亲开始对水竹如痴如醉，其程度与狙击手对狙击步枪的痴迷相比，也毫不逊色。虽然身份转换，开头还感情深敛，几分羞怯，但也不至于消沉。不久，他把屋后的山坡翻垦了，除净杂草杂树，埋了农家肥，走三十多里地，到亲戚家挖十多根带长鞭的良种水竹挑回来，小心翼翼地栽好，不间断地浇水。第二年一开春，山坡上就发出许多新笋。以后，每年五月十三竹醉日，他又移栽老竹子，仅五六年的时间，一株株挺拔秀丽的水竹就长满了山坡。让人费解的是，每年除夕，他都要挑几株最大的竹子系上红丝带，做年夜饭前亲手剪几片柏枝，放在炖好的一大锅萝卜骨头汤中，凉好了，埋在新栽的竹鞭下面。见他那般虔诚，我们问他原因，他说，一叶一花一世界，竹子也是生命，过了年，新笋发得快，长得大，老的会更翠更油亮。这是道德经。他还说，以后，全家还靠这片竹山吃肉，过好日子呢。我们不知道德经，但每年都这样给山坡上的竹子过年。

新竹生长三四年，都两丈多高了，一看金光油亮的竹皮就知道成熟了。每年过了霜降，父亲就亲手伐一些，堆在堂屋里。他白天出集体工，中午晚上歇工回家，系上做钳工时穿的帆布围裙，忙开了他的手工活。每根竹子经过他劈竹、卷节、刮青、破篾、过剑门等，慢慢变成一根根柔软轻盈的篾条，堆了满屋子。我母亲盛放食品、衣物的箱盒、篮盆，要求竹篾更加坚韧耐用，他就把篾条拿到盛水的大锅中，经过蒸煮来防蛀防霉，再简单染色，编织出的物件漂亮极了。不久，我们家主要日用品和生产工具，除开盛放水或油等液体的外，如篮、篓、箩筐、簸箕都换成了竹制品。而且随着时间的推移，他编织的品种花色增多，家里的桌、椅、茶几、床、席、沙发、凳、箱、屏风等，一应家具，就连我们的玩具、果盘、饭碗、量米用的升筒、靠垫、动物挂件等，全成了典雅玲珑的竹制品。他在编织好的物件上，用不同规格款式的篾条插、穿、削、锁、扎、套等，使编出的诸如菊竹梅兰和福禄寿喜图案，花色变化多样，精美不俗。需要配以其他色彩的，就用染色的竹片或竹丝互相插扭，形成各种色彩对比强烈、鲜艳明快的花纹，刻字勾画了了。

也许父亲从来就不懂什么是艺术，却一生追求着艺术的真谛，坚忍执着，无怨无悔；也许他从来就没想过要做一件工艺品、艺术品，但他制作的每一件物品都让人惊叹，它不是一般的艺术品。他用柔韧、粗糙、灵巧的双手，织出了贫困乡村色彩斑斓的生活。尤其是他编出来的各类竹篮，因造型美观，结实耐用，长期受到家家户户的喜爱，成为抢手货。

竹篮要上眼，父亲说圆则浑圆，无一接口，方则有棱有角，看不到插头。篾线细腻光滑，厚薄均匀，整齐一致，差不得分毫。框架薄到极致，左右扭动不变形。他把漂亮出相放在打底和锁口上，大篮都用杂篾编个福字底，小篮底一般都是雪花或菊花或金光闪闪的太阳花。而锁口的一根全篾，往往会打磨好几遍，精插精收，拍拍捏捏一阵后，安好系篾，放桌子上一看，可以了，在底花十字圆宽篾上，一笔一画，刻好"湖南汉寿曾宪举精制"几个字，细如蚊足，他这才露出微微一笑。尽管大家都说，父亲编的竹篮又轻巧，又好看，又耐用，但他也没有想过换钱什么的。而且竹篮送给谁，是我母亲说了算，父亲概都不管，他显得很大度很随和。乡村的头头脑脑，帮助接济过我们家的左邻右舍和朋友，所有亲戚家都得到了一两个竹篮，高兴地满口夸赞，父亲则说是在沙市拜了武当山下山传艺的吴道士，取得了真经。经常还有来讨要竹篮的，说是订了，却好久望不到，母亲说既然大家都喜欢，也好，那就按我们喜欢的去排档。在我的记忆里，往往是养女儿的人家都先得到。我问母亲为什么这样做，她说是父亲手艺好，当然都想要，也都排得到。她说，"花篮迷乱女儿心，你们将来好定亲。"回过头想想，当时，我们家一贫如洗，四兄弟一年比一年大，在农村怎么成家立业是大事，用现在时髦话说，母亲是有战略眼光。

　　果然，本家德高望重的三奶很快来给我大哥提亲了，对象是本队丁姓人家的。我大哥早就想得不得了，跟着两个舅舅在外面学木匠，拼命挣钱了回家娶亲。母亲张罗着，过了两年多，大哥二十岁那年，请八字先生一掐，好家伙，有日子宜大婚。请三奶说捏，合八字，扎花酒，除麻，准备彩礼、嫁妆，就连过礼报期的酒水香篮钱都说定了。一家人沉浸在娶亲添新人的幸福里，忙着粗细地应酬。年初，父亲搭汽车到一百多公里远的宁乡，买了两只宁乡花猪仔，预备到时一头卖了换钱，给女方折妆礼一应的礼节，一头自家杀了赈酒款待客人。那时真是风调雨顺人齐心，才两三个月，两头猪就长到一百多斤了。早稻秧一插完，三奶就来说事，吃完我母亲做的蛋茶，说端午节要报期，所有的酒水礼节要提前送达。父亲一口就应允了，说要给亲家送最好的礼物。我母亲打断他的话，有点犯难，家里的猪还不大，不卖猪哪里来的钱置备礼呢。"接亲是你们的事，要想点办法。"三奶吃完饭回去时，也一直说着这一句话。

挨端午节报期的日子越来越近了，母亲忙着到亲戚家请客，筹钱置备各项赈酒的大小应物及亲家的礼品礼数，她见人总笑着说，家里再没钱，长子大婚，冷落不得客人。还有新娘新郎新房的穿戴布置，虽然没有高级的，新床新橱，锦幛绣幕，也是少不得的，各种压岁钱，打发，细节都要商量透，连厨房端茶端酒的红漆茶盆，她也要亲自定，每天都有做不完的事。父亲则早早把房前屋后整理了，把板壁清洗后上了桐油，看上去崭崭新新的，神龛上的牌位供台供桌，都早早预备。之后，父亲就专注于他的竹子篮子的事了，却显得很执拗而一点也不随和。他在竹林里搜寻着，看竹子出土第一节，节生一枝是公竹，节生二枝为母竹，砍了一堆码放在堂屋里，才开始剖篾。他口里默念着，薄如纸，歙小指，云纹底，金线收。问他什么意思，他说是武当山吴道士告诉他的，每根水竹都有匹花篾，用它编的什物都金贵，公竹是金线，红色或蓝色，母竹是云纹或水纹，大多数篾匠一生破不出这匹篾。他做梦都想着要达到篾匠竹艺的最高境界，发誓要编出这个花篮送给亲家。有一个月的时间，他只破篾，没编出一个篮子，说母竹的纹篾一直没完整的。母亲答应过一些人的，等到他们来取篮时，都空手而归。这可惹恼了我母亲，趁父亲出集体工回得迟，她做饭时，将堂屋里一堆破好的篾片全烧了。父亲回来后四处找，她说，"鸡光叫不生蛋，摆个鸡窝做什么用？篾被我烧了，省得占了地方。"父亲错愕，许久没说出一句话，要知道，他平时连半截黄篾也舍不得丢。他跺跺脚，欲骂无声，欲哭无泪，委屈极了。半晌，他清两件换洗的衣服，提起篾刀，声也不吭，出门径直走了。俩佬从此结下"梁子"，赌了一世的气。

置办收媳妇婚事酒筵，母亲万事亲历，本来肺病淹身，又气又急，常常一个人边做事边抹泪，从不向外人说起。好在一个星期后的下午，父亲回来了。他左右两肩背着两圈破好的竹篾，手里提了一大一小两个竹篮。他把篮子放在我母亲面前，半句话也不讲，就整理他的竹篾去了。我们都揪心，料定母亲雷霆电雹发作，两人会吵架。母亲开头还满脸怒容，手拿着大竹篮一瞧，怒气即消了大半。竹篮散发着淡淡的竹篾馨香，每根篾条都精心打磨过，薄如柏纸，青色的云纹篾片织的福字底，又薄又平，人字身的上端一条红筋圆篾线锁口，篾宽仅一二毫米，对称的花样齐整又精致，外面则是黄篾穿出的雪花图案，篮系也是一气呵成。小竹篮底是金色太阳花，锁口一律是红筋圆篾线，黑色落款烙得工工整整。竹篮很密实却轻巧，手摸则柔滑如皂，从里望地上清晰了了，透过篮子望天空，愈远似看得愈真切。用手旋转，万千碎花即开成一团若隐若现、清清淡淡的莲花。

"两个篮子盛得下一个世界。"我母亲高兴地说。

接着，母亲把三奶请来了。央她送给亲家并去求情，说："酒水和彩礼请亲家多宽限几天，大婚前一并齐礼。"三奶拿了那两个竹篮，看了好半天，只问了句："你们家的货？"见母亲点头，她就二话不说去了。

父亲那天心里高兴却没有显露，担心我母亲不放过他。我们和父亲在堂屋说话，知道这几天他是去我三叔家，那儿安静。六天时间，他破出每根竹子上的一匹一指花篾,才凑齐编两只竹篮。"关键是第一刀开竹不能撕坏了纹路",他说。话没落音,三奶就一脸激动跨进门来,狡黠笑道:"你两个竹篮立了大功,亲家得篮子得面子,捡了银子,说你们要送的酒水礼行不要了,免喽!"

母亲像是不相信自己的耳朵,又怕三奶开玩笑嘲弄,从里屋出来问"是真的?"

"裁缝指顶的针,还有假?"三奶用大拇指顶着自己的嘴巴说:"也有她的功劳,不会白吃了你家的,千方百计都要把这亲事办圆满!免啦!"

得到这真真切切的信,母亲激动得说不出话了,一把扯着三奶坐下,留她吃晚饭,吩咐父亲去杀鸡。三奶口里说不吃,拉着我父亲的手,早一屁股坐在椅子上,不挪步了,千叮万嘱,要两个一模一样的竹篮。父亲连连点头,感激万分。收大媳妇,欠点账也要礼行周至。母亲本来早就盘算好的,这下弄明白了,花钱买的酒水,到底不如两个竹篮体面,一下就沾恩赐福了。她边炒菜做饭边念叨。

晚饭时,母亲安排父亲一人坐在油光闪亮的八仙桌上首。三奶喝着鸡汤,说了好些恭维的话,大抵是我们一个幸福家庭,都有出息,又觅了个好媳妇,父亲不当工人成全了家,手艺保全家吃喝不愁,神仙难做到。父亲早已止不住激动,敬了一杯酒,满面红光,口口声声,感谢三奶的恩德。对三奶的恭维话,他则讲了什么竹的本色,竹的风韵,未出土时便有节,及凌云处尚虚心。又说什么宁可食无肉,不可居无竹。在我的印象里,这是父亲一生最得意的一次。说到激动处,他脱了外衣,只着一件打了补丁的青土布衬衫,说:"做人就要像竹子,文静率直,虚心守节。穷死不借一分钱,饿死不借半升米。"直到他神采飞扬对我们说，咬定青山不放松，立根原在破岩中。千磨万击还坚劲，任尔东西南北风。他说："桂兰，我们要把后山几十亩全垦了栽竹子，摆脱家里的穷根子。"这也是我们最后一次听他叫我母亲的名字，那么亲切。

世事无常。本来以为竹子会让全家摆脱穷根，花竹篮面世，能使家境获得改变，却不料父亲的憧憬只是黄粱一梦。第二天起来，所有的梦都被击得粉碎。天还没亮，家里刚打开门，就听母亲亲家长亲家短叫着，要亲家和三奶进屋坐。"我们把幺妹儿嫁给你家，你们却送两个竹篮作礼，不怀好意！"只听那亲家一肚火气说："你们是想要我一家竹篮打水一场空吗？"

我们赶紧从床上爬起来，见母亲和父亲不停地赔笑巴结，反复解释没有他意，父亲竭力掩饰心坎上的创痛说："我一根竹子，一劈两开，一清二白。"但亲家就是不依。他背着一只手，边扯着三奶往外走，边摞下一句话："所有节礼酒水都不免不少了，按风俗全要！"

只过了个晚上，一件顶好的事，又坏成一锅粥。我们都替父亲的处境担忧，料定母亲要和他算账。好在三奶返身，当着父亲和母亲骂了亲家糊涂，有意见为啥不把竹篮退回来？退来了我拿走不就好了！尽信这些歪门邪道没用的！这才让母亲消了点气。不过早饭时，母亲硬是拽着我坐八仙桌的上座。父亲虽没想图个好报，却也想不通，为什么两亲家会竹柏异心？他心里难受，却很大度很随和，口齿钝拙，没说一句话。

每天打左眼划右墨，七扯八拉，终于把长媳收进门，又添新劳力，家中光景一天天好起来。从做钳工到回乡务工，父亲从来没有任何焦躁和不安，沿着自己选择的路径执着前行。他一生都钟情于自己的手艺。乡里看上父亲的篾匠手艺，征调他到镇上的大桥指挥部，记一个正劳力的工分。说是修桥，他却只是在政府机关食堂里编竹篮，编好后作为礼物送给县里市里省里的客人，或由后勤分配给本镇领导干部家属。村里木匠胖儿要结婚了，岳家什么礼节都不讲究，就要父亲编的两个福字底竹篮。胖儿和我也算竹马之友，我无论如何都要帮他这个忙。我们走十多里路到镇政府，找到了父亲。在政府机关的后院，一排简易的工棚里，整整齐齐，堆放了三四座小山似的竹子。父亲依然是系着做钳工时穿的帆布围裙，脚上穿着大头皮鞋，总是弯着身子，让人觉得他微驼了背。他吃力地把水里浸泡了两天的一捆竹子捞出来，利索地挥舞篾刀，哗啦啦地将竹片劈成一条条，又嗞嗞嗞地将篾条咬着，用手轻轻一撕，竹条变成一匹匹柔软纤薄的篾片，用篾刀再刮光后，他端起那茶垢污黑的搪瓷茶缸，猛喝一口，含在嘴里，"噗——"一声喷向那一把把篾片，潮湿的篾片摇摆着，显得更柔软筋道。一匹匹竹篾麻利地在他长满老茧的灵巧的双手中上下舞动，左右翻飞。每走几路篾，他就用那竹尺伸进竹篮里叭叭叭地击打，箍紧每片每股。见了我和胖儿，一听来意，他嘿嘿一笑，对胖儿说："我来当你的泰山。"

胖儿一惊，总以为泰山就是岳父大人。望着他："你们家里又没有养女儿。"

父亲又一笑，便问胖儿，知道鲁班吗，胖儿说是木匠祖师。他说胖儿也算得东南竹箭，就招呼旁边正在破篾的三人过来，这是指挥部安排他带的徒弟。他说，相传泰山是鲁班的徒弟，因为长久不见长进，被鲁班辞退了。几年后，鲁班闲逛集市，忽然发现一个货摊上摆着许多做工讲究的竹制品，技艺达到了炉火纯青的地步。鲁班很想结识一下这位竹器高手，当听说这是泰山所做时，大吃一惊，想起当初错辞泰山，不由叹道："有眼不识泰山！"几个人听了，望着胖儿哄堂大笑。我看到，父亲的笑声攫住了他整个结实强壮的身子。

末了，父亲手拿个正在收口的竹篮说，就像一根篾丝不能从竹篮里抽出，一个竹篮则是由每一根篾丝织成，每根篾丝长短厚薄都马虎不得。他忽然正色起来，对三个徒弟说，学徒三个月，专攻破篾，破出花篾了就出师。三徒弟摇摇头，面面相觑。一个年长的说，你都弄了几年，我们怕是鲇鱼上竹竿，永远出不了师喽。父亲黑着脸，挥手让他们做事去，嘴里没说半句话，面孔执拗得一点都不随和了。我不知道他们最后怎么出师分开的，但直到父亲晚年了，几个人都有来有往，每次相会似乎都领悟了澄澈的传承之心，说话很投机的。那天，他给政府管后勤的负责人说，送给胖儿两只花竹篮，作为结婚礼物，自己以后加班补上。

为家里一点琐事，父亲和母亲常常赌气，往往好长时间不说一句话。但在我母亲患绝症早逝后，他悔痛难当，再没半点心事去钻研篾匠竹艺了。他突然苍老了许多，皱纹爬满了脸，我们陪着他，都不知怎么熬过来的。长期的思念，累积成永不能相见的痛楚，那种痛，只有父亲亲历过，只有他才知道，什么是撕心裂肺的痛，什么是刻骨铭心的痛，它牵连了他的每根神经，深入骨髓里面，伴随了他一辈子。每年清明节，我们一起去上坟，父亲总是提着花竹篮，摘了满篮的鲜花，放在母亲坟头，他一边除去坟包上的杂草，筛着黄土，一边对着坟里头默念着，你吃没吃过好的，穿没穿过好的，一个人挑起全家的万千磨难，为这个家吃了苦，又分了我的苦，几十年，我换下的每件衣服，你都亲手搓，你做的肉炒香葱，世界上再尝不到这个味了，你做的每件事，你想的每件事，都为这个家，几个孩子的身上，都是你不屈服不低头的影子，你放心躺着吧，累了一世，该歇歇呵！说完，他坐在地上呜呜呜地哭，老泪纵横。我们陪在旁边，一任热泪滚滚流下，常常要费好长时间才能把他扶到家里。

　　我和二哥先后到城里工作，都有了小家庭，父亲也少操了份心。但小弟十几岁的时候，放弃了上学，成为家里的突出问题。万不得已，父亲只得辞掉乡里做了八九年的事回家。家中事无巨细，他总是亲力亲为，哪怕半点小事未曾安排，他也要到堂了才放心，常常累得整天忘了歇脚。一门心思想给小弟定亲，家中却是没有半文钱，使他百般困窘。

　　当年，大桥建成，和他一同到大桥指挥部做事的几个年龄相仿者，都转入镇办企业工作。回家后，其他几人都落实了一份企业退休待遇，有一份养老金，日子过得十分开心。我们村的负责人，还有他带的徒弟都劝他去镇政府找人，他当时还是骨干，又给每个镇干部那么多方便，大家都很尊重他，不论利益在前，道德在后，还是什么，他都该挤进企业退休人员队伍，自己老有所养，过几天安逸日子，也是实至名归呵。父亲丝毫不动心。他说既然合格，镇里就会给我办，无须四处求人，倘有难处，镇里没有办，可能自己条件够不上，何必为难政府呢。他虽也时常和我们念叨在湖北沙市、在镇办企业忙活的那段日子，想念过去的领导和同事，却从来没有想到过索取工资以外的回报，享受福利之类的。他对我们说："人都该给自己的面子留一份清白。"好在他用布满老茧的双手，默默地守着一份手艺，一份生活的幸福。于是，又不分日夜编起竹篮来。邻里亲友，乡里人家，偏爱他编的花竹篮，都要给钱，他总是说，随便给两块买竹子钱，他觉得收了人家的钱，像是亵渎了他的那颗匠心，玷污了他的手艺，浑身不安。散金碎银，省吃俭用，日积月累，几年后稍有点积蓄，他就急着为小弟办完婚事。

　　因了他的手艺好，村里村外家家户户，请他上门编制花篮及各类竹器，他也乐意展露手艺，替人家修治胜业。大家对他的一日三餐尽心侍服，尽管赖着鸡鸭生蛋换油盐，再舍不得，中餐也是要杀一只的，晚餐常常还会喝一杯酒，干枯的笑常荡漾在他满是皱纹的脸上。每每在一户做完活后，又利用晚上时间，给编个篮盆、竹筛、撮箕、饭盒、背篓、焙笼、鱼篓等小物件，算是对精心款待他的回谢。在回家路上，他背了双手握着篾刀，兴致来了，一路哼着不知什么小曲，"甚荒唐，到头来都只是为他人作嫁衣裳！"好逍遥的样子。

小米的冬天

> 一个懵懂少年的理想,犹如潮汐般在自由自在里执着地生成。小米长大了,她童真的笑颜就像火焰一样,永远灼烧在我们心里,令人满怀无限的希望和眷恋。

小米快周岁的时候,我们从北京把她接回洞庭湖畔的老家汉寿过年。时值隆冬,连续几天的气象预报反复播着冰冻降温信息。果然,第二天开始下雪,气温骤然降到零下 7 度了,这情况洞庭湖一带很少见过。不能外出,我们就在客厅地板上铺了个地垫,并围了安全护栏,她就和奶奶天天在里面读书。如果寄望一个不满周岁的宝宝也"少怀大志",那近乎有点苛求或者说是严酷,可能要让人吐槽。但我真真切切看到的是,小米年纪不满一岁,读书兴趣却很浓很浓,甚至算得上一个小读书狂了。尽管对书中的内容都感到费解,她却一门心思要探究个中秘密和意蕴。一个问题要直到弄懂了似的像模像样地点头,才开始下一件事情。有时在里面待久了,我们抱着她在沙发上坐一下,她自己也还要不停地翻书,颇有点一回穷未牢,三番入肺腑的味道,久久不肯放手。我隐隐觉着,这何尝不是一个懵懂少年的理想,犹如潮汐般在自由自在里执着地生成?

我时常和她一起做游戏，试着看她的注意力，就拿一个红色小球或者硬币在两个手里不停转换，停下来后让她猜放在哪只手上。她仰起红扑扑的小脸蛋，睁大一双黑宝石般闪烁着聪敏和慧巧的眼睛，聚精会神地看我的动作，每每都能猜中。之后一个劲儿地拍着小手鼓掌，得意地哈哈大笑起来。这时，你会发现她玲珑的嘴唇在笑，明亮的双眸在笑，那花瓣儿一样的小脸上漾着的酒窝里仿佛斟满了整个春天，笑得特别灿烂。偶尔猜不对，也不泄气，扬起小脸蛋，口里一字一板叫着"爷爷！"，嚷着要再猜一次。猜对了笑得也更开心了，还要拉着我的手久久鼓掌为她庆祝胜利。而只要她一笑，嘴里上下就曝出两颗瓷白的小牙齿，特别惹人怜爱，也逗得大家都忍俊不禁。于是这一浪高过一浪的欢笑，充满了整个屋子，也传遍整个院落，让每个人都感觉到这天寒地冻里的融融暖意。

平常人家的孩子，饮食的标准就是不饿肚子就行，没必要非得国外进口的奶粉或者米粉才能吃，这虽不是什么奢侈，但我们家委实就没有这份讲究。小米早上食青菜粥，中午奶奶给蒸个土鸡蛋拌米饭，晚上吃面条，食谱可以说一点也不丰富。但她每顿饭坐在推车上吃得眉开眼笑，奶奶的故事逗得她乐呵呵的。高兴了，她把头倚在车上，双脚搁在扶手上，俨然一个自在的小公主，自言自语半响，旁人不知道她说的什么，但还是能感觉到她那份恬适和自在的满足。就连大年三十的伙食也是如此，让我们每一个人心里都有点过意不去。不仅如此，连大人们的欢庆和喧闹都仿佛和她无关一样的，"人家除夕正忙时，我自挑灯拣旧诗。"简单填饱肚子后，就独自去翻书了。小米很少吃零食，她爸妈给买来的饼干也只是偶尔品尝一下，她小手攥得特别紧，一点儿也不浪费。见她香喷喷地啃完了，我们故意讨要点逗她，她双手紧紧握着拳头，高高举起，生怕别人抢走似的。末了，见有人要走开，她才放下双臂，松开稚嫩的小手，机灵地望着大家，引得又一阵哄笑。

原野上的积雪已经很厚，窗户上的冰挂帘子一样长，楼下的花园里白皑皑的一片，什么也没有，一脚踩在冰冻的雪地上嘎吱嘎吱作响。几天不出门，我们带小米出来透透气，但凛冽的寒风裹着雪花吹得人睁不开眼睛，把小米的手一放进毯子里面，她马上就伸出来了，不时指点什么。见她也受得住，我们又来到詹乐贫中学的操场上。这里见不到一个人影，她和小雪人握着手玩耍一阵后，指着大舞台后的体艺馆，示意要上去。我们都惊呆了，风刮得人直打寒战，大人都受不了的场合，她却上去后乐个不停。或许爱玩耍真是小孩子的天性，等到冰雪融化了，我们一起到老家去，她见了曾德印的运动车就要骑，也不怕累，直到在院子里玩出一身汗，脱了外衣又握着小龙头开始了。

过了旧历新年，天气暖和起来，距小米周岁生日也就不远了。想起小米出生那天，我放在阳台上的两盆虬枝曼舞的梅花忽然一夜之间齐刷刷怒放开来，无端涌出"越梅半拆轻寒里，冰清淡薄笼蓝水""来日绮窗前，寒梅著花未"这些意蕴悠长的句子来。我估摸着这孩子肯定爱花的，不然怎么会和暗香浮动的梅花相伴而生呢。我在长沙花卉市场带回几盆乐府海棠，才一到屋，发现阳台上的梅花已早早地吐出嫩白的花蕊，抑或是今年春天来得早吧，那海棠花开得火红火红，密密麻麻缀满了枝头，使得家里的阳台像个姹紫嫣红的花园，那典雅的梅花、粉红的桃梅、斑斓的蝴蝶兰，还有海棠花，绿意婆娑中花枝招展，淡雅的馨香漫透了屋里屋外。小米每天起来第一件事就是到阳台上，这盆瞧瞧，那盆轻手摸一下，不时从大人身上挣脱，把那缤纷旖旎的花枝揽入怀中，凑近花骨朵儿品汲那飘洒的香味，想摘下一朵，又不忍心样的，摸了好一阵也只掐下来一个小小的花蕾，捏在手里，久久亲吻，那无尽的欢快却绽放在每一个枝头。

　　按照我们当地的风俗，小孩子满周岁都是要摆酒席宴宾朋，庆祝家里添丁进口，满富满贵的。因了多种缘故，小米周岁那天，我们避开这些乡俗，只有几个亲友来聚了一下，很安静的。在中午和晚上的筵席上，她与每一个来宾碰杯，用欢快的笑语为大家送上最童真的祝福。我们都感到小米长大了，而她那童真的笑颜就像火焰一样，永远灼烧在我们心里，令人满怀无限的希望眷恋。正是正月十九日这天，不知她从哪里冒出一股劲来，居然能脱手走路了，一个人在满屋子里跑，谁牵手扶都不要。而到了下午，她独自走到福禄寿三翁位前，口里默默念祷好一阵，令人无不赞叹这孩子真的年幼更事，胸怀了全家之福。

　　转眼之间，小米要回北京了，而这时候活泼的春风已经呼叫了好久。洞庭湖畔的漫山遍野开满了美丽的杜鹃花，红的、蓝的、紫的……，芬芳馥郁。我问小米高兴吗，她瞟着奶奶和她妈妈已经打理好的行李，牵着我的手满处转悠，仿佛明白到了北京会很难回来一趟，桌上的水果、茶点都要品尝一下，回味一下。我逗她不回北京了好吗，话没说完，她拉着我的手就往门外蹿，径直到了车边，然后举起一双小手，跟大家挥手再见。我几乎说不出话来，伴着杜鹃花溢的芳香，目送她们渐行渐远。而我的周身，温暖和煦的微风正吹拂着洞庭湖每一个角落，那铺天盖地的杜鹃花，像火，像霞，像无垠的大海，让人心驰神往，久久沉醉。

灯火里的红与黑

> 他语重心长地说:"当享受到了一切好政策时,也只是为你的汽车加足了油,方向盘和油门自己把握着,跑得多远多快,全靠自己。因为,我们都知道,谁都不能牵着我们的手,从出生走到最后。"

夜猫子

献礼四十出头,天生内向,落落寡合,总是沉浸在自己的世界里。高高的个子,常挂一对熊猫眼,间白的头发根根竖起,使他看上去充满活力,精神爽朗。他看上去就是一个踏实可信的人。大家都叫他夜猫子,不了解他的人不由得猜测,可能是擅于夜间活动吧,滨湖小城的夜生活实在太丰富了。一开始,我也这么想。当时,移民和扶贫是两块牌子一套人马,他负责移民扶贫规划计划工作。

我刚来时,正赶上新一轮移民规划。献礼和分管项目负责人天天沉到乡镇,两个多月,跑完了二百多个村,实地摸底踏勘,拿出规划后,晚间在村开屋场会,让移民见面签好字。完成任务没喘口气,脱贫攻坚战启幕，规划先行。全体机关干部一棍赶，下乡包村摸底，献礼白天下去，每天晚上却要收集情况，整理核实贫困户和贫困村名单，率先呈报了规划方案。直到年底，我们除了开会见面外，很少聚一起。没日没夜，没假没节，也不管孩子没有爹。省领导来调研后，肯定我们的做法是五加二，白加黑，雨加雪，全天候工作没气歇。现在的过时话语，却是当时好多干部自嘲的顺口溜。

桌子上堆码着一摞摞资料，中间只有一台电脑的空隙，倘若不下乡，献礼除了上卫生间外，就在电脑前待着，把每一份资料核准，动弹的时间和空间不多。我有一次站在他办公桌边，发现靠窗户放着一本不起眼的台历，拿起随手一翻，上面除了记录每天的日常事务、出差下乡的行程外，还有用红色铅笔圈画的小圆点，有的一个，大多数是两个，三个的略少，有十多天画了四个五个，只有两天是空白。问他是什么意思，他笑而不答。我觉得有蹊跷，再三追问，他才说实话。那是他记住的每天晚上加班时间！一个圆点是两小时，四个五个基本是通宵，而两天空白则是父亲去世治丧守灵。他看到我疑惑，就解释说，自己老加班，家里事顾不上，也给老婆一个交代，省得她絮叨。原来他还是个怕老婆的角色，做了日志，每月汇报。我笑话他，家里的考勤也是必要的。忽然想起，他父亲去世的时候，正是数据库升级更新的紧要关头，他把电脑放在父亲棺木边，一旦头脑清醒了，就要抽空，把一些紧急的事情处理妥当，晚上也是边守灵边工作，让道士都过意不去，怕影响他，少安排了需孝子奠酒等事项。想起这些，我心里就沉沉的。

头一年年底，对各乡村申报的脱贫对象审核，全县八千多人两千多户，还有六个贫困村退出，工作量大，又只能日夜奋战。一天十二点了，副局长久辉找到我，火急火燎的，说献礼眼睛都红了，有问题。我开始以为是献礼和别人吵架，要不就是闹情绪。

久辉马上否认，并说："他是红眼，看什么东西都眼红。"

我不知底细，要久辉多劝导："眼红别人发财，那就别当公务员啦！眼红别人舒适，扶贫待不过！"

献礼走进我的办公室，用手遮住两眼，却遮不住脸上的泪痕。他告诉我们，去眼科看了医生，是视神经劳损导致视网膜炎症病变，眼睛像揉进了玻璃碴那样刺疼，见不得灯火，灯火里什么也辨不清，都是通红，过几天就好了。有人说戴上变色镜会好点，于是，给他寻一副戴上，疲累了马上藏进镜片后面，眼睛果真就好多了。每天重复的事情，精准繁复的数据要求，使他视力严重受损。一开始，我和久辉松了口气，以为没事了，却不料他戴上眼镜后，再也不能摘下来，否则见什么就眼红罢工。原来如此，夜猫子的绰号也是说他眼睛的事。

我常给献礼打电话，问他在哪里，总是听他一句："在路上。"他和妻子做梦都想要个二娃，不久，夫妻的秘密约定带来了惊喜。他告诉家里人，每个人都为他们庆幸，毕竟都是四十多岁的人了。从此，他尽量抽出时间，照顾好怀孕的妻子。那天晚上，爱人的同事打电话问他在哪里，有什么急事。"和领导一起，在路上。"他还是那句话。他随政府分管扶贫的副县长去贫困村开会。很晚了回来，才知道妻子在校园摔了一跤，导致下腹流血，到县人民医院检查，没有发现胎儿异常迹象，他才舒了口气。可是一个月后的星期天，他抽时间再陪爱人去孕检时，医生告诉他们，胎儿因意外出血凝死，必须手术，而且孕妇不可能再孕了。他咬着牙，把痛苦和伤感藏进心底。摘下眼镜，眼前一片血红。笨拙的嘴里只说了一句话："真不能夭折在路上呵！"

"中彩票"

省扶贫办黎处长问我，局里业务人手够不？我如实告诉她缺人，尤其是缺少扶贫开发专业人员。黎处长提醒我，那个美女呢？见我疑惑，她告诉我："大美女俞文呀，怎么装作不认识？"美女推荐美女。我脑子一下就亮了。我想起我来局里报到的那天，办公室给我送来一张休产假的请假条。按说产假应该到期了，就告诉她，问清情况再定。黎处长挂电话前，特意嘱咐："我是向你推荐彩票，买不买，中不中奖自便。"

我让办公室联系俞文，看休假情况如何，还有多长时间，没想到她提前一周结束休假，来上班了。说是看到大家这么忙，自己想闲居，心却无处存放，便把孩子断了奶，让家里人去照护。据实来讲，说俞文大美女不算恭维。才二十五六岁的年纪，单纯爽快，白净脸上一对酒窝，明星级别的容颜，按照时下流行的说法，她完全可以靠颜值行走天下，初次见面就能赢得别人的好感，也容易让许多男人想入非非。但她的脸上也写得明白：如果这样，你得先补齐自己的短板吧。比如她一米七六的高挑身材，骨子里透着股文静，浑身散发书卷气。不过她的形象还是让办公室得了方便。一次到省直机关联系项目，走廊里等满了市县区的负责人，我等了许久，便想试一下美人计，就叫俞文先敲处长门进去，果然，我到洗手间没出来，处长就叫我说："你肚子不好，优先谈完了去医院吧。"我哭笑不得，明明好好的，你们合计让我去医院干吗，但我还是像中了彩票，颇为得意的。

一方面，俞文不甘心向无所事事的日子屈服；另一方面，万万没有想到的是，在各乡村转了个圈后，她就打退堂鼓了。弄得我既难为情又尴尬。她给我算了笔账，全县五万多贫困人口，一万三千多户的群体，织成的一张蜘蛛网，让你坐在中军帐面对着。应该说，一个贫困人口少说也有五至十个问题需解决，这么大个群体，每个问题都不能掉以轻心。更何况这次要彻底消除贫困，好多贫困户好像受了一世苦，把过去遭受的所有困苦和灾难都要弥补起来。自己带着几个月大的孩子，怕吃不消。我竭力安慰她说，这些问题也不是靠你一个人去解决，有党委和政府呢，尽到自己的责任，专攻业务，做好自己的事情。好不容易让她铁了心干下去。

热情最能激发人们对抗困难的办法。到省扶贫办跟班培训一回来，俞文便马上有了主意。她白天和办公室几个负责人下乡到村入户，督情况，查进度，收集问题，晚上便将各单位相关人员召集了，搞业务讲座，一个一个问题剖析，指出解决路径。每月把进度情况排队公布，一季度有一次交叉检查，全部排名公开。一开始，各单位头头没有重视，但成绩公布后，排名不理想的，就挂不住脸了，在单位下一道死命令，业务人员全程跟踪俞文，她主持的业务培训不掉一堂。一时间，扶贫办的会议室改了又改，扩了又扩，天天灯火通明。她怎么也想不到，表面的单纯，很容易遭到怨恨的玷污。很长时间，晚上听讲座，有的乡里干部对家属说是买彩票，有朝一日，终究会得大奖。有个干部的家属跟着来听课后，知道了是由大美女开讲座，每每晚上自家男人说有事，便就挖苦揶揄，去听狐狸精上课了呀？

说来也巧，有天讲座完了，大家都回去了，俞文靠在讲桌上便睡着了。她梦见自己走进一幢幢贫困户的安置房里，墙壁漆黑，还以为自己抢了贫困户的房子住，深感不安。她不想看见贫困户的眼神，她不想睁开眼。似乎也只几分钟，还来不及醒，身旁有人叫醒她。她站起身，却以为自己还睡着，眼前还是漆黑一片，无缘无故的黑，无边无底的黑，无头无绪的黑。大家把她送到医院，各种检查做完了，没有器官性疾病，而是因为过度劳累虚脱，长时间缺乏睡眠，严重眩晕，医生建议休息几天，好好调养。贫困户的事情多，每天跟着脚后跟，哪有调养的时间呵。第二天，她配了副黑框的眼镜戴上，照常上班了。她对自己说，四只眼比两只到底是强多了，视力好了，人也精神了。病容愁绪和所有的黑暗，都藏在了眼镜底，谁会摘掉眼镜来看你呢。

当年县里被评为全省先进后，要提拔几个年轻扶贫干部，俞文正赶上，排在了第一。推荐她去党校青干班学习，她请了假，天天下村。临提名考察的时候，她又找到我，找到组织部，坚决不干，说真的不想当官，这个奖受不起。让人不胜唏嘘。谁都不曾料想，这么个大美女，一心扑在工作上，连晚上也把办公室当家了。她犯了一个致命的错误，遭到了爱情的冷落和嘲笑，给了她无情的惩罚。在她病倒后不久，收到了老公的离异告白，彼此之间没有征兆，没有怨言，没有挽留，挥一挥手，轻轻道了再见。她凄苦一笑，一开始，觉得自己跌落成了贫困户，需要帮扶，才能走出阴影。旋即，又觉得像是中了人生的彩票大奖，只是不知赢了昨天，还是赢了明天呢？

带货走

久辉第三次到眼科医院，查毕眼睛，赵医生告诉他，严重青光眼，比前两次加重了，必须尽早手术，否则，三个月内可能失明。他急得不知如何是好，像只泄了气的皮球，一下瘫在椅子上。真是无三不成礼呵。他苦恼万分，眼前一片漆黑，并随着自己头动，那黑影四处乱抖，扰得人心烦意乱。赵医生见他心事重重，就和几个医生商量，先给他做一只眼，处理好创口，在保护性条件下，二十四小时后可工作。他这才同意做手术。手术第二天，他一只眼睛蒙着纱布，摸摸索索坐在办公室，开始紧张工作。当天下午召开的全县扶贫专干会，他宣传县里的眼科医院，免费为贫困户青光眼和白内障患者进行手术。带货及时，全县一百多个患者，仅一个星期，全部做完手术，享受了爱心福利，重获光明。

他担任扶贫办主任两年多，经常蹙着眉，摘下眼镜，默默念叨什么。问他有事吗，他摇着头说，每天担心哪个贫困村贫困户，又要闹出什么花脚乌龟来。

识别贫困户刚刚结束，涂家段村送来的报表，一夜增加了一百个贫困户，让大家错愕。就连他在供销总社当主任时，一名退休职工的家属，也报上来，挤在了贫困户中。没有第二选项。他提上包，带三名业务骨干沉到村里，他想刨一下老底，莫漏掉了一个真贫困户，让冒牌假货挤上车。他每天都是用智力走路，觉得自己像一条带智力的蜈蚣，使得听他讲话的人常常周身发抖。他找到供销合作社的老朋友，朋友告诉他，那些衰老的、有病的、胆怯的人，不管他们的年龄性别，想得最多的是疾病、意外和死亡，一心想挑选个最安全的着落，而政府对贫困户的重视，使得他们首先在心理上获得了救赎，于是，都想挤在这趟车上，买个安全险。了解到这些后，久辉说服他主动退群，第一个晚上动员会上，通过讲政策，讲要求，就有三十多户自动放弃申报，其余的按程序，逐户甄别。两天进户核实，情况全明，结果只比初始申报增加了一户，是在外地打工，因意外事故，家里失去务工收入，负担不起医药费，只得回家治疗，经群众投票确认，将这户增补进了贫困户名单。久辉临回单位时，村支部书记唐顺清拉住他的手，满脸羞赧，说是村里穷怕了，都以为这次政策硬，搭个顺风车，解决点困难。久辉批评了他们的做法，表示对村里的实际困难，也会跟踪，叮嘱村里负责人，搞好和联点领导及单位的衔接，争取他们带货走，村里早日脱贫。

和衣服上有渍印一样的，老惦记着洗不净留痕。过了一段时间，久辉下村联系光伏扶贫的事，一下车，就看到唐顺清带着一伙群众等着他，身后的树丫上挂着醒目的横幅："有久辉，放光辉。"他哭笑不得。对唐顺清说，你不是恭敬，是戏弄我。他把标语一把扯下来，用打火机点着烧了。转身对群众说，村里的困难都知道，我们业务部门会跑好腿，汇好报，传好信，支持到底。一回到单位，他就提出，把涂家段列入金融服务和光伏发电重点村，并争取到省扶贫和发改部门的项目落地，各对口帮扶单位也倾其所能地支持，村光伏电站年底并网发电，当年，实现了集体收入破零，小金融网点落户涂家段，金融服务进入寻常百姓家。

在岩汪湖镇洲头塞村驻点，久辉帮扶马小栓一家三年，马小栓先天性发育缺陷，做不了体力活，母亲五十多岁重病累身，长期丧失劳力，加之其父高额负债出走多年不归，家庭生活困难重重。和相关部门联系后，久辉先送马小栓参加了一个厨师培训班，赞助他办起了流动厨房，因效益不甚好，又联系县中医院，帮他找了个厨师岗位，一家人从此有了稳定的收入。马小栓家房子破烂不堪，久辉就帮助他家实行易地搬迁，新建了砖瓦房，并在全村水电路邮网户户通中，减免了费用。脱贫的时候，娘儿俩年收入达到八千多元。他母亲刘金菊在脱贫后填表签字时，万分感谢久辉，但望他直摇头，低声恳求，能不能帮儿子找门亲事。久辉心里五味杂陈。他还是和县乡妇联的干部联系，给他物色合适的对象。一年后，终于给他牵上了线，组建了一个美满的家庭。驻村结束，离队群众会上，久辉在总结洲头塞村整体脱贫的一些做法和经验后，告诫全体党员干部和贫困户，今后解决贫困问题，靠自强自立。他语重心长地说："当享受到了一切好政策时，也只是为你的汽车加足了油，方向盘和油门自己把握着，跑得多远多快，全靠自己。因为，我们都知道，谁都不能牵着我们的手，从出生走到最后。"

亲属签字

> 她晚上说的那些话，每一句都经过日里阳光晒烤，充满着浓浓的期待。老曹慨叹，家家户户陈芝麻烂谷子的事多，眨眼就都好了也难，但最终都要解决好。

我们在镇林场村驻点。一般日里事忙完，晚上就和群众夜谈。那天开完群众会已晚上十点多了。

林场村的夜寂静怡人，一轮新月嫩得滴水，繁星满天，村庄在夜色中横七竖八地躺着。山色暗了又暗最后白了，树影长了又长也白了，高高大大的岭脊，像一条绵延的青色巨蟒，倦了，渴了，不顾一切地把头伸进江东市水库里，无休止地饮水，山和水全都白了。屋场台阶下的水面，依稀可见影影绰绰的荷叶和亭亭玉立的荷花，淡淡的清香，丝丝缕缕飘来，也像染白了，沁人心脾。

散会后，住到村支书老曹家里，我们又聊了很久。刚要睡觉时，老曹的电话突然响了。铃声划破宁静的夜空，特别急切。电话是胡家组五佬打来的：胡家组的胡玉英死了！说到胡玉英，我也认识，她是五佬的邻居，一身病在家照看着孙子。她本来腿残疾，从小瘸了，住在山坳里几年没出一次门。她老伴诨名"矮子"，带着儿子和儿媳常年在外面打工。去年，老两口闹麻纱吵嘴，胡玉英因为动不得身，几年没出过门，跟丈夫发脾气，硬逼着和矮子离婚，到民政去办手续时，却翻不过山，矮子背她过了山后，她瘫在地上不肯起来，不肯离了。问她为什么，她说离了婚，回来矮子不背她过山，就永远都回不到家了。最后，老两口吵吵嚷嚷几天也就和好了。

一开始，老曹还说那是假死，多少次了都是这样。五佬一下哭起来，说这回真的走了。老曹还是半信半疑，口里默念，她的病没那么快。我知道老曹素来工作过细，他经常一句口头禅，活人的事管不全，死人的事要到堂。全村几百号人，每个人爱穿什么颜色的衣裤，什么毛病，家里爱甜的酸的还是淡的辣的，老曹心里有一本账。

我问老曹："你知道她得的是什么病吗？"

"是胆结石！和我家的一个病。"他告诉我，他妻子也是这个病，拖了好几年，去年在县矫形医院做了胆囊切除手术，也就好了。

见五佬的信把得急，我们不再犹豫直奔过去。老曹默念，真死了就麻烦大了，外面打工的矮子必须回，挣不到钱，翻修房子的事就会落空，过日子就困难了。我们心里沉沉的，一溜烟赶到胡玉英家住的山坳里。她家里亮着灯，三间木瓦房，飞脊画梁，敞口堂屋。五佬把我们带到一间厢房里，灯光下，胡玉英痛苦地蜷缩在地上，手捂在肚子边，不省人事，口里淌着水，泡沫吐了满地，七八岁的小孙子又害怕又悲伤，在旁边哭成一团。

老曹左手食指和中指并在一起，在胡玉英鼻子底下探试了一下，脸上露出了微笑。他说还是老毛病，结石疼。他问胡玉英，顶得住吗？要不要去医院。胡玉英痛得缓不过一口气，脸上豆大的汗珠滚到地上。她朝老曹眨了下眼，说这次真的不行了。一见这阵势，老曹立即就安排送医院的事。我联系了医院负责人，然后一起到了县城。

医院的检查结果很快出来了，胡玉英是急性胆囊炎发作，胆囊脓肿，引流都解决不了问题，必须尽快手术切除。老曹毫不犹豫就替病人做了决定，"同意手术。"可在病人推进手术室完善最后一道手续，要患者直系家属签字时，医生把他拦住了。

医生问他："病人是你什么人？"

老曹毫不犹豫地回答："我家里的。"

医生显然认识老曹，对他说："你家里的去年发病是我做的手术，胆囊已切除了呵。"

老曹结结巴巴答道："这是今天会后才……，接来的，麻烦关照一下。"

医生以为他是和前妻离婚再娶的亲，也就没当回事，让他端端正正签上自己的大名。临关手术门时，朝他微微一笑，问他们什么时候结的婚，这一下把老曹搞蒙了。我忙替他解释道，他们没有结婚，胡玉英的病来得恶，家里人都外出打工，老曹代亲属签字。医生不同意了，为制度僵持下来。见胡玉英疼得不行，老曹拍胸脯担责，并叫医生拍了视频，这才将病人推进手术室。

胡玉英出院后，我和老曹上她家探望，她很感激："那天支书不担当，亲属赶不来，谁给我签字？死了没人管，还像话？"胡玉英盯着老曹说："干部既要会干，关键是要担当，那天我死了，任何人不会责怪你，还要感谢你这个亲属！"

她的话亮堂，仿佛经了阳光晒烤，对我们充满着浓浓的期待。聊了一会儿，都感觉胡玉英身体恢复快，家里稳定了，矮子带人打工，翻新房子也有望了。我们从她家出来，老曹慨叹，家家户户陈芝麻烂谷子的毛病多，都盼着亲属签字治好，眨眼就好也难，但最终还是都要解决好。

乡村的一缕凉风拂面，路旁草丛里一片沙沙声响，山路上格外舒服。

穷困道场

> 大力士一样的好劳力,成为村里最后的贫困户。命运就是这样跌宕无情。这时,我们才会获得洞察世间浮尘的慧眼,看透贫困背后的必然,伸手用力扶着他们走出贫困的泥淖。

戊戌年最后一场小雪,使洞庭湖畔老屋村落里显出些许荒凉。傍晚时分,听到五叔走的消息,心里悲戚。我丢下手头琐事,匆匆赶去送别他,送走久扰他们的穷困。

五叔年轻时是全村的传奇。他家里五个孩子,他是老五,大家都叫他五叔,因儿时留疹,一脸麻子,年岁大的叫他老麻,听起来就像叫的老妈,好亲切的。他一米八的魁梧身材,即便是六七十年代,物资匮乏,五叔因为劳力好,又舍得吃苦,挣的工分总是全村第一,因而家庭富裕,让全村人羡慕。五叔总是把自己收拾得干干净净,纯蓝的确良衬衫,棕色长裤用米汤浆洗得笔挺挺的,肩上的铁锹或锄头也在渠水中用稻草洗得明晃晃发亮。他说话中气十足,往往一句话没完,就抖得脸上的麻坑灿烂跳跃,让人见了绝对相信,他是个说话算数的人。

小时候,只知道五叔力气过人。他有一次用绳子兜了八袋百斤装的石灰,挑着翻大堤上船,面不改色心不跳,到船上卸下担子,也只用毛巾轻轻擦了下汗,好像没有过什么事似的。我夸他大力士,他望我微微一笑,麻坑跳了两下,就走了。

不仅仅能挑担,犁耙打稻,垦山开荒,五叔也是一把好手。那时生产队里经常分组搞比赛,哪怕一家的亲兄弟,分了组,也要争个高低的。不管挑堤、爬坡、量土方,还是堵河坝、打夯,五叔在哪组,哪一组就稳操胜券。虽然大家都觉得五叔脾气倔,总认死理,对人又凶,但大家看中他的劳力,也都乐意和他搭伴。

若说家底,他也有些薄产。尽管李家村是全省闻名的贫困村,五叔却从不把自己列入贫困的范畴。他父亲死得早,四个姐姐出嫁后,娘儿俩守着五六间有宽阔廊道的瓦房,一个大院子。那时村里大多数人家住着土砖茅草房,他家木屋简朴而宁静,悠久而亲切,在竹篱笆外面能望见那屋顶的飞檐白脊,古老幽静的宅院仿佛置身于世外桃源,所有乡村的贫穷和困苦都止步于院门外。而且五叔和母亲一起,日子也过得非常节俭。他们家每月分到的口粮,足以让娘儿俩顿顿吃白饭。但他娘手紧,也跟大家掺着红薯、萝卜、野菜吃,生怕铺张一点,来年荒月会挨饿。他们对穷困有种与生俱来的恐惧,但凡村里有贫困的角色来串门,娘儿俩说话,也是低声细气,道不尽的艰辛,提防人家开口借米借粮,轮到自己紧巴受穷。殷实的家底,从不显山露水,他们娘儿俩比全村的人都富足沉稳。

后来,大家都说到五叔有命无运,我就觉得有点玄乎。但细细琢磨,这个说话也在理。

当二十多岁该谈婚娶亲的时候,五叔娘四处托人说媒,要给他定亲,前前后后也有四五个上心的,相了面,看了人家,甚至于一个对象还合了八字,最终却没一个人肯嫁的。有的说是娘儿俩手紧抠门,想过好日子指望不上，有的说是地方穷，一个村的男劳力近一半是单身，四五年里没娶进一个媳妇。有家当有劳力，养活自己也不费力，结了婚就要添丁进口，拖儿带女难免周折。五叔也没有花言巧语哄着人家上嫁，他说，骗不得人。这不是他的错，或者也不是时代的错，而是贫穷导致的思想偏狭。贫穷就像身上沾染了厚重的垢秽，就算百般清洗，也难以洗去。这也警示我们，或许贫穷远不是我们认识的那样简单，因为穷困下的思想束缚，会改变一代人的命运。穷人的人生态度是简单的，他们大多只能努力活着，身外的大小事情，只能等到富足之后才有心思考虑。他们或许压根就没有思考，没有发现，贫和富之间留有空隙，进到这个空间里，需要觉察力，需要智慧，需要力量，来选择自己的方向。五叔天天只知道拼命做事，挣到自己应得的每个工分。婚事一拖再拖，不知不觉十多年就过去了，他仍是单身汉一个。

　　本来五叔也有过一段姻缘，甚至差一点就夫妻白头偕老，可他真是有命无运。满四十岁那年，他娘得病死了，来家给亡灵超度的石道士，看上了五叔的孝顺，觉着家底也不错，就把自己的妹妹给他介绍来。道士妹夫一次意外翻船淹死已经一年多。那时候农村已实行家庭联产承包责任制，田都到户了。那女人带着一对儿女，家缺劳力，在农村度日如年。来五叔家一起生活了两年，又怀上了身孕，俩人相敬如宾，和和美美。不料，一件事还是改变了他们的命运。那年夏秋间，八九十天不下雨，干旱得出奇。刚割完早稻，家里的老鼠特别多，日夜噬粮，那女人到处放了毒鼠药，不仅毒死了老鼠，他们家一群生蛋的鸡鸭也吃药全死了，五叔伤心得不行，算账损失了多少钱，越想越生气，抓住那女人一顿拳打脚踢，口里骂她败家子，说不准哪天，人也要让毒死的！那女人被打得躺在床上一星期没起床，后来送到医院检查，手和腿都骨折了。

两个家庭凑合在一起，一开始就很脆弱，经历了这一风波，那女人就死心了，从医院回来，清了自己和一对儿女的衣物家什，就要回娘家。五叔反悔了，跪在院子里一声声哀号，说："千不该万不该动手打你，以后再不动手了，是姊妹的你就莫走呵！"那女人开始还让他哭软了心，不知怎么，第二天早上还是带着孩子走了。不久，就听说女人又找了个单身家落下，就再也没有回来。五叔想要回孩子，但因为没领过结婚证的，谁也不服，孩子没领来，碰了一鼻子灰。一家人就这样不欢而散，及至后来，他常想念那个给他温暖，给他完整家的感觉的女人，却再不提娶亲结婚的事了。

谁能想到，昔日大力士一样的好劳力，成为村里的贫困户。命运就这样跌宕无情，不经意间，摆弄出参差的人生际遇。

2015年脱贫攻坚中，在对建档立卡贫困人口过筛复查的时候，五叔进城找到我，他扭扭捏捏，说话模模糊糊，只说是年岁大了，什么事都不会了，又患有严重类风湿，要落实点待遇。半天我才明白，他因为身份认同混淆而生懊恼。当年75岁了，全村的人都指证，他实有儿子在外面，彼此未尽养育之责，故他不能被纳为五保户，由国家供养，也不能被纳为低保对象，而在评议贫困户时，村民都投反对票，原因是他有儿子、有房子、有劳力、有收入。进一步摸底就知道了，其实，他一年退休工资和一亩多田出租收入，加上养鸡养鸭，年收入不过千元。至于那个孩子的事，他无福消受，过去为人称羡的劳力，而今也已成为他的负累。贫穷就像眼睛中有了障翳一样，无法看清一切，不知道自己身处何方，到底要做什么。这一切无不令人唏嘘。在消除误会后，终究把他纳入漏评贫困户，没有闹出什么动静，我也暗自庆幸。

联系五叔，结对帮扶的干部是县公安局民警大波，四十来岁，能说会道，给人一种办事干练的印象。他驻村很长时间，天天往五叔家跑，五叔喊他大波儿，大波叫五叔老麻，高兴时也叫他老麻爷，五叔都不介意。每天厮磨，两人成了忘年交，情同父子。一开始，五叔说不做福亘绵绵的致富计划，世界上没有天长地久，有所求，也只求自己手勤脚硬朗。他对大波说，真心解决问题，把眼前琐碎的小事抹平，就大恩浩荡了。大波发誓要五叔率先脱贫。自从结了对，他联系医保部门和卫生院，先给五叔纳入了类风湿特殊门诊，第二年，通过住建部门，赶在入冬前，把五叔的木瓦房做加固防漏改造，新建了冲洗厕所，连五叔的小菜园大波也薅草埋肥，五叔见人就夸干警大波比亲人都好。年底的时候，大波带了一大摞资料，到民政部门为五叔申报了农村低保。五叔好多年想做的事，件件兑现，他从来没有过的感动，常给我打电话，口口声声，感谢大波，感谢政府。然而，去年年底脱贫考核验收，村里作为省级贫困村，整村摘帽了。他当年各项收入加起来有近四千元，本已符合脱贫条件，大波找他在表册上签字时，他却死活不肯。大波犯难，问他是什么原因，五叔很忧伤，满腹心思说："一个人也是一个家呵？我还舍不得大波儿呢！"

大波马上心领神会，料定是五叔想要找个老伴。七十多岁了，他这条件，在农村怎么可能呢？但他是贫困户，脱贫认定的事情，他不签字，谁也拿他没办法。大波恨恨地咬牙："老麻，真该给你名字后加个皮！"

五叔狡黠一笑："是的，要不然，你们走后百芳尽，穷人需寻各自门，加一个人，搭伴过日子才妥帖。"

大波哭笑不得。当年年初，县妇联组织的相亲活动，村里已有八九个单身汉找到了归宿，五叔虽然心里直痒痒，却年岁太高，受了冷落。

他执意要找一个意中人，或许还有对先前的女人和过往家庭的怀念。现在，这念头难以平复。既然如此，大波还是答应和妇联衔接，争取给他个机会。

五叔沦为全村最后一个未脱贫户，我专门去看望了他。不过那时，我发现他的病已经非常人所能承受了。刚刚住了十多天医院，治疗才回来。他消瘦垂老了，躺在床上再也见不到年轻时的影子。他的指、腕、趾、踝关节肿痛，往往是多发并发，此起彼落，逐渐波及肘、肩、膝、髋以及颞颌关节，呈对称性发病。疼痛常因病情反复或天气变化或寒冷刺激而加重。关节处漫肿，手指关节梭形肿大，加上高血压症，常常难得安宁一个时辰。他见了人，勉强一笑，算是打了招呼，然后就紧缩身子，别过头去，全身都在痛苦扭动着、抽搐着。过去力气盖世的劳力，这时感到生命力的萎靡和衰弱，希盼精神和肉体的救赎。大家看着，心里都特别难受。我查看他服用的药物，消炎止痛的、抗风湿类、皮质类固醇的，可以说能用尽用了。他身体上表现出的抗药症状，让我们都觉得，他确实已病入膏肓了。贫困和疾病不仅毁坏了他强健的身体、端正的容貌，还毁坏了他的勇武意志。而我们只能给他一些安慰，多做一些力所能及的帮衬，也给自己一点慰藉，但我们却无法逆转他的正在受苦的命运呵！我在临走的时候，还是问了他一句："想找个老伴？"他止不住全身的抽搐，说不出一句话，只是轻轻地点头。我劝他，现在生活和就医抓药都有保障了，安心调养，会好得快的，至于找老伴的事，要靠缘分呵，早脱贫兴许就早找到她呢！他仍是点头，颤颤巍巍地说："这样才能脱贫呵！"

我内心被深深震动了，五叔的人生轨迹让我陷入沉思。任何时候，在农村就是这么个严峻的生活，一个劳力撑起家庭的一片蓝天，劳力就是实力，劳力就是出路，就是富庶的生活。只有劳力伴随着，生活才会让人咀嚼出甜蜜的滋味。家庭变故，丧失劳力，病来了，路断了，就像折断了柱子的房屋，坍塌是无法制止的。这种生活里没有丝毫的惋惜，不论你昔日如何拔山扛鼎。任何时候，我们都要知悉，过去的花再红，也已成为昨日之美，面前的茶再淡，飘散着现实的馨香，只要自己心清，便能在幽静恬淡的茶香中，清楚地看到，过去的年轻力壮，生计不愁，家庭和美，经营顺畅，因了缺乏指引，在不经意间，就统统化作一缕雾气渐去渐远，飘上云端，生活的甜蜜最终离你而去。也只有在这时，我们才会获得洞察世间浮尘的慧眼，从而看透贫困背后的必然，伸手用力扶着他们走出过去的泥淖。

大波就像五叔的家庭成员，料理他的生活，衔接各项政策落实，让他的生活真正稳定了。但找老伴的事，虽然牵了不少线，费了好多口舌，又一年多过去了，却还是没有着落。傍晚时分，大波突然打电话给我，告诉五叔的离世。两个月前，他拼命要见正在休假的大波，把脱贫的表签了字，他明显感觉自己不行了，怕阎王爷不收贫困户呢。大波说，他的病痛让他没有半点精神，心肾衰竭，在疼痛中死去，却没有半点痛苦的样子，很安详地走了。

当我赶到五叔家那熟悉的宅院时，乡村的干部正在动手搭灵棚，房子前面的板壁被卸下来，满屋洞穿。村干部还告诉我，以后把这房子做村里的库房，存放龙船呀，推车呀什么的。五叔先前的睡房里腾空了，摆着一幢美丽的灵屋，是这个老木瓦房的复制品，屋前插着"仙界指引"的黄色旗幌，门窗却为西式图案，客厅摆放了沙发茶几，卧室里则是床铺。除了屋子，还有群舞的美女，婀娜多姿。还有花园和山，有山门围墙。一对金山银山摆放在偏房里，亮晶晶的纸做出起伏的造型。人世生活的期望，难道都在这纸糊的世界里？几个道士对着麦克风大声吟唱："谁见贫困嫌苦累，忧怵饥渴又畏疾，富在嘴巴一口水，穷根断知贫富味。"

我就这样，悲悯地目睹着一个农村家庭就这样绝户消失。

忽然想起佛陀慈悲地开示：宇宙间只有一个永不改变的法则，那就是一切都在改变，一切都是无常。或许，五叔所能领悟到的，生活真正改变，只不过是随遇而安，随波逐流，任由命运摆布。而好些年里，贫困已司空见惯，毫无得体之法去抗争。如何找寻到一条自己的路，改变命运，翻转困境？五叔在生命的最后一刻，似乎有所感悟。面前，大家忙碌着，眷眷的心，热热闹闹，却又不无虔诚地彩排着，送别五叔，送别穷困的道场。

洞庭波涌

> 两颗非同一般的理性心灵撞击，洞庭湖会掀多大的波浪呢？相扶相偎的两个身影，抖落湖面，摇摇晃晃，好似镶嵌的点点金玉。

洞庭湖畔的那个小村庄，长长的青浪滩，让腿走得打软，而湖水总是映着清澈的倒影。我喜欢站在河堤上，看渔划子点点疏影，有气无力的挂挡机推动着乌篷船，在碧蓝的波浪里，摇摇晃晃地出发和回来。总有人在老柳树下的河滩撒网，晒鱼干，捕捉轻易溜走的美好时光。沿着河滩，更曲折的小路散落在简洁的村落里。我的老家，空气永远那么清新，野花和青草的气息，都以河风的名义，被拂送到每个角落。

面色黑红、牙齿皓白的三叔，一颗镶金的牙齿特别晃眼。不论场合，他一开口就是毛主席教导我们，洞庭波涌连天雪，长岛人歌动地诗。然后讲村里当前云云，撼天动地。他的这个做派得到村主任石头的赏识，每当有上面领导来村里检查，或外地宾客来村参观时，石头召集全村的人开会，第一个被指发言的肯定是三叔。不论何时，他的话讲完，一定掌声雷动，喝彩不断。久而久之，湖边的男人女人，大大小小的，有意或无意间，就有嘲谑意味地叫三叔"洞庭波"，后来干脆叫他"湖波"，宛如他姓氏改了。三叔却从来不介意。

我在师范读书的时候，正值农村推行家庭联产承包责任制，田土要责任到户了。三叔说话一下子就换了口味，背了两句诗后，常和大家讲，月盈而亏，力盛显虚，义厚至贼。但他从来不信邪的，他说做人要讲义气，做事要有力气。他像个巫师，说田土责任到户，最需要人的愿力、勇力、智力、忍力，力气能发家，发家靠义气。我放暑假了回家，三叔拉我到他家里，让我给他写一副对联，纸笔墨砚都已准备妥当。要知道三叔家门口，那两句领袖诗可是贴了好多年了，从未换过。我怔怔地作难，虽说过去也习过毛笔字，却从未登过大雅之堂，我让他再找个人，他头摇得看不清鼻子眼睛。我慌得直咬牙，又推辞不掉，硬着头皮问写什么，他说我是村里第一个读大学的，随意撰个。其实三叔是全村劳力中读书最多的，差点就要初中毕业了，却遭遇了父亲外出打鱼，风暴翻船死人的噩梦，他的读书路就此打住，恨意常挂在心头，对读书的人也格外重视。我冥思苦想好半天不得要义，最后看到他总是背着的那把开山斧，想想三叔口里就像时常衔着颗用力和义制成的胶囊，他的每句话都山摇地动，充满义气，便凑成两句："莫道书多真诚少一斧开出新境界，须要人穷义气重双臂端起大襟怀。"两人猜谜语样弄半天，确实想不出更好的了，胡乱涂抹，写得像小学生临的帖子，没半点章法，他说还满意，我也就作罢。可不料想他后来又找人裱了，端端正正地挂在堂屋门口，任大家胡乱恭维着。虽然我不习惯这样的恭维，心里仍是说不出的感动。

村里通外江的小河，连接八个障垸，不足两公里长，水肥鱼多，每年腊月堵了口，抽干河水，家家户户都分得上百斤的青鱼、草鱼、鳜鱼，往往是青鱼最多，又大又肥，腌制熏干成腊鱼，吃上大半年。村里男女老少都视小河为养家的命根子。然而，田土到户，小河却是大家共同的。不时有外地的渔划子闯进来撒网，村里人开始还睁只眼闭只眼，可到年底分鱼时，一年比一年少，大家恨透了外地的鱼划子，到退水鱼回流时，便推三叔巡河护鱼。村主任石头马上便拍了板。三叔做事爱较真，每只蚊子面前飞过，他都要分清公母的。他常穿件蓝衬衫，裤脚挽到膝下，肩上背着长把的开山斧，立在坝堤口边，或巡走在河岸，已成为大家的集体记忆。见了他在，钓鱼的、撒网捕鱼的，立刻就收心了。不过，时不时也有不怕鬼的。一天下午，两兄弟撑条载满网罟的船过坝时，被三叔拦住了，两兄弟都咬定三叔不讲理，他们可是捕捞队的渔民。三叔说这哑河是村里的祖业，谁也别想打主意。那小兄弟见了三叔手提的斧子，便从船舱操起一柄鱼叉，装模作样朝三叔刺来，三叔提斧躲过，落进水里，他鼓口气，爬上船去，抡起一斧，砍掉了一边的船帮，两兄弟被逼到船尾，借着江边涌浪，用力晃船，又把三叔晃到了浪里，再不吭声。三叔呛了口水，爬上堤坝，敛气诵道："洞庭波涌连天雪，长岛人歌动地诗！"接着，他用斧指着兄弟俩："有卵子你来八连障撒一网，老子劈了你喂鱼！"两兄弟怕惹出祸事，驾船悻悻逃进波浪里，那以后，再没在坝口现过身。及至现在，湖乡的人，若要显示自己的力气，便会学着三叔腔板的口头禅"老子劈了你喂鱼！"

　　小河安静了，三叔却不安心。他因参加村里集体活动少，担心大家误农事，常常巡河后，背着他的开山斧满村转悠。发现不如意的事，就会毫不客气跟人较真，以他的标准纠正。他从来不怕得罪人的。冬修水利，要把河坝加固培厚，抵御五十年一遇的洪水，全村劳力都要求吃住在工地。那天点火把出早工，要求人平一方土后吃早饭，他挑着土，在土场巡回一遍，没见村主任石头，也不打听，背起斧头就往石头家跑，在屋后故意咳嗽了两声，拿斧砍树，旋即听到有人从床上爬起来，一溜烟往工地跑，他再磨磨蹭蹭赶到工地时，就看到石头四十多岁的年纪，挑的土比谁都满。石头也不正眼看他,只顾着拼命挑土爬坡。其实,他早就发现了石头喜欢开工后回家睡回笼觉的秘密,他盯上了,自那以后,石头再也不敢了。

都说湖边民风剽悍,其实也不假。不过,大家殷殷呼唤的,还是三叔这般较真的精神。洞庭湖畔的乡间,他的秉直仗义也已成为不死的经典。尽管还没有闹出过不可收拾的事端,但也让大家时不时担惊受怕。三叔老伴病死那年,他脾气坏透了。那天割晚稻收工,日影早落,暮霭来临,三叔挑担谷回家,一条近两米长的扇子风蛇追着只田鼠,挡在路中间,并仰起头吓唬人,三叔放下担子,用扁担去打蛇,那蛇猛一下蹿起来,遛到路旁的大柳树洞里去了。三叔吓一跳,拿了一把湿稻草,铺上干辣椒和辣椒粉,点上火放在树洞旁,又从家里背来一张风车,对着树洞吹风,却半天不见一点动静,大家都劝三叔回去算了,那扇子风毒得狠,切莫惹出事来。三叔不信邪,铁了心要找出那条唬过他的蛇,免得以后伤了孩子们或其他人。他一边不停地在湿稻草上撒辣椒,一边不停地对着树洞吹烟。大家觉得他说得在理,村里有这么条毒蛇,终究要害到人的。见他不找到蛇不罢休,也都打着火把,拎着铁锹或锄头在周围圈找。约莫熏了一两个小时的辣椒烟,那蛇实在受不住了,从树顶的杈洞里把头钻出来,还想唬人一下,那扁头扇子却张不开了。三叔用一根长竹篙把蛇拔下来,按着头,终于捉了活的。"这蛇若是浸泡药酒,可是上好的除湿佳品。"村里的土郎中说。

"湖波,把蛇给我吧,我给石头泡壶酒,他的风湿还不治,拖久了,会瘫痪!"石头老婆冼白开口要,很真诚的。

三叔本来是打算自己泡壶药酒的,但石头老婆冼白开了口,他得给个面子。要知道,那年劈了两兄弟的船帮,年底分鱼,石头可是把河里最大的一条青鱼奖给了他，回去一称，足足百二十斤！要在平时，早被人送到石头厨房里了。他把蛇放进纤维袋里，还望着洗白开玩笑说："可别让这王八吃着你了，这畜生只吃老鼠呢！"却不曾想，就此酿出了终生的愧疚，并折磨了他一辈子。

　　冬至到了，大雪封门，湖边人家都窝在家里烤火不出门，村里几个种粮大户到石头家串门，因为收成好，心里高兴，中午，石头取出用蛇泡药酒的坛子，放在饭桌的土炉子旁，准备一人饮一盅，却不曾想，他打开坛盖舀酒时，那蛇没死，竟一口咬住了他右手的虎口，大家七手八脚，把酒坛轧破，把蛇打死救下石头，不到一袋烟工夫，治蛇毒的郎中还没到，石头就全身变乌，闭眼西去。仔细一查，原来是石头家泡酒的坛盖上，有个小孔，因了酒是不冻的，那蛇借着丝气活下来，在酒中过了暖冬，见了火光，倏然来神。一家人抱着石头哭得死去活来，全村人谁都舍不得这个好村主任，一起帮助料理丧事，三叔更是心痛欲碎，痛悔自己当时没有把蛇打死，留下祸患。他望着石头留下的一对未成年儿女，像个孝子，自己在石头脚边跪了三天经，一泡泪水一把鼻涕，石头没下葬，他早不像个人样了。

　　送走石头，三叔把石头家的脏活累活几乎全包揽了。犁田整土、插秧割稻，先把洗白娘儿仨的忙完了，再忙自家的，大热天买个西瓜，他也要分多半给洗白家吃。一直这样，大家都认定三叔看上洗白，想倒插门去。听到这话，三叔也不辩解，只笑笑不吭一声，但后来就听到洗白给三叔洗衣服，调侃他："湖波，你身上有股膻气呢。"三叔知晓洗白是挑逗他的，故意说："那味儿，只有你销得掉。"洗白什么也不说，便和他过夜了。待有人正经撮合他们的时候，洗白的儿子石涌波正在谈女朋友，对母亲改嫁的事，他总是看到母亲说话时走神，时常带着泪水，他的舌尖也便涌上来一股苦涩，带着咸味。他认定了母亲是思念父亲石头，就死活不同意。三叔求田问舍，有次单独找他谈，石涌波还是一口回绝了。崽大不由娘。冼白也没法，她不爱絮叨旧事，只得怀着自己的决意，和三叔约定，家里的活还要三叔帮，不领证结婚也不要紧，一个月来往几次，互相有个照应，这样才稳住三叔的心。冼白逢人就说："洞庭湖区到处都这么敞亮，心里何必藏着拽着。"

多年以后，三叔和冼白坐在坝堤边洗脚，冼白恩情所结，绵绵呢喃着心中的露水依恋。她问："湖波，我这些年搭帮你，你后悔吗？"

毕竟是在现代文明里蹚过来，三叔对情爱和婚姻的理解，已不是一般理性所能达到的深度了。他仰起头，环望湖水，那一圈圈涌动的涟漪里，像活活刻满的他的伤痕与泪痕。他这次没有诵诗，只轻轻一笑："此波非彼波呃，不过俩波都是为你好，自古后浪推前浪，一浪高过一浪，永远是这洞庭湖的时尚与老套呗。"

两人说完，抿嘴相视而笑。之后，冼白眼带泪花，娇嗔地拉着三叔的手说："心里有你就行了，你就认命吧！"

三叔感受到冼白的豁达敞亮，这是女人一种实在透彻了以后的深情，让人感觉一种朴实尽头才有的暖意。这一刻，他觉得冼白尽管徐娘已老，真的风韵还存，眼神里的爱，总让他燃起欲望。其实，他的生活中早已融入了冼白，融入了他永远抹不去的痛悔，这样，他的心里也就平和了许多。两颗非同一般的理性心灵撞击，洞庭湖会掀涌多大的波浪呢？太阳在湖里晃荡着，火红的晚霞映射在水面，波光粼粼，闪烁着金色的光亮。俩人相扶相偎的身影，也抖落在湖面，摇摇晃晃的。放眼湖面，好似镶嵌了点点金玉，波浪涌起，如雪翻滚，一波推着一波，一波高过一波，直连接着远远的天际。

绿　旦

> 今天他才确信，自从背上看鸭的这根篙，就是扛起了一面旗帜，知道永远只有一个方向，那就是靠这根篙拼搏。

我们读中学的时候都叫徐小平为绿旦，不想他后来竟养了一大群鸭子，真的与绿鸭蛋结了缘。

绿旦的个头儿高，十五岁的年纪，长一脸痘痘，显然是发育得早，上嘴唇接连爆出一圈黑刺样的短髭。他在大家面前也总是爱表现。我们读书的农村中学条件非常简陋，连篮球排球都没地方玩，大家都是下了课抱个球拍几下后胡乱地抢，看谁的力气大，就能拍到球。绿旦可不管大家，也不传，也不拍，常常抱着篮球跑一个圈后，回到一排竹爬杆边停下，那可是学校唯一的体育锻炼器材。他把篮球放下，单脚踩着，示意谁也不能动他的球。他往两只手上吐一口唾沫，双手一搓，宛如猴子般噌噌几下就爬到竹竿顶上，再倒竖着身子，双腿绞住爬竿，呼地一下滑溜到地上，起身抱球一溜烟跑了，把在一旁的女老师吓得舌头都吞到肚里去了。那女老师后来问他，你肚子里长的是熊胆么？他说不知道，可能有点像。于是，大家都叫他熊胆。他总是嘿嘿一笑，从不反对。有一次上学迟到了，错过语文老师的作文课，他匆匆忙忙拿了同学的作文本去抄，结果被老师发现，老师毫不客气用蓝色钢笔给他打个0分，老师批评他说，真该把名字改一改，熊胆应叫绿蛋！他还是不气恼。第二天上学，见了同学就说，绿鸭蛋能发财，有什么不好？从此，大家都叫他绿旦。久而久之，连他的名字叫起来就觉得好别扭了。一次上学，他用一个小纸盒装了两只刚出壳的小鸭和一枚绿鸭蛋来玩，上课时藏在一个酷爱小动物的女同学桌屉里，那小鸭拉屎被女同学扔出来，鸭蛋碎了，蛋清蛋黄流了一地，他背着老师收拾，恰好让老师发现，同学们哄堂大笑，弄得老师的课讲不下去了，把他妈找来，商量要处理绿旦。

那年月在农村，读书高考的独木舟难挤上几个人，农村孩子边读书边想着学一门赚钱的手艺，找一个生财的路子，省得将来受苦。农村有句土话，养儿无艺，挑烂撮箕。"自己的仔自己管，不劳烦老师了。"绿旦妈说。绿旦和人，见人小三分，却命里没有书气氛，有人说他五行土多生金，鸭属金，命相得令，家里就让他到队里看鸭去了。我们当地称牧鸭人都叫"鸭佬得"，不论男女老少都这么叫。这可是个专业的饲养行当，家里底子薄的，没缘分沾边。绿旦父母和村里关系好，当了鸭佬得。从此，他像一根孤高的竹爬竿一样戳在人们心中。

因为同吃胭包嘴一条小河里的水，相距也就二三公里，绿旦的消息不时从小河里摇木划子的口中传来，说他挣工分，发财了发达了，田土到户，鸭群也卖到了户，他当万元户了，村里的头牌美女华儿看上了，要当村主任的乘龙快婿了。绿旦一时就成了乡里的风云人物。人们说话聊天，凡事以他为例，拿来作比，他就像是乡里的一个道法无穷的高人，转脸变成了财神。一些话说得有板有眼，让人惊羡。我那时在城里读书，放暑假回家，正好绿旦的鸭群在我们村里，鸭棚扎在五家洼那片坟山边，于是我们天天见面，让我真实体会到一份鸭佬得辛酸的洒脱与荣光。

　　绿旦放养的一群生蛋的谷鸭，也就是通常说的麻鸭，有一千多只。他白天戴顶硕大的尖斗笠，穿一身旧布衣裤，背挎油布伞，系着一个水壶，拿一根四五米长的竹竿，一端安了一把小铁铲，不时铲起泥巴甩向头鸭，嘴里吆喝着"呃，哩哩哩哩哩"赶着鸭群，鸭群好像懂他的话语，"嘎，嘎嘎嘎嘎嘎"应声鸣叫，在田垄间小河里沟渠哑湖里转，觅食刚收割过的稻田里的虫子蚯蚓残穗，浅水里的小鱼小虾和螺蛳。说起鸭子，他头发尖儿上都是劲。他说，领头的号鸭一上路就飞跑，后面很快追成箭矢，进入水田河水中，立即一字摆开，把嘴伸进水里咕哩咕哩往前赶，一路扫荡，一片白绒绒的屁股左摇右摆，小鱼小虾小蛤蟆小蚱蜢插翅难逃，这也让人觉出一种特别的兴味。晚上赶鸭入围栏后，才可以喘口气。绿旦住的单薄的圆形鸭棚，用黄篾挽拱夹棕叶编成，棚尾置一张横铺，连着一个储鸭蛋、食品、药品的矮木柜，棚前端进口上翘，折叠着一卷雨布，下面放置一个小钢灶吊锅和简易的炊具、食品。因为晚间还要照看鸭子，鸭棚不能装门，蚊虫跟着鸭群气味赶，不分日夜凶猛地攻击他，再热的天也只能穿着厚实的衣裤忍着。

　　晚上，他把竹围栏扎好，借着微弱的光线用竹竿扒拉一只只鸭脖子清数，鸭子不缩头，个个硬着脖子任他用竹篙扒拉，数完了，绿旦发现少了十二只，他把清数时发现的几只有点毛病的挑出来，配了药，扎在另外角落里拌入喂食，之后，叮嘱女朋友春华做饭，自己和搭档黑鸭又按原路回去找，也许是它们在哪个山塘玩得忘了跟上群。春华的晚饭做好，绿旦的鸭子也找回来了。草草扒完饭，等春华骑单车回家，黑鸭准备明早出围的事，在鸭群嘎嘎的噪嚷里，绿旦找个小凳子坐下来，递给我一个松花皮蛋和一把蒲扇，他让我尝尝华儿制作皮蛋的手艺。他烦着一抓一把的蚊子，开口就说：

"鸭佬得没有安心日子，每天都踩在三尺鸭佬船上，摇摇晃晃，荡呵，苦呵！"

我知道鸭佬得居无定所，常在船上随鸭转场。他有两条船，用来运鸭转棚，两条几尺长的小船湖里港里汩水赶鸭的。他的话听起来是发牢骚，有点无奈和怨楚，却是血性话。

不见到他则不以为然，一见面，心里真的感到很惶惑，像迷失在田野江河里。过了若干年后，现在想来，生活本该如此，一个人走进万花筒般的世界，岁月的风雨一路相伴，所有的精彩、懊悔和无奈都一一展现给世人，不然，从原地出发，不屈不挠再回来，谁来分享一路的艰辛与色彩缤纷呢？他十几岁年纪就走上社会自己打拼，生活会给他一帆顺风吗？他说，最大的苦闷还是心里，大家都把鸭佬得看成是个懒人行当。他说了几句歌谣："鸭佬得一把伞，十个里面九个懒；十个里头九个黑，有女莫嫁鸭佬得。"我一听就知道，他是担心女朋友春华嫌弃这行当。

"原来还担心，是我的人了，现在半点担心都没有了。"没等我说完，他望我诡谲地一笑，抢过话头说开了。我知道了，他弄了黄花闺女。这么小的年纪，我轻轻摇摇头，叹口气责怪他糟践人。我担心话题僵住，就夸皮蛋味道好，制作手艺好，翠绿的蛋壳油光泛亮，轻轻剥开壳，紫绿的蛋清没有一点碱味腥气，最神奇的是蛋黄，一团杏黄凝成黏糊甜软的溏心，边缘嫩绿而胶着，清凉爽口，甜而不腻。他只说是华儿用自家祖传的秘方制作的。华儿会加工绿鸭蛋。他还是那一笑，颇有几分得意。接着，嘴巴又关不住了。

鸭佬得真的不容易。见人要小三分，天天待人和气人缘好，去人家的地头放牧鸭子,你得和当地"地头蛇"一条道,知道自己竹篙铲铲儿上几两铁,每到一地,先得奉拜地方说话算数的头面人物,交点鸭水费。最重要的是,鸭佬得要懂专业饲养经,有治鸭瘟腿翅病的绝活,熟悉鸭棚周边食料环境,见子打子,逢食到场,到场吃饱。这还不算,若说麻烦,就算抚仔鸭成鸭。刚出壳的雏鸭从孵鸭场买来,要喂软硬适中的米饭,小鸭出粗毛要喂牛奶饼或大粪蛆虫加营养。说到这里,他停顿了一下,忽然想起了什么,毫不掩饰告诉我,他就是这时候搞定华儿的。华儿给他当帮手养小鸭,跑村里家家户户去掏大粪蛆,臭气熏天,有一次,华儿掉进人家茅坑里,哭得不像人,绿旦把她接回家,洗洗抹抹,身上有香气了才送她回家,那时她才依了。我望他闪着绿光的小眼睛摇头,觉得绿旦倒的苦水里也有点乘人之危。他不辩解,只是神神经经地笑,口里总存几分得意自言自语。华儿的漂亮可是乡里头数得上的呢,见着她心里就像有头野兽跑一样,不自在起来,不趁那时人家哪会依你,但好说歹说,双方父母都同意明年办喜事结婚,顺便也请我喝喜酒。

心里的苦远不止这些。虽然才几年,他赶鸭放牧到了邻近的岳阳、益阳以及湖北的好多县。他的师傅就是去年在湖北赤壁躲避突如其来的雷暴雨时淹死的。他说要供师傅的一对儿女读书到成家。说到这里,他打着寒战,沉默起来。围栏里的鸭子不歇气地叫声,让绿旦也有点躁动。"这次扎在了鬼不生蛋的坟山旁,坟山仙人管事,明天等华儿早晨捡好蛋,又要择地扎棚。"

说到这里,绿旦语调显然轻松了许多。他很感谢语文老师在学校给他一个绿鸭蛋,但在鸭棚里他得了一百分,他一天捡一千个绿鸭蛋,可称得上是一千个一百分。直到今天他才确信,自从背上看鸭的这根篙,就好像扛了一面旗帜,知道永远只有一个方向:靠这根篙拼搏。他说,在鸭棚几年,心灵独自打了一个转身,现在已有种小小的成就感。他和我算了一笔账,这群鸭一千二百多羽,鸭棚里一天至少可捡鸭蛋一千个,一棚鸭一天净收入可抵一群正劳力。他一两年就成了万元户。就像积云成露,积霜成雪,积溪涧之水成江河,绿旦积财不易。要知道,当时全乡万元户才不到十个人!对他怎么不羡慕呢?我问他以后打算怎么进一步做大,他盘算着十年内能登上百万富翁宝座,毫不犹豫回答道:

"肯定要把规模做大,等年底结婚了,就新添一群淮鸭。"

在浮躁狂奔的年代,许多人心灵肉体受到财富冲击,鸭群的叫声,却如春风化雨,回应人们的焦虑、孤独与迷茫。他的话听起来有点笨拙,却生动诱人。我笑话他,家里添人进口,又添一群鸭。绿旦笑而不答,屏息一听,鸭群嘎嘎嘎的叫声停下来,只是闷闷躁躁,在一浪一浪卷着,他说鸭子开始下蛋了。

他一脑子鸭群,一脑子绿鸭蛋,一脑子财富城堡,像是这夜晚的星星,不断闪烁。夏夜清凉的风从远处轻拂过来,把扰人乱舞的蚊蝇一下驱赶得四散,鸭棚呛人的腥臭味也淡了许多。鸭群吵嚷声歇下大半,在为他效力。他心里也沉静了许多,脑子里的梦便不断跳跃翻滚,一瞬间,面前又是出壳的小雏鸭,喂水补食,不久便生出粗毛,开始一天接着一天下起蛋来,一棚绿鸭蛋一夜之间就滚成金蛋。

他去察看那几只病鸭时,我和他分手,从鸭棚出来,那鸭群拍楞着翅膀叫得跳起来,一声长过一声。

那年底,徐家为鸭佬得万元户举行了隆重的婚礼,五个唢呐的热闹欢奏声中,一顶豪奢的八抬花轿悠悠晃晃接新娘到家。古老的旧俗和时尚的排场,让人感到乡风的粗俗和野性,特别是媳妇喂公公吃两只绿鸭蛋的场面,把整个婚礼推向了高潮。华儿端着一盅鸭蛋茶去孝敬公婆,喂蛋给公公吃时,绿旦和他娘站在一旁,他参则被人画成了丑角脸谱,贴着长长的上翘的眉毛,右手执着蒲扇,胸前一边贴着一只媳妇华儿的鞋样子,颈上挎着一根钢管做成的吹火筒压在鞋样上,里面喇叭不停叫唤着,"我要烧火,我要烧火!"那场面,新进门的媳妇再怎么羞,也只得忍着,边喂鸭蛋边问公公:"心里甜不甜?"待公公把两个鸭蛋吞下肚去,喝了口茶,上气接不上下气答道:"甜得不得了。"刚说完,那吹火筒里又是一句滚烫滚烫的"我要烧火!"让人笑得前仰后合。乡里人家逗公公撩媳妇寻开心的恶俗,简直让人忍无可忍。不过绿旦的亲戚们却告诉我,大家早算计好了,要治治村主任家的闺女脾气,长长老实人的脸面。绿旦有钱了,折腾一下,也算扬眉吐气。

自喝了绿旦婚庆喜酒以后,我很长时间没有见到绿旦,偶尔和他电话里聊一聊,都是说运气好,梅雨季节久雨不晴,家家户户田里和刚收进屋里的谷生芽,他收了去喂鸭,鸭棚里的鸭产蛋率高,个又大,或是粮价上不来,饲鸭成本低,到了冬天,他家的鸭群赶上市场紧俏,卖了好价钱。绿旦发达了,一根看鸭的竹篙起家,修了大别墅,添置了趸船汽车。我戏谑他说,你发财都在别人的痛苦之上。他却说纯粹是运气,天帮忙,人努力。

那年洞庭湖流域大汛后,我见到了他,听到他的消息,就像世界按下暂停键。其时,他饲养的谷鸭和淮鸭已达到五千多只,并请了三四个帮工,立夏节气一过,他把鸭棚扎在草尾洲水湾里,不料那天突然出现雷暴天气,鸭群被一串接一串的炸雷轰散,淮鸭跑得慢,散落在芦荡里,几个人分头找鸭,结果一个帮工在芦荡寻鸭翻船淹死了,鸭群散失得只剩了不过二百只。业没了,拿了家中所有的积蓄来了却后事。偏偏第二年，立夏时节小鸭长齐毛，刚开始下蛋，乡里发现了禽流感，所有的鸭子全部被扑杀，他按要求一刀清了埋了，消毒遣散帮工，之后，虽得了政府补贴，可一家人长年没事没收成。

鸭佬得经不起一点风浪折腾。接二连三地闹，他不得不考虑长远。虽说也有防疫办法，想工厂化养殖成本太大，他不敢下手抚小鸭，他负担不起失手的后果。在人生换季的时候，绿旦考虑最多的还是各方面条件成熟。他没有泄气，但苦闷、烦恼、迷茫也是有的，带着过去的那股冲劲，时常难免说几句风凉话，发点牢骚，却又不能解决问题。他已是家里的当家人，是踏进富裕门槛的风云人物，这个角色让他觉得时刻都要冷静。他像一杯滚烫的开水，热气散了好像冷了，但轻轻吹一口就发现，水还是热的，热气还会冒出来。过了一阵，他感觉自己更像鸭群里那只号鸭，中了一铲土，明白自己该拐弯了。

他却说："不，鸭佬得还不如一只鸭，小鸭从出生补蛆到成鸭放养，有广阔的田野江河水面捕食，可鸭佬得呢，谁会为鸭佬得捞食呢？生死由命，富贵在天。"他原来一直以为自己抚育鸭子，让它们有了生命，有了自己的天地，现在想来鸭佬得真像个鸭子生的绿鸭蛋，幸亏鸭子仁慈，打发一层薄薄的绿壳做嫁妆裹着，让人尝到味道会保护、会关注、会期待，把那层薄壳砸破还值什么钱呢？只能上油锅了！

如此看来，还是鸭群成全了鸭佬得才正确。

好在华儿还有份祖传的制作皮蛋的秘方。绿旦从此把鸭棚和几条船变卖了，只留下那根装上铁铲的长竹篙，搁在新房天花板上，留给后代作教科书。两口子一门心思做松花皮蛋，大家很喜欢他家皮蛋的味道，又有过去的乡土记忆和网络传播销售，不久就远近闻名，生意渐渐红火起来。

琴声散作满天霞

> 熙熙攘攘的人流,喊叫不止的声浪,影影绰绰,重重叠叠。琴声乘着赤橙黄绿青蓝紫,铺了满天。朝霞火一样燃烧,燃红了整个天宇,拉开每天清晨的帷幕。

清晨,从孩子的琴弦上流淌出来,婉转悠扬。

歌曲《终点起点》那轻松活泼的旋律,掩蔽了净照寺幽古却世俗的钟声,如雨后的一片孤云,穿过黑暗,由远而近,由低而高,又如金声玉振的一道丹霞,覆过了清晨里所有细语和奏鸣,化为五颜六色的生活剪影,虽然还不失稚嫩。

琴声映亮一个个活泼的身影,让每天的心情顿时舒展开来。

读书声伴着琴声缓缓飘散。读书的孩子们,像一群小燕子,蹦蹦跳跳奔向理想的花苑。琴弦里流淌着他们奔腾跳荡的音符。同脉同源,至情至性。读书最苦,孩子们却说书生心志,高擎时代风云,潜心展卷,寻觅书中忧乐。现在,他们懂得了什么是天地广阔,恨不能起得更早,乘着琴声的翅膀,去摘下头顶上最闪亮的那颗星星。不过孩子们相信终究有一天,他们会摘取到那颗星星,在每一天里闪耀。

晨练的人们踏着悠扬的琴声奔向一处处高地。他们衔着朝霞,啜饮清露，琴声散落在巍巍宝塔之巅，青砖宝顶在琴声里战栗了，把长长的影子投进池塘，池塘波光潋滟，池中荷叶高低错落，融合在周围的绿意花草中，纯真明媚。"有位佳人，在水一方"，吸引了更多观赏者的脚步。

琴声里最吸引人的是小区门口的菜市场。清早，提篮挎篓的人流踏着调子热闹起来，肩挑手提，车载往来的，顿于水沟边，像要作和弦。小河弯弯，可以居，可以钓，可以凫。篮中果蔬叶带晨露，鳅混泥污，鱼尾板地，鲜嫩入味，满是泥土的清香。琴声浸润，珍馐美馔溢出。人们生怕说话会扰乱琴声，小心翼翼挑拣，轻声细语砍价，人人心头奏着美妙的琴声。

老人听到了琴声，心中霎时如群萼慢舒，所有的迟滞、呆板渐渐消弭。他们相扶相携，来到广场舞台，他们跳起来，舞起来，沉浸在琴声里，年轻的世界又回到了眼前。

琴声散作霞光掠过山巅，飞过湖泊河流，静静洒在了花草树叶上。波涛卷起巨浪翻滚，葱葱郁郁的密林疏影或如文秀静，或如武扬雄，小鸟迈着得意的步子、晃着绒绒的身子、拍着轻盈的翅膀欢快伴舞。

过了一会儿，那调子婉转起来，也是流云行板。人们带着豁达的心情，驰往四面八方上班去了，却只觉得烟霞满街巷，到处有琴声的影子。

熙熙攘攘的人流，喊叫不止的声浪，影影绰绰，重重叠叠。琴声乘着赤橙黄绿青蓝紫，铺了满天。朝霞火一样燃烧，燃红了整个天宇，拉开每天清晨的帷幕。

"终点的光芒，等着爱点亮，请你跟着我，请你跟着我，一起走到最后。"涉过风雨，重新出发的心声，让人永远无法忘记。

忙忙碌碌的小区，三楼阳台上那一串串激越的音符惊醒了每个人的梦。这个时候，琴声停顿一下，人也轻轻一叹。

他是小区里一个只有十岁的少年，叫周小平。一头绸缎般光泽的秀发，一双黑葡萄般澄澈的眼睛，扑闪扑闪，嘴角微翘，似是轻声伴唱。他坐在明显过大的轮椅上，时常流露出胆怯和无奈，叫人无不心痛落泪。

去年秋天，放学回家的途中，一条迎面而来的牧羊犬在人行道上扑向小平，他被攻击得无处躲闪，仓皇逃到马路上，却被一辆疾风般驶过的小汽车撞得飞了起来。一场突如其来的车祸，夺去了他的双腿。他恰如跌落在浊黑的河水中。

十岁的小平面前，生活虽改了容颜，但生生不息的草根味，依旧不改昨日的浓郁。他不甘寂寞，不愿坐以待枯，他相信幸福穿过了过去的日子，也存在于将来的日子里。他要拼命渡过命运设置的难关。自三岁练琴，他从不马虎。受伤后，他没有消沉，从来没有发过一次脾气，从来没有自暴自弃摔过一次琴，也从来没有咒骂过一个人。每个日子里苦苦寻觅，他寻到了自己的新天地，决心把生命美丽的画卷留在激越的琴声里。他懂得只有把失落和失望放下，生命才会飘忽着花儿的芬芳。他想长大了去乐团拉小提琴。他现在每天在阳台上拉着琴，憧憬人生，无比向往着阳台外面的世界。

小区里居住的每个人无不被他的琴声打动。好多来访者在默然洒下几行热泪后，立刻就在他的琴声里昂起头来。人们在他身上找到了很少见到的顽强和感动，永远记住了他说的一句话：

"我从不在意身上失去了什么，也从不计较面前的困苦，只要我能拿得起这把琴。"

很难相信，这是一个十岁残疾少年口里说出来的话。

每天清晨，人们踏着琴声开始忙碌，只要有片刻的宁静，便期待悠扬的琴声伴着思绪流淌。

第四辑

潮逐屐痕

旅行毕竟和写作不同，旅中的愉悦凭直觉，靠眼睛说话，而归来起笔，则须真情寄往。潮流过去，目下零零碎碎美景，皆成珠玑。远足之时，每觉深山大泽，花竹泉石夺人心魄，茸屋宏殿，珪璋彝尊濡养文脉，饮食万物，人文书画绵绵缗缗。屐痕处处，近寂远闻，身历其中，不是浅薄的游走，而是阅读品书香，饮食品臻味，是悉心融入和体验。这样，日月星辰，风霜雨雪都夹杂在身体的每次喘息中，四时的风景里，皆有了各自动人的故事。

回望巍峨的宫殿

> 他们虔诚地捻土成香,稽颡膜拜,在凡尘之中如此超脱,如此清逸,心中还有没有抹不掉的旧影呢?我在他们祈望巍峨宫殿的双眸里,久久地寻找想要的答案。我发现,他们最希冀最眷念的,还是今天的幸福康宁。

布达拉宫披着神秘面纱,里面深藏着斑斓的历史云霞。

我们在拉萨的几天,无论是导游、熟人还是朋友,见面都会讲述一个传说,在布达拉宫听到哭声,不能回头,意即回头必定会看到事情真相。我却希望揭开那些神秘的面纱,发现真相。进去参观前后,我做足功课,访学者,寻僧人,与市民更多的是藏民网民聊天,查阅大量历史资料、权威书籍,希望把它看得更通透更真切。

那天早晨去布达拉宫,同行的恩道先生特意邀约了才仁索南大师一路相伴。才仁索南是青海颇有名气的宗教文化人士,曾对布达拉宫有过专门研究。刚一见面,他的娓娓讲述,就把我们带进了高原远古蛮荒的岁月,给我们的西藏之行打上了厚重的文化印记。他说的松赞干布和文成公主的故事,既是真实的历史,又充满趣味,使我们了解了很多。

公元7世纪初,唐高宗和太宗父子于618年定都长安,建立了中国历史上空前的大唐帝国。大唐国势强盛，成为当时东亚地区文明的中心，周边民族部落纷纷与唐朝修好，或称臣内附，或纳贡请封，促进了唐朝与其他少数民族地区的交融。其时，一代英主松赞干布也已称雄雪域高原，完成了对一些小国的兼并，定都逻娑（今西藏自治区拉萨），建立了统一的吐蕃王朝。

才仁索南给我们讲述了一些王朝建立的旧事。我隐隐觉得他对那段历史充满深情，也有丝丝缕缕的反思。我和恩道先生还有仁和，常又跳出他的思维，提出反向思考的问题，使他更审慎起来。他说，从公元634年始，松赞干布两次派能言善辩、聪明机智的大相禄东赞出使长安，向唐皇求亲。禄东赞凭借聪明的才智，勘破了唐皇设的一道道难题。公元641年，唐太宗终于同意了松赞干布和亲的请求，答应把文成公主嫁给他。文成公主在唐蕃专使及众侍从的陪同下，踏上漫漫的唐蕃古道，开启了王朝的和亲之路。他讲了一些禄东赞的故事，令人捧腹。所有这些，与我们过去认知的历史没有一点差别。

一系列的胜利，令松赞干布颇为踌躇满志。同时，胜利需要纪念，需要一座丰碑，以昭示天下，让每个人能在第一时间感受到胜利的喜悦和松赞干布的威严。才仁索南说到这里，显然想剔除一些宗教的描述，不违历史，还原文成公主真实的美丽。他讲松赞干布非常喜欢贤淑多才的文成公主，她像一朵吉祥的云霞，照亮了公元七世纪以来的雪域高原。自长安跋山涉水三千公里，历尽千难万险抵达拉萨。她从大唐带来了什么？其时，唐朝佛教盛行，而藏地无佛。文成公主是一位虔诚的佛教徒，她携带了大量佛教经典和佛像入蕃，决意建寺弘佛。她先后主持建成了大昭寺和小昭寺等。从此，佛教慢慢开始在西藏流传。文成公主还对拉萨四周的山分别以妙莲、宝伞、右施海螺、金刚、胜利幢、宝瓶、金鱼等八宝命名,这些山名一直沿用到现在。文成公主一方面弘传佛教,为藏民祈福消灾,另一方面,还带来五谷种子及菜籽,教人们种植。玉米、土豆、蚕豆、油菜能够适应高原气候,生长良好。而小麦却不断变种,最后长成藏族人喜欢的青稞。文成公主还带来了车舆、马、骡、骆驼以及有关的生产技术和医学著作,促进了吐蕃社会一步步走向文明,走向进步,开启了唐蕃和亲新时代。

文成公主成为雪域高原上一座划时代的巍峨丰碑。

松赞干布决意专门为公主修筑布达拉宫。"布达拉"是藏语译音,即"普陀罗"。相传,藏传佛教徒认为红山可与观世音的圣普陀罗山媲美,就把它比作第二个殊胜的普陀罗,布达拉宫由此得名。

当时修建的整个宫堡规模宏大,是一座外有三道城墙,内有千座宫室的王宫。松赞干布在此划分行政区域,分官建制、立法定律、号令群臣,施政全蕃,并遣使周边各国或与邻国建成姻亲关系或订立盟约,加强吐蕃与周边各民族经济和文化交流,促进吐蕃社会的繁荣。布达拉宫成为吐蕃王朝统一的政治中心。但原有的宫殿后来毁于雷电、战火。经过十七世纪的两次扩建,形成现在的规模。耸立在我们面前的宫城,依山叠砌,灵塔闪光,气贯苍穹。主楼13层,高117米,占地面积36万余平方米,包括四大部分:红山之一的红宫、白宫、山后的龙王潭和山脚下的"雪"。红宫为历世达赖灵塔殿和各类佛堂,位于整个建筑的中心和顶点,显然是须弥佛土的境界,宇宙中心。白宫合抱红宫,有历世达赖的宫殿、大经堂、噶厦政府机构和僧官学校等。达赖住的寝宫位于白宫最高处,又称日光殿。顶部的喇嘛灵塔、宝瓶、经幢等鎏金饰物在阳光下闪着金光。配殿和宫墙,增加了它的神秘肃穆。龙王潭为布达拉宫后园,方圆几公里,中为湖,湖中有岛,岛上建有龙王宫和大象房等。"雪"在布达拉宫脚下，安置有噶厦政府的监狱、印经所、作坊、马厩，周围是宫墙和碉堡。在藏传佛教宣传中，有"三界"之说，即"欲界""色界"和"无色界"。我们可以看到宫殿的整体布局，把红宫、白宫和"雪"由上而下分作三个层次段纵向排列，充分体现了"三界"之说。宫殿建筑又通过艺术夸张和渲染、布局对比和陪衬，尽现佛法神威。也告诫人们，唯有超脱尘世，皈依佛门，才是通向天国的正道。

宫殿廊间酥油灯火勾亮的世界里，梵音不绝，磬声缭绕之中，让人轻易穿越它的前世今生。宫内珍藏黄金铸成的八座达赖喇嘛金质灵塔，五座精美绝伦的立体坛城以及瓷器、金银铜器、佛像、佛塔、唐卡、服饰等各类文物七万余件，典籍六万余函卷（部），成为名副其实的文物宝库。室内混合着庭院繁花嘉木的芳香，浓郁的檀木沉香，以及麝香、瑞脑、龙涎香气，似一层厚实的围墙装点着宫殿，紧裹着神祇，更增添了一份神秘感。

参观完了出来，站在广场回望，布达拉宫庄严雄伟，气势磅礴，写满了高原兴亡盛衰的往事，让人记忆深刻。

雪域高原因海拔地理因素这一绝地屏障，比起其他地方战火频仍，冲突不断，这里似乎要安全多了。但我们所不知的是，旧西藏人民的长期呐喊、咆哮，已化身为"雪"监狱里的累累白骨。建筑面积1050平方米的"雪"监狱，在宫殿一旁僵硬死去多少年，已成为悲惨记忆，今天仍让人汗毛直立。其东南两侧五间牢房，关押一般犯人，北侧两间是关押重犯的地牢，最恐怖的要数"蝎子洞"。如果犯人犯下了滔天大罪，被施以"蝎子洞"的惩处，那犯人便再无回天之力。墙壁上一层又一层的蝎子能够把人活活蜇死。把犯人蜇死不说，这些蝎子甚至还食其肉，啃其骨，直至把犯人折磨得不留任何残迹。

在西藏旅行十来天，我们怀揣着无数解不开的问题，听才仁索南讲述故事，和藏民和僧侣交流探讨，他们也赞成我的看法，千百万藏民最感恩的，还是新中国打破奴隶制，解开他们身披的枷锁。他们感激新政权使昔日旧宫换上新颜。民族区域自治制度下，西藏经济社会实现了跨越式发展。各族人民得到实实在在的好处，人民的生存权和发展权得到有效保障。藏文化不断焕发出新的活力，正常的宗教活动和宗教信仰依法受到保护。

我们在广场驻足，川流不息的人群中，无数藏民沿顺时针方向绕布达拉宫转经。他们穿着整洁的藏袍，背囊里是进香的行装。他们手摇转经筒，神态安详，步履沉着，口中念念有词。而一些磕长头者，则成为拉萨街头的一道独特风景。他们朝着布达拉宫，双手合十，高举过头，然后移至胸前，再掌心朝下俯地，最后全身俯地，额头轻叩地面，同时口中念着六字真言："啊嘛呢叭咪哞"，像是要挣脱俗世的牵绊。当他们的手掌滑过地面时，发出厚重的"哗哗"声。一个长头磕完，站直身体，双手合掌举过头顶，用脚推着木板走，又是一个长头。三步一个长头，许久许久，才绕着布达拉宫走完一圈。因为执念太深，为了能到达心中的圣殿，有的千里迢迢，磕长头一个月，半年，一年，甚至更长时间，不知磕了多少长头，历经多少苦难。他们虔诚地捻土成香，稽颡膜拜，在凡尘之中如此超脱，如此清逸，心中还有没有抹不掉的旧影呢？我在他们祈望巍峨宫殿的双眸里，久久地寻找想要的答案。我发现，他们最希冀最眷念的，还是今天的幸福康宁。

在西藏，要一处处揭开笼罩着它的神秘面纱，那是痴人说梦。我们一步步走进纳木错、羊湖、林芝、桃花沟、雅鲁藏布大峡谷等等，不停地回望，那些绚烂的风景，每处都生动不已，荡魂摄魄，令人无时不惦记着它。

离开拉萨的前夜,我和恩道、仁和都睡不着,又去了夜幕下的布达拉宫,才仁索南也来了。热热闹闹的灯火里,我们仿佛看到伫立宫中的文成公主和松赞干布,在回首往事,深情弥坚,犀利的眼神划破灯火,化作一道道经幡,默念符咒,祝福青藏高原吉祥永安。

不倦的歌声

> 欣赏她不倦的歌声，不由得想起经久不衰的重庆火锅，最大诀窍就是根植民间，不同的味道会撩起不同的往事，一道菜品的味道又被其他的回味入侵，此款和彼味，现在和过往，多味杂陈，黏成一锅，搅拌成缕缕思念或期待，让每个人都有无穷回味。

古人常说，万物养于神，神聚则强，神散见亡。每到一处，我都三思，神何以造福于此地呢？

前不久，有幸在重庆逗留，领略了富有神韵的巴渝文化。我的印象里，千百年来，重庆人的春节拜年、十五观灯、清明祭祖、中秋赏月以及悬酒幌、赶庙会、坐花轿、放风筝等民俗，与我们大同小异，但见了大足石窟的金殿，见了那一座座记录着祖先智慧的石刻，便感受到它雄伟的气势，精湛的艺术，浓郁的生活气息，凝成了千古绝唱。铜梁龙灯、秀山花灯、接龙吹灯及被称作"梁平三绝"的灯戏、年画、竹帘等等，把曾经的民俗故事组装存念，新颜覆盖了旧貌，让人应接不暇。

我深知，从来美好的东西总深藏不露，生怕太美丽而招惹厄运，往往令人难以想象的是，一些粗粝的表皮下，会秘藏着意想不到的美丽。

重庆能歌善舞的苗族"三月三""六月六""七月七""过苗节"和"羊马节"等，把许多零落且遭人遗忘的民俗片断拾掇起来，织出一幅幅历史风貌图。这些民俗节目的前世今生，都包裹在诗里歌里画里。苗家人以歌会友，歌郎歌娘唱情歌缘定三生，热心肠的媒人唱媒歌，搭鹊桥，歌声轻浅，神韵悠悠，永不疲倦。苗家男女人人会歌，唱歌问候，唱歌托事，唱歌传情。更有甚者，好面子的宿儒礼公，人不见面歌见面，阵阵入耳入心的歌声，如京剧、昆剧、赣剧、芎剧等舞台剧，唱板中解决了心里早设定的问题。我时常告慰自己，其实苗家等这些民族的节会里，稍经剪贴，便是一出出动人的活剧呵。或许是我孤陋寡闻，苗家等民俗的节会早被古今的艺术家们搬到舞台上演绎了好些年，要不它们从角色到形式或情景讲究怎会有如此惊人的相似之处呢？

"赶秋"要算苗家传统节日，最让人丢不掉。说是赶的秋，倒不如说是"赶歌""赶会"。我们到巴南区木洞，见了山歌，无不称奇。劳动号子、山歌、小调，还有风俗歌、舞歌等，山歌曲调一百多种。尤以禾籁和盘歌最有特色。木洞打禾籁有高腔、平腔、矮腔、花禾籁，盘歌多为即兴之唱，随和自然，生动活泼，还有小调启智歌、修房歌、叙事歌、吟诵调、节令歌、酒歌、寿礼歌、风俗歌等。到了苗寨，才发现，苗族人人会唱歌，一家一户唱亲歌，村村寨寨传情歌，苗岭无处不飞歌。一年一度立秋这天，家家户户都洋溢着办喜事的氛围。所有苗寨披红挂彩，鞭炮声声，歌声阵阵，盛况空前。苗家男女穿上节日盛装，从四面八方涌向秋场或圩场，场上的红气球、红灯笼与夜晚的篝火辉映、锣鼓喧天、歌声萦绕。打秋千、上刀梯、舞狮子、玩龙灯、跳猴儿鼓舞、歌台赛歌，热闹异常。青年男女利用"赶秋"物色情侣，歌郎歌娘大展歌喉。亲朋好友相互赛歌、对歌、盘歌，连唱三天三夜。苗家人说，没有歌唱，就没有生命。节日里，人人是主角，唱歌成了人生的主题，成了生活的主旋律。而今，我们狩猎在民俗文化园，细心触摸，有种如饮甘露的感觉。

返程的前夜，在南山的枇杷园吃火锅。枇杷园被漫山遍岭的桃花和枇杷树掩映在南山的怀抱里，依山起伏，满坡迎客。华灯初上，从山脚到山顶，亭台楼阁，俏影浮出，灶火桌椅，林中入景。这是一座名副其实的火锅山，六百多张桌子，一半露天，一半室内，分五层布满山坡，其壮观瑰丽真是无与伦比。满山翠绿流芳的果树，绚丽多彩的灯影，熙来攘往的客流，天地一色，视野辽阔，确实适合野餐，透气，放空。我们点了毛肚、黄喉、牛肝、牛舌头、背脊肉、莲白，还有各种家禽、海鲜、水产品等，几杯酒下肚，才感觉几天来的疲惫，真需要清空一下。

这时走来一老一少爷孙俩艺人，说是要给大家唱歌助兴。老者提把板胡，约莫七十岁出头，鹤发童颜，精气神十足，少者背着吉他，洗得发白的牛仔服，衬出一张标致的脸和颀长的身段，二十来岁的年纪，边走边拨弄琴弦，吸引了大家的目光。女孩子边把一张贴膜的精致歌单递给大家，边述说自己的经历，爷孙俩都是苗家人，她叫春雪，成都音乐学院毕业了，准备下个月去德国柏林深造声乐，舍不得跟大家说再见，所以在假日里来和大家见见面。老人坐下来，笑着挥手与大家打招呼，并说他们苗寨现在音乐学院读声乐的就有五人。苗女金嗓子会唱歌。春雪以一首《成都》开始，手势恣肆奇崛，平和舒缓两句开场，就让先前的喧闹热烈停止了，慢慢地，大家完全被她的歌声镇住了！临到最后她横空一指，琴声戛然而止，告别落俗的老调，显得气势夺人，动人心魂，落地为气贯长虹的寓象神助之作。显然整首歌曲一气呵成，勾勒出春天里装满心事的小巷，黑夜慵懒的小酒馆，让我看到了木洞"赶秋"的影子。大胆创意，凸显了她心无旁骛更是旁若无人的境界，令人沉溺、追溯恍如过去已遗忘的时光。曲终，她娓娓说起了自己的心事："我的歌曲一贯比较深情，也有淡淡的忧郁。"她真诚地说："我还在读书，一颗苗家女儿心，时刻怀想着故乡不倦的歌声，今天来枇杷园，就是想让大家知道我们苗家的这一面，期望我的歌声能给大家一点勇气，在音乐的道路上，我会更勇敢一点。"

几句话吊起大家胃口来。大家都争相点了张韶涵的《你微笑时很美》、秦海清演唱的《不如》、黄晨晨的《故事很短》及大家都熟悉的《花桥流水》等。最后以一首《谢谢你，偷偷治愈了我整个世界》收尾。爷孙俩没觉得半点疲累，看那神态，俯仰自如，吟咏自适。她的金嗓子，她的大胆的创新，看似与原作相悖的表现方式，流露了艺术家的雄心，既意图建立个人风格，又不愿被个人风格约束。每个人任思绪驰骋，寄情于霞虹灯影里，真的想翩然起舞。她听到大家说累了几天，很疲倦的，就自选了两支曲子，边弹边唱，让人有听觉上的精彩转换，感觉被琴声高高抛上空中，而这一切全发生在春雪清泉一般透亮的眼睛里，你可以在一刹那间感觉到她双眸里的光芒倏然跳跃，然后她带着你整个人安详地落下来了。她告诉我们，音乐的声韵是可以治愈疾病心病的，音乐治疗也是她选择赴德学习的一个源动力。刚坐下时，我还感觉自己就像是凋零的落叶一般，直想喘口气休整的，这时的遍身酸软疲累，早已飞到九霄云外。音乐的魔力让每个人放松心情，充满自信心。积云成露，积霜成雪，积溪涧之水成江河，这让我不由得想起春雪正要深修的专业。

究其实，我国古代早有"乐疗"。古代典籍《群经音辨》《黄帝内经》《史记·乐书》都提出"五音疗疾"，认为音乐具有净化灵魂、升华情感的作用，有着药物无法替代的神奇功用，可谓一剂养生疗疾的"良方"。

晋代阮籍在《乐论》中说："天下无乐，而有阴阳调和、灾害不生，亦已难矣。乐者，使人精神平和，衰气不入。"宋代欧阳修在《书梅圣俞稿后》中云："凡乐，达天地之和，而与人气相接，故其疾徐奋动可以感于心，欢欣恻怆可以察于声。"他本人就曾经历过几个以乐疗疾的医案，并记录于《欧阳修集》中。《儒门事亲》这部金代医书中也记载了金时的医家张从正用音乐治疗"忧而心痛"的病人的例证。近代更有人提出了音乐是灵魂之药。我们众多的民俗节目发展到今天，其生命力之顽强，实用价值不可小视。民族文化精粹莫不如此，如果囿于自身的圈子，再优秀的文化衰败没落也是必然的，只有开放包容，推陈出新，获取新生的力量，其发展才势不可挡。人们对当今各类音乐会、演唱会及五花八门的剧种热情不减，也可见一斑。在音乐学院培养的几年扎实功底，使春雪在精通了钢琴等系列乐器后，瞄准新的发展领域，选择全新的赛道，把自己热爱的音乐融入生活，这种文化的递进与嬗变中，足见年轻一代难得的勇气。春雪对音乐和弹奏乐器充满热忱的理解，应该说源自土生土长的成长天地，长期毫不倦怠的潜心养艺，特别是对专业的钻研，更使她如春光乍泄，前景令人着迷。

临结束时，我们举杯相贺。春雪却极为认真地说，看到有患者因音乐治疗有些许的改善，让她非常有满足感。我们欣赏她永不倦怠的歌声，不由得就想起苗家赶秋和众多的民俗风情。如同这经久不衰的重庆火锅，最大的诀窍就是根植民间，涮着菜点，不同的味道会撩起不同的往事，一道菜品的味道又被其他的回味入侵，此款和彼味，现在和过往，多味杂陈，黏成一锅，搅拌成缕缕思念或期待，让每个人都有无穷回味。

我幡然醒悟，一个民族生活的神韵宝藏实在太多了，从之衍生来的艺术的情愫，着实让人牵挂一辈子。

金陵随想

> 每个院落给人讲述了一个千古不变的话题，社会发展中每个人都渴望超越，何况处在至尊高位，手握权柄的帝王将相？

紫金山古称金陵山，战国时楚国在此建金陵邑，即由此山得名。汉代称钟山。汉末有秣陵尉蒋子文逐盗，没于此，后来孙权因此将此山命名为蒋山。相传，诸葛亮到江东与东吴结盟共同抗曹。路经秣陵时，不胜感叹而言："钟山龙蟠，石头虎踞，真乃帝王之宅也。"力劝孙权在此建都。赤壁大战以后，孙权迁都南京，改秣陵为建业。从此以后，南京相继为东晋及南朝宋、齐、梁、陈各朝的都城，"六朝古都"的说法由此而来。

每次说起金陵，南京的导游都给我们讲得神采飞扬。

我多次到南京，都去了紫金山，恰好都在冬季。远望群山剪影，清寒入骨。总是忘不掉穿城而过的长江、长江大桥、江南名胜紫金山，忘不掉凤凰台、阅江楼，忘不掉点缀在熙熙攘攘的城市中的玄武湖、莫愁湖，以及秦淮河上轻漾的绿波。江南佳丽地，金陵帝王州。南京厚重的历史文化皆隐迹于精致的江南山水中，引领我们穿越过去的时光，挽起那一片片随想的思绪。

宁静的明孝陵

从中山陵脚下一条柏油路直通孝陵。封建旧制的陵园建筑让人心生感慨，记忆中的朱元璋建帝国伟业的霸气、治天下的威仪早已走进这残壁断垣的陵园建筑群里，掩映在沉寂而破旧的古道和葱郁的林海中。陵门昭示着这个建筑群的历史，也告诉人们帝王身后的岁月变迁。从朱元璋的出身及至他的起事登基称帝，无不带有传奇色彩。他的成长与成就中的底层劳苦大众与命运的抗争，他的执掌天下时恩威并施的手段与权威，他的俭朴中难掩的奢华，他的家国情怀与天下生灵的命运，一如这寒风中的陵园，常让人念记。

帝王是天下的主宰，也是时代选择的幸运儿。朱元璋连同他子孙的荣誉，与历代的宏图伟业，都逃不脱历史长河的淘洗。历史在衍生着他们的智慧，传承着他们的精神，历史也把他们尘封的霸业中不可一世的繁文缛节和唯我独尊摔得粉碎。普天之下莫非王土，率土之滨莫非王臣，毕竟已是千百年前的产物。孝陵的隆恩殿今日已不复存在，连同它所有祭祀的台阁和宣示权威的墓道仪仗，皆毁于兵火。高高的墓碑墓室虽有各届政府保护，但难掩岁月的剥蚀，只有墓室的铜墙上，那层层累累的大块青砖和每块砖头上镌刻的工匠的名字依稀可辨，会让人想到，这哪里是皇家高墙，分明就是每一个劳动者血肉之躯的累叠。昔日金碧辉煌的皇陵，实际上就是一座座鲜活的劳苦大众的纪念塔，不然，刀枪兵火、几百年来如江水般奔腾的反帝反封建浪潮，早把它洗得干干净净，再坚固的堡垒也早已荡然无存了。

深冬的寒风敲打着残破的陵园，但仍有三三两两的零星游客，还在这里寻觅着，希望能发现什么，能得到点什么，才不致虚了此行。不过先皇已逝，钟山南麓的这个圆形宝顶沉寂了几百年后，演绎不出什么新的传奇，注定只能把曾经的荣华富贵和百年盛世埋在故纸里。而今天的南京已向人们敞开了一切，在经阁、在供堂、在祭亭，到处是卖南京特产和各类纪念品的商柜，以饱行旅者的一点奢望。

没有心情久留，我们匆匆出来，只觉得风小了，一抹冬日的阳光洒满钟山，身后传来震耳的鼓声，划破了孝陵的寂静，立时温暖了许多。南京览胜，只想多看点，找到一个真实的向往已久的旧都，便直奔喧闹的山下而去。

喧腾的夫子庙

夫子庙淹没在人山人海中。

最早了解夫子庙的信息，是关于孔子及孔子学堂，知道那是中国科举取士的典范之作。除在影视资料和报纸中看点信息外，并无特别留意。后来和唐浩明老师交谈，他特别爱讲曾国藩破南京败闯王灭了太平天国后，为振朝纲，亲士子，彰显贤明，主持重修夫子庙，开科放榜，暖了学政，当年江浙士子连年赶考的得意，和江山代有人才出的胜景，几都历历在目。夫子庙就是中国千百年广纳贤才、问计于民的讲堂，凡读书之人没有不景仰的。

眺望历史，倍感温馨。而今漫步秦淮河边，见到夫子庙鼎盛的香火，潮水般的游人，感慨万千，思绪难扼。夫子庙景观自是与众不同。往来游客，他们尚文，早已根植骨子里。庙堂前，他们撞钟击鼓，祈愿能金榜题名。进门的孔圣人面前，每每还把祝愿写在祈福牌上，系在圣人脚下，口中默默许愿。在音乐厅，早已有人驻守，编钟奏响江苏民歌《茉莉花》，赢得一遍遍掌声。丝竹悦耳，让人忘掉身外世界。庙内已没有念经拜佛的木鱼磬声，然而，长长的廊坊间，小贩吆喝的依然是文的，文印、文集古籍、雨花石刻、苏州文绣、云锦，概莫例外。

尚文之风不仅仅在南京夫子庙，天下多存寻根访宗之念。古之学者皆有师。在祖师之庙堂顶礼膜拜乃天下学子心愿。众多长者，亦如鲫而行，他们对庙间的每一处建筑、每一处陈设都醉心考古，圣人前坪的风水似乎让人悟出了含义，激起少男少女潮水般拜谒。几株古树上缀满了他们的祈愿牌，以至把这古老的建筑群都映红了，格外流光溢彩，令今天的夫子庙成为城里最热闹之处。人们尚文，来拜谒圣人，兴许也就是一个念头，或者一个冲动，仍在畅想那个制度下革去的诸多流弊，给人种种温馨。今天看来，夫子庙也是江南旧时名利场，足以让范进们疯癫一辈子。

庙堂前如织的游客，也不乏浮躁者，他们伺机而动，在广场喧嚣，然后簇拥着奔向旌旗招展的秦淮河，窥伺杨柳岸，晓风残月。"桨声灯影连十里，歌女花船戏浊波。"阳光明媚，泛舟其中，秦淮水亭、桃叶渡、白鹭洲、萃苑公园、谢安纪念馆、李香君故居、瞻园、中华门瓮城等文化胜迹，匆匆别过。遥想"金陵八艳"，董小宛、李香君、陈圆圆可是改变过历史走向的人物呵。一想至此，面前便如裙裾翩翩，不时有沁人的胭脂香味泼洒过来，撩拨着人，鼓动人们挣脱束缚，投进温柔乡里，很令人动情的。

秦淮河被称作中国第一历史文化名河，六朝烟花之区，金粉荟萃之所，更兼十代风华。过秦淮河水亭时，瞧见酒楼林立，画舫凌波，丝竹管弦乘了涟漪，荡满小河，曾经的王导、谢安两大望族名满天下。我就想，或许应该把夫子庙那划破金陵城的钟鼓齐鸣声奏得更加震天，把圣人之堂饰得更为华丽，让他淹没秦淮河那诱人的桨声舫影，但立时我又想，那不也暗淡了夫子庙吗？

杂芜的总统府

中国有过总统，当然也就有总统府，而且就在南京城。但这些都是过时的旧事。现在的总统府只是昔日政治风云飘过后，留下来的供人观赏的一副道具。

简单来说，人类历史上，几乎各朝代都以灾难开始和结束。这个经历了几个朝代更迭的王府，掩饰了一场场人类深重的灾难，现在只是一个陈旧而杂芜的老院子。东院天王府凸显了明清建筑风格，家具器物都清一色。后院、西院和前庭则打上西洋烙印，雕梁画廊很是扎眼。就连院中藕池的造型和假山的堆砌也一处一个风格，或仿古，或西洋风格，杂芜得掉渣。

细品历史，太平天国的洪秀全最先把它作为王府，在这里听政议政，演绎了太平天国史。湘军破城时，虽然焚毁了部分宅院，曾国藩还是相上了王府这块风水宝地，把它辟为两江总督府，此后历任总督均在这里署理政务，议决大事。清廷败落，民国登上历史舞台，政治中心南移，1927年，国家政治中心移至龙盘虎踞的南京城，并将王府作为处理党国大事的办公机关，从此，它的每一次日升月落，它的一个会谈，一次小聚，一声长笑短叹，都牵动了每个国人的心，牵动了这个古老国度的每一根神经,也牵动了多少国际政治家的魂魄。1949年4月,就是这个深宅大院,解放军渡江雄狮,降下了国民党的青天白日旗,把共和国的红旗插在了总统府高高的门楼顶上。昔日威严而肃静的总统府剥掉了神秘的外衣。今天,这个深宅大院曾发生的一切,每一个角落,每一件用具,每一次改变,都活灵活现地展露在世人面前,引人深思。

历代主宰者都在这至尊的府第宣示他们的权力,试图在每一个角落留下他们的斧钺之力。当然最吸引人眼球的还是蒋介石在这里的岁月。在他办公的小洋房,连同设计建造匠心独运的院落,游人驻足流连,都想一探民国大佬在这里鲜为人知的故事。有一句歌词唱得好,得民心者得天下。蒋介石政府丧失民心,失败乃必然。人民就是江山,现在,哪怕是遥远的未来,无不尽然!

若干年后的今天,游人最想追问的就是,这里曾引领中国百余年,却是一代一个印记,一代一个风格,而且迥异,为何?实际上每个院落都给人讲述了一个千古不变的话题:每一代人都渴望超越前人,何况处在至尊高位、手握权柄的帝王将相?

我们往回走,要出门时,我还在努力寻找着,试图找到能把这整个院落串联起来的东西,社会制度、民间创作,抑或是传世的建筑风格?然而都不是,我望着大门上镏金的"总统府"大字,幡然醒悟:在旧社会,除了权力的斗争,朝代的变迁,没有别的。而自从有了人类社会,权力都在纷繁复杂的斗争中演绎,道具的繁简,不足称奇。

海滩上的一抹亮光

> 浑身湿漉漉的母子俩站在我面前,手擎大螺,望着沙滩微笑着,就像是一尊刚刚用水冲洗过的雕塑,背景是朝霞里碧波万顷的大海。

夏日里,北戴河黄金海岸的沙滩上诗意盎然,到处亮光闪闪。

回想无数次海上旅行,也多次来过北戴河海滨,或许是忙忙碌碌吧,每次濡染海的浪漫气息,很难沉静,更没有真正悟透过海。"久在樊笼里,复得返自然。"这次来休假,体味大海的广阔深邃,聆听海上无时无刻不在上演的变奏曲,才感觉到,大海总是以博大的胸怀和磅礴的气势,深情拥抱我们。无论我们有多少思虑,多少得意,多少喜怒哀乐,多少酸甜苦辣,只要来到海滩上,一片净空,大海深情仰望着,娓娓倾诉着,温柔爱抚着,包容着。海滩漫步,凝望无垠的海面,粼粼波光,宛如一面巨大的镜子,照亮我们的心灵,点亮我们智慧的火花,并把我们融进万顷波涛,拥着我们周而复始地前行,去找寻最闪亮的那一朵浪花。

傍晚,用完晚餐,来海上游泳,人也不多,三三两两的,兴致极高。在清凉的海水中环顾四围,听波浪的呢喃,遥望一轮浅月在天际线款款升起,静静地照着海滩,照着海面,一切是那么的沉静、安宁、平日里的无限喧嚣，早已了无踪迹，只剩下夜的清幽。一抹新月的亮光伴着渐渐涌起的潮流飞泻，这时心中的一切纷纷扰扰，早在月色下弥散四去。海中畅游，叫人生发许许多多的奇思妙想。一只海鸥鸣叫着掠过海面，在远处盘旋，诉说着对海的执着，平添了大海的神秘与活力。我忽然想起，前年去祁连山，见到神秘养雕老人乌拉木图·铁穆尔。那天，老人带我们去狩猎，走了很远，来到一个山头上，不久就发现了对面山坡上打斗追赶的野兔，他轻轻地取下金雕的头套，抚摸着金雕的翅膀，低声道："泰尔神护佑，我给你亮光。"而金雕在振翅远去的刹那回望，似是告诉我们："只要有了亮光，就有无穷的力量，我能给你无穷的收获，无穷的希望。"

久久回味那一幕，不觉潮水猛涨起来，浪头汹涌。呛了口海水，又苦又涩，更让人浑身松爽。从海水里爬起来，夜幕下的海滩，依然是那一抹新月的亮光笼罩着，朦朦胧胧的，孕育了无数迫不及待的梦幻，令人遐想。海的味道，平日里是我们最昂贵的奢侈品，可遇而求之不得，沐浴在海滩宁静的月光下，放慢脚步，放下满身的忙碌，海的味道也就悄然而至。

那天为了看日出，我起得特别早，五点钟未到，便来到了黄金海岸的沙滩上。周围笼着轻纱般的雾，大海一片混沌。借着远处闪烁的霓虹灯的微弱亮光，我循着退潮的沙滩，深一脚浅一脚往前走。不久，太阳悄悄地露出脸蛋，像刚出生的婴儿那般稚嫩。海天相接处，那稚嫩的脸庞不断泛红，倏忽间便映红了天边，映红了波涛，映红了沙滩，沙滩击碎波浪的泡沫，发出一抹诱人的光芒。有了亮光的沙滩，感觉沙子都是暖烘烘的，软绵绵的。海浪一个劲儿地在脚底下跳跃，有不竭的精力。我踽踽独行，一直沿着沙滩走，想走到它的尽头，却还是做不到。

低头看看，一行深深的脚印，形成了一条线，这或许就是人生最轻松惬意的一条吧！回头张望，仿佛那是一串历史的印记，紧紧追逐着太阳的光亮。

天上的云朵还没有散去，只是绯红的光芒有点刺眼了。这时，薄薄的晨雾渐隐，海滩上不知何时涌出来一大群人，仰望日出，发出阵阵喝彩，并很快感染了几个高音的男女，"大海啊，大海……"，远处沙滩上响起嘹亮的歌声。人群被感染了，歌声立刻如潮水般涌起，响彻了整个海湾。大家相伴而行，走走停停，日出的惊喜，让每个人内心无法平静。不知不觉间，太阳的那一抹光芒已金灿灿的，像一个巨大的火球，点燃了海的世界，金色的海滩格外耀眼。大家赞叹着，欢呼着，奔走着，轻风拂来，带着腥味和凉意，触碰到我们心灵，那么缠绵，那么甜蜜，夏日的燥热和迷思也都随风荡去。

才抢拍几张照片的间隙，太阳又爬了两丈高，海风一吹，心里装了急事样的，直想往前奔。有拨急性子的，早下海游泳了。举目远望，退潮的沙滩湿漉漉的，像洒落了无数的珍珠，又像铺了层素洁的毡子，朝霞辉映，璀璨夺目。我知道，那是波浪卷来的贝壳，是大海的爱，遗落在海滩上。有人情不自禁惊叫着、赞叹着，俯身拾起心中最美的那一枚，握在手中久久把玩，生怕掉落在海中。这些贝壳一下把我吸引住了，看看这个漂亮，看看那个也很漂亮；看看这个可爱，看看那个更可爱。它们有的像只妙手雕琢出的瓢，有的像雕成的一只小小的舢板，还有的像一顶工艺考究的道士帽……，仔细瞧，贝壳的外表有许多黑色和黄色的小斑点，非常密集，像魔幻的雨滴，溅落在鼓面上；像旋转的陀螺，迸出同心的花朵；像一条游动的小鱼，尽情畅游；又像一只小螺号，在尽情地歌唱。

一群赶海的老把式走过来，随身带着的篓子里已有满满的收获。我跟他们很快学会了采鲜贝，在海潮退去时，海水齐小腿深的海滩上，有一些圆形小洞，那便是出气孔，用两只脚踩着，只要脚后跟不动，一任海水冲洗，约半分钟后移开，等浑浊的海水清澈了，那五颜六色的鲜贝或是海螺就被海水打出来，漂在了脚边。我这样试着做，不久便斩获了一小篮，沙蟹、虾皮、鲜贝、海螺，什么都有。有位带着一个五六岁孩子的年轻母亲很快踩到一只大螺，漂亮极了，叫赶海的老师傅鉴认一下，几个人一见就讲出了是唐冠螺，并说这样大的螺，现在已很稀罕了，多亏了这些年保护海洋生态。我拿着欣赏，掂一掂，约莫三四斤重，这螺外壳像个古代武士的头盔，壳大而厚重，金黄的色泽，上面有六七个突起的橘黄色角，漂亮极了。孩子爱不释手，四处玩耍，向每个人炫耀他的宝贝。真是不凑巧，小孩子正准备放到提桶里去时，一个大浪打来，被吓得直哭，手里的唐冠螺一不小心掉进水里被海浪卷去。大家都有点惋惜，又来宽慰这对母子，帮助四周摸索，可是怎么也找不到。搜索了许久，我劝他们往前走，再踩一个，可孩子的母亲不甘心，看到孩子一脸的失望，毅然扑下身子，全身泡在海水里搜摸，颇有不找到坚决不走的架势。大家也只得随了母子俩。我心里暗暗笑他们犟，心想，如果只想要那个被卷走的唐冠螺，很可能费尽气力永远也找不到，而海滨美好的清晨已经消逝。我们沿着沙滩，一路走了好远，脚底下又收获了不少。当回头望不见那对母子的时候，却听到远远的海滩上有人大声呼叫："找到啦！唐冠螺——"，赶海的人中马上就传来了消息，正是那位母亲找到了丢失的宝贝螺。母子狂喜，正在海滩上狂奔呢。

我惊愕不已，不曾想会有对大海这般执着的人，便好奇地往回走，要一看究竟。等我再见到母子俩,就感叹那螺是横空出世,仔细端详时,我突然想起《诗经·蒹葭》中的句子:"溯洄从之,道阻且长。溯游从之,宛在水中央"。而浑身湿漉漉的母子俩站在我面前,手擎大螺,望着沙滩微笑着,就像是一尊刚刚用水冲洗过的雕塑,背景是朝霞里碧波万顷的大海。我低估了这对母子的执着,心里有点不好意思。望着海滩,那抹金灿灿的光芒在燃烧,沙滩被点燃了,颗颗沙粒了了分明。

美丽的水母

> 它的美丽是那么真切,那么细微,无时无刻不拥在你身边,让你时刻保持着美丽的心情。这是北戴河的一张金光闪闪的名片,一如那美丽的水母,虽然娇小玲珑,却占据着我们的心灵。

傍晚时分,我和孙女小米在海边漫步。湿润凉爽的海风吹过,海面上掀起一个又一个的浪头,层层叠叠,远远望去,如千万匹狂奔的野马,"哗哗"地扑向岸来,绽开无数洁白晶莹的浪花,整个海边都镶上了一道如雪的花边。海浪声悠远绵长,它深深地撞击我们的心灵,给人一种警醒与沉静的力量,使我们有勇气有精神爬上更高的地方,去看更远的风景。而在北戴河黄金海岸观海的乐趣,不仅仅是让你看远,看宽广壮阔、浩瀚无边的湛蓝远海,而且是让你看近,再看近一些,看你脚下和身边,时时刻刻擦肩而过却没觉察的各种生命,它们百般诱惑你,停下脚步俯下身子,探究它们细微但同样灿烂的世界。

海滩上每隔一段距离,就有一个约莫一平方米大的小水池,弯腰仔细一瞧,里面有鲜活的海蜇、小鱼,五颜六色的小海贝什么的,最吸引人的是,一个小水池中竟然有四个漂亮的小水母。这种没有心脏、没有头脑、没有骨头和眼睛,丝丝缠绕的月形水母在水中翩翩起舞,如同宫中仙子一般惹人怜爱。它们有的大，有的小，触须上都有毛，如同一个个穿了隐身服的长腿小蘑菇，用自己灵动的活力张扬着生命的顽强与美丽。我看小米盯着两只小的，想用手轻轻去抚摸一下，我告诉她，两只小的因为太小了，所以它的触须较短，别看它短，上面可是长有毒刺的，每一根触须就犹如一把毒剑，它就像是一名拿着利剑的勇士，时刻准备刺向敌人。不过水母不是用剑打仗而是捕食的。

我知道，这些都是海滩的管理员别出心裁，给游人准备的系列小品。

"水干了后，小水母就会死掉吗？"小米很是担心，望着我问道。

"不会的"，我告诉小米，等到了晚上，大海涨潮了，这些小动物都会随着潮水游回大海去。

"那小水母吃的什么呢？"小米又追问我："水母什么时候才有的？"

我说大概就是海洋中的浮游生物之类吧，不过到底水母吃什么，什么时候才有的，我也说不出来，而且我知道北戴河海滨曾经有渔民捕获一只大水母，有一米多长，恐怕不纯是浮游生物可以养大的了。我摇摇头，拉着小米要走，并说回酒店了上网再查一下。她磨磨蹭蹭的，非得把问题弄清楚了才肯走。我抬头，发现伫立在空旷的沙滩上的三联海边公共图书馆，一下得救了似的拉着她跑去。也许是常年当书虫的原因，我对图书馆有一种自然的亲近感。这个被誉为"全中国最孤独的图书馆"也为我解了围。服务员为我搬出好几本介绍水母及海洋生物生活习性的科普书籍，我立刻如释重负。小米的所有问题终于有了完整的答案。原来，大部分的水母生活在沿岸海域，但也有一些是居住在深海中的，据记载，水母在地球海洋中已存在6.5亿年了。许多栖息在大洋表层的水母体都是趋近透明的，这样可以让它们在宽广无遮掩的大洋环境中有模拟水色及隐蔽的本领，以避免被其他捕食者发现及捕食。水母也有游泳的能力，但一般无法抵抗水平方向的海流。在它们随波逐流时，水母本身扮演着捕食者及被捕食者的角色，它们可以借由刺细胞捕捉小型的浮游动物、鱼卵及仔稚鱼，但它们经常也是海龟及翻车鱼所捕食的对象。

小米的心里挺满足的。从图书馆出来，我心里有说不出的兴奋，暗自感叹阿那亚小镇的建设者们的独具匠心。在这处海滩上，令人怦然心动的诗意建筑，融入自然，把一拨拨游兴正浓者的思绪聚集，珍藏在书本中，北戴河海滩上，不仅旖旎风光吸引了众人，而且让人在闲情雅致中，还能饮一羹文化的琼汁，在这里驻足，凝视浩浩荡荡、横无际涯的大海，与来此游历的历代先贤对语，春夏秋冬，四时更替，三千年的人文荟萃，风物尽现。从某种意义上来说，建设者博大的智慧，把自然的景观延伸了一万年，让你时刻体验到一种别样的美丽。中国海岸线上这道最美的人文风景，让你刻骨铭心。

我以为北戴河的美丽，绝不止于阿那亚小镇的法式浪漫情调，也不止于清浅的海水及洁白柔软的沙滩，也不止于野性的林克斯球场，不止于帆船帆板与冲浪，更不止于畅游海天，沿着海岸线的长跑。它的美丽是那么真切，那么细微，无时无刻不拥在你身边，让你时刻保持着美丽的心情。周身的一切，也永远以美丽和我们相应。

这是北戴河的一张金光闪闪的名片，一如那美丽的水母，虽然娇小玲珑，却占据着我们的心灵。

哭泣的流年

> 行走在老龙头脚下，海风拂乱了心弦，怎奈昔时的故事，惊起层层波澜，逆时光而来，合着思绪的节拍，冉冉升起，久在脑子里游弋，让心房止不住疼痛。惊鸿一瞥，海面，似是老龙头淌下的泪水，是老龙头割舍不掉的创伤里，哭泣的流年。

正值盛夏，所有人把目光投向海浪里的老龙头，心随着雄伟的长城起伏。

老龙头是明长城的东部入海处。万里长城，正是从这里入海。从这里开始，逶迤西去，跨越崇山峻岭，河川沙漠，直奔大西北。龙是中华民族的图腾，长城如一条巨龙入渤海，故长城之首称"老龙头"。

血色老龙头

太阳炙烤着老龙头。老龙头从海洋深处劈波斩浪，一路奔来，海面上狂浪卷起，粉碎成一堆堆白雪，犹如当年的征战，厮杀正酣，险象环生。老龙头像无畏的战神，讲述着梦一般的故事。

　　陆上长城起于一处涉海岬角，海拔20多米，随即沿着起伏的丘陵，蜿蜒北上，形势险要。西面紧挨石河口的潮河港，也就是今天的秦皇岛港口，此处大船往来，保障军需民食。站在青石垒砌的城墙上，我们的心神回到600多年前。明洪武十四年（1381年），明大将军徐达选择了这里作为长城的起点开始修筑，直到崇祯年间，整整260余年，不断修建，逐步完善。这就是现在的老龙头。它由入海石城、海神庙、靖卤台、南海口、澄海楼、宁海城和滨海长城七部分组成，是万里长城唯一集山、海、关、城于一体，明代镇守关内外，拱卫京师的海陆军事防御体系。尽管明代曾奸佞满朝，但令人肃然起敬的是，隆庆二年（1568年）至万历十一年（1583年），民族英雄戚继光担任蓟镇总兵16年，防守山海关南海到北京昌平境内1200里长城。在石城修建了长城第一道关口南海口关，第一座海上敌台靖卤台，后来又在城垣上建起了高达10米的澄海楼。传说，为防止后金骑兵趁退潮或冬季枯水季节从海上潜入，开始兴建时，戚继光动员士兵在海底反扣铁锅，用以减少海水对石城的冲击，使这座海上石城的基础非常牢固，历经海水几百年的冲刷而不毁。现在陈列的巨型条石，是当年筑入海石城用的石料，最长2.6米，重达3吨。条石边缘用铁水浇铸连在一起，这样叠上了九层，工程之巨可见一斑。

　　戚继光巡视老龙头，常在这里宿营驻扎，现存的点将台周围的空地就是当年的校军场，虽历数百年，似乎仍闪耀着刀光剑影。来到龙武营，营内碾坊、粥房、水井、牢房、粮仓、云梯、关帝庙等，再现了当年将士生活的场景。"长城连海水连天，人上飞楼百尺巅。"登上澄海楼，极目远眺，海天一色，巨浪奔涌，气吞海岳，使人心襟大开，豪情满怀。更为奇特的是，海面上风号雷吼，浊浪排空，岸上风声阵阵，木摇草伏，在登楼观海却静寂不觉，这便是名闻古今的"海亭风静"胜景的由来。

岁月磨砺出了老龙头的庄严。

明朝灭亡，清军入关，建立了关内外统一的清王朝。老龙头在军事防御上的作用削弱。在1900年之前，这里似乎只是清朝统治者去盛京祭祖往返的必经闲憩之地。尽管康熙九年（1670年）重修澄海楼，之后，清康熙、雍正、乾隆、嘉庆、道光皇帝等凭楼观海，并留下御书墨迹，也只是赞颂老龙头"天开海岳"的景色，图个龙抬头的吉祥。尤其是乾隆皇帝以《澄海楼》为题的诗就有51首。其中有七篇禁体诗联句，是乾隆皇帝与侍从及诸大臣约定写禁体诗联句，以咏海为主要内容。先且不论这些诗词的艺术成就。当年的帝王将相，做梦都想不到，他们诗情勃发，雅兴正浓时，危险已近在咫尺。他们太沉湎安逸，忘记了家国更需要远方。到了19世纪中叶，帝国主义列强虎视眈眈，老龙头一度成为列强入侵中国的桥头堡，血溅海天。

明清时期，正是波澜壮阔的海权时代，尤其到了19世纪，经略海洋，世界进入霸权时代。西方列强凭海而兴，凭海而王。明朝海务已然走在了前端，清朝历代帝王尽管都有建树，历历可数，然而经略海洋，与外族有异。而今硝烟远去，往事成旧，皆被风吹雨打去。站在海边向上望，老龙头披着血迹斑斑的战袍，掩饰着古战场遗落的焦虑和痛楚，被炽烈的太阳映成血色，却依然昂首，久久凝视大海，万里海疆久久回荡着当年杀敌的嘶鸣，一声声一阵阵，从没有停息。它的身后，清灰古朴的澄海楼上，明朝内阁大学士兼兵部尚书蓟辽督师孙承宗所题牌匾"雄襟万里"熠熠生辉，似是考问每个路人，心里是否装着万古江山？

哭泣的流年

我不愿怀旧，只因欢畅的往事，早已遥远，难舍的眷念，徒增忧伤。行走在老龙头脚下，海风拂乱了心弦，怎奈昔时的故事，惊起层层波澜，逆时光而来，合着思绪的节拍，冉冉升起，久在脑子里游弋，让心房止不住疼痛。惊鸿一瞥，海水，似是老龙头淌下的泪水，是老龙头割舍不掉的创伤里，哭泣的流年。

相传，明朝总兵吴三桂在镇守老龙头期间，因沉迷酒色，迷恋陈圆圆，不理政务，老龙头对守将们自毁长城，唏嘘不已，默默流泪，掀巨浪，扬海涛，令吴三桂无法安宁。在李自成率领农民军攻进北京时，老龙头更是施展神威，助农民军一臂之力，弥天大风，扬起沙石，卷起黄尘，帮助驱散了守城的士卒。

最真切的是，自道光二十年（1840年）始，老龙头进入一个阴郁的时光隧道。

先有英、法等国兵舰多次闯入老龙头海面，窥探情报，扰乱人心，至同治七年（1868年），老龙头饮泣三十多年，没有间断过。1900年，西方列强为镇压义和团，英、美、德、法、俄、日、意、奥等国组成八国联军，大举侵华。9月30日，英军先头部队乘"倭人号"军舰率先到达老龙头海面，迫令清廷守将郑才盛让防，英军于10月1日从老龙头登陆，占领老龙头炮台和山海关火车站。沙俄侵略军也于当日自天津抵达。第二天，八国联军的舰队从老龙头登陆后，一路烧杀抢掠，澄海楼、宁海城毁于一炬。侵略者连附近的村庄和庙宇都没有放过。老龙头炮台分别被各国占领。"天开海岳"碑从此没入海中。在晦暗日子里，老龙头悲伤地恸哭，泪水何曾止歇。1901年，丧权辱国的《辛丑条约》履约后，山海关城南至渤海海岸，老龙头的血泊边，英、法、德、意、日、俄等国长期霸占了六个营盘。英国营盘占据了整个宁海城，后来还合并了原德国营盘和印度营盘，成为占地最大的营盘。日本营盘建在老龙头北3公里许的"四炮台"处，始建于1902年，驻军直到1945年9月日本投降才撤走，是侵占时间最长的外国营盘。其中在"九一八"事变和榆关抗战后，山海关沦陷于侵华日军之手，日本营盘还成为关押抗日志士和残害群众的魔窟。

在老龙头最痛苦的日子里，八国联军在此建兵营、盖洋楼、修水牢、架铁炮、设监狱。意大利兵到海上游泳，要经过英国营盘，英国士兵不让过，意大利兵就拆墙，把长城挖了一个大窟窿，这样到海滩就很近了。创伤的剧痛和强烈的不安，让老龙头蜷伏着，欲入海擒蛟，却无振臂之力，想回岸杀敌，淌血的身躯已深陷强虏营盘，披着沉重的枷锁，老龙头只有悲凄地哭泣。好久好久，那撕心裂肺的哭声，一声声一串串，似滚雷在天地间炸响，久久回旋。

往事漫卷，总是撞疼我们的心灵，让记忆的影像越来越清晰。太阳火辣辣的，晒得真切。老龙头支离破碎的伤痛，更让我们牵念。岁月流转，那哭泣的流年，仿佛一个个漫长而痛苦的梦，一觉醒来，依然只留遍体鳞伤，隐隐作痛，直往心窝里钻去。

浪潮的歌谣

入夜，天空星辰闪烁。不知是谁在海滩上点燃篝火，映亮了沙滩，勾勒出六国营盘幽幽魅影。熊熊火焰不屈不挠啃噬着夜色，吞没了黑暗，也吞并了所有的苦难与辉煌。火光中闪现着老龙头的身姿，老龙头质朴而厚重的影子被映得悠长悠长，一如它不堪回首的蹉跎岁月。一群来开展社会实践的青年学生手拉手，围着篝火跳起欢快舞蹈，嘹亮的歌声划破海空。老龙头豢养的记忆撕裂浪潮，奏出清晰的和声，回响在海湾，久不散去。

在明清近600年的变迁中，老龙头书写了一部阅尽沧桑的历史。

然而，真正恢复和迸发出活力却是在1948年11月27日后。这一天，人民解放军入关，老龙头带着复兴的梦想回到人民的怀抱。

显然，老龙头作为屯兵要塞，新时期，在军事战略上早已完成使命。1961年3月4日，包括老龙头在内的"万里长城—山海关"被国务院确定为全国第一批重点文物保护单位。从1985年开始，历时8年的修复工程，修旧如旧，还原老龙头的历史面貌。整个工程修复滨海长城，复原铁门关，发掘"圈城"城堡遗址，修复入海石城、靖虏一号敌台、敌楼、南海口关、"天开海岳"碑楼，修复宁海城和海神庙等，还原了老龙头作为长城巨龙之首的威武雄姿，万里长城再现辉煌。现在，显功祠内供奉着在山海关和老龙头的历史上起过重要作用的明清文臣武将，一方面增添了老龙头的文化内涵，另一方面也在教育后人，历史创造了无数英雄。

自老龙头烽烟不再，七十多年过去了，那些遭受到惨痛折磨的亲历者多已作古。而后人对历史的解读，往往凭借着遗迹。无论何时，老龙头都昂首海天，勇猛搏击着风浪，浪潮追慕着它的流风遗韵，掩饰了仇恨的漩涡，永不疲倦地吟唱着一路搏击的歌谣。

久望白塔

> 湖中绽放的花瓣,一片片轻盈地掉落水面上,舞出大大小小的水晕,一圈一圈地散开,逗得锦鲤跳跃。

"让我们荡起双桨……",听到这首熟悉的旋律,让人依稀记起北海碧波荡漾的湖水中倒映的幢幢塔影。白塔,孩提时代的印记和那份向往,久刻在脑中,历岁月沧桑,依然挥之不去。孙女小米三岁多了,听到我们说起,竟手之舞之,足之蹈之,神采飞扬。

夏日早上,我们决计全家一起去北海公园,看看那久久想念的白塔。从北门一进园,远远就望见巍峨矗立的白塔,通体洁白,像一个嵌在山巅上的白玉瓶。导游详细介绍,白塔建于清初顺治八年(1651年),是一座藏式喇嘛塔,塔高35.9米,上圆下方,富有变化,为须弥山座式,塔顶设有宝盖、宝顶,并装饰有日、月及火焰花纹,以表示"佛法"像日、月那样光芒四射,永照大地。在山下远远就望得见,塔顶那镏金的宝盖上挂着十八个小巧的铜铃,轻风拂过,悦耳的铃声便传得很远很远。

白塔是北海的象征,也是北京有名的地标建筑。沿着古木参天的石道往白塔走去,不久就到了西湖。时值七月,荷花盛开,那不同姿态的荷花与荷叶前后交错，顾盼掩映，明暗相辅，优美和谐地融合在一个清丽芳馨的世界里。无数漂亮的锦鲤穿梭其中，荡起一团团水花，诱得满湖的游人笑声不止，直传到老远的外街上去，水里的塔影也随细波碧水摇碎了，散落在湖水里。穿过永安桥上"积翠"和"堆云"两座石牌坊，便到了琼华岛上的永安寺，我们跟随导游，向着白塔顶上悦耳的铃声拾级而上，顷刻便到了塔底。白塔自建成以后进行过多次修缮，清康熙十八年（1679年）夏历七月二十八日，北京发生地震，白塔被震毁。《清史编年》中记载："七月二十八，巳时至酉时，京师大地震，声如雷，白昼晦暝，势如涛，顺德、德胜、海迨、彰义等城门被震倒，城墙塌毁甚多，宫殿、官廨、民居十倒七八。二十九、三十日又大震，通州、良乡等城墙俱陷，裂地成渠，流出黄黑水及黑气。"这次地震两年后，重修白塔，康熙二十一年（1682年）重修完成，并在琼华岛的东南山腰处立碑纪念。

北海的这处佛碑，七面为线雕佛像，一面为碑记。依据碑文记载，碑上所雕系乾隆皇帝仿六世班禅所献"七佛番轴"而成。其所谓七佛，是指毗婆尸佛、尸弃佛、毗舍浮佛、拘留孙佛、拘纳含牟尼佛、迦叶佛及释迦牟尼佛。碑面呈长方形，有边框，上下雕双龙戏珠，左右为单龙戏珠。内框之上框为七珍，左右框为八宝。框内上部正中为一佛，居莲座。佛左右为二神足像，下方近底框处，为佛之父母及二侍者像。如第七幅释迦牟尼佛之佛偈谓："法本法无法，无法法亦法，今付无法时，法法何曾法。"

北海植荷历史悠久。导游如数家珍地说道，北海地区在唐朝为幽州城东北郊礼贤乡龙道村一带，附近居民利用这一地区湖泊多的特点，辟治水田，种稻植荷。金代开浚湖泊，逐渐形成一个风景区，称为白莲潭。白莲潭中广植莲花，池中养有鱼鸟，晨曦射波，池光映天，绿荷含香，鱼鸟中游，又有舟夹在中间，随处是一幅精致的水墨卷轴。由此看来，北海池中种莲，已然从唐代就开始了。随着金代皇室活动的日益频繁，北海已是帝王们的游乐离宫。"至大二年（1390年）仲秋之夜，武宗与诸嫔妃泛舟于禁苑太液池中……彩帛结成采菱采莲之舟。轻快便捷，往来如水。"白塔下诱人的景致向我们述说着自己的前世今生，别有况味。令人遥想当年皇家荡舟赏荷、游戏湖中的胜景。

相传盛清时期乾隆皇帝曾经根据佛教故事，为母亲孝圣宪皇后八十寿辰打造一艘荷花船作为贺礼，取荷花吉祥如意、安康幸福、美满和谐、和美喜庆寓意。现在，见此满目荷叶田田，花朵婀娜，满湖馥郁的花香叫人久久不忍离去，孙女小米再也忍不住了，非得要去西湖边乘坐那漂亮的荷花船。于是我们也乐得分享。全家租了一条船，左晃右荡漫游在波光粼粼的太液池上，沿岸的廊桥石碑、怪石奇洞等诸多的文物，为我们展陈着一段皇家园林史，也是深藏着的朝代更迭史。湖中绽放的花瓣，一片片轻盈地掉落水面上，舞出大大小小的水晕，一圈一圈地散开，逗得锦鲤跳跃。赏着近处的荷花，对面的荷叶底下，却忽然有成群的野鸭划开碧波，引来远处孩童们嘹亮的歌声。小米兴奋了，情不自禁跟着拍掌叫好，哼唱起来。此时此景，不禁让人想起，新中国一代代孩子正是从历史的烟云中走来，踏着这甜美的歌声，投入中华民族复兴的征程，奋发图强，生生不息，换来了今天的美好生活。

北海四周高大的垂柳掩映着的宫殿庙宇，亭台楼阁，笙簧盈座，别有幽情。依山之榭，临水之轩，都隐迹于苍松翠柏和绿树鲜花里。娇花照水，细柳扶风，湖光塔影，倍添韵致。

依依不舍地下船上了码头，穿过密密的古松林，北海九龙壁就露出了它那神秘的面孔。九龙壁像是一堵用七彩的琉璃瓦砌成的墙。它是全国唯一一座双面有龙的壁画。站在九龙壁下，人显得那么渺小。在壁下沉思，不禁想起爱新觉罗·溥杰的几句诗来："白塔耸云悬曲径，画廊环月枕漪流。缅怀五代余轮奂，兹快平生豁眼眸。指顾酒帘偏引兴，临风高踞醉琼瓯。""隔尘入胜别天地，继续蝉吟日正长。环簇翠苍巍玉塔，镜涵漪潋引雕廊。桥分柳岸浓秋色，人棹荷风浥晚凉。最动客情看不足，九龙蟠壁萃琳琅。"诗人对皇家园林的眷恋，对帝王基业势崩的慨惋，对文化的咏赞力透纸背。

离开北海时，孩子们的歌声还在耳畔。久久回望，白塔摇着远古的铃铛，从厚重的历史中信步走来，又与我们渐行渐远。铃声牵连着一串串历史，缀满了故事，也连着孩子们欢快的歌声，使北海神秘而质朴，犹如那荷叶间晶莹剔透的露珠，清亮而又新鲜，永远散发着诱人的芬芳。

宝岛流连

> 对宝岛台湾魂牵梦萦的思念，是轻轻的忧愁，是沉沉的牵挂，是幸福的憧憬与期待。

"天长路远魂飞苦，梦魂不到关山难，长相思，摧心肝。"少小时读李白诗句，初知思念苦。

仲夏时节，我随市经贸代表团赴台湾考察，根据双方协定安排，有机会饱览岛上秀美山川和人文故旧。畅游相思风景，心若飞絮，感慨系之。归来有些时日了，因琐事累迭，难以脱身，无暇他顾，却时时想起宝岛春风十里，看不够的姹紫嫣红，望不尽的锦绣画廊，每每怦然心动，忘不了，挥不去。脑子里总闪现着返家的航班跨越海峡的那一刻，我倚在舷窗，轻轻一瞥，白云底下，是宝岛躺在太平洋万顷碧涛中的旖旎剪影。淡淡的惆怅潜滋暗长，四处流窜。那一刻我也知道，我的转身，不仅是对匆匆会面的道别，对同胞的深深祝福，还是对日月潭、阿里山和美丽海岸线娇秀容颜的眷顾，更有对时尚的台北、繁忙的高雄早日再见的期盼。云海苍茫，我沉浸在那心灵悸动的思绪里。我更明白，这种对宝岛台湾魂牵梦萦的思念，是轻轻的忧愁，是沉沉的牵挂，是幸福的憧憬与期待。

大厦堆满时尚

台北给我的第一印象，是神秘、浪漫、美丽之中宣泄的时尚。

那天，我们到达台北已是晚饭时分。在餐馆吃的第一餐饭竟和家里的口味差不多，煎鲷鱼、炸辣椒、萝卜炖肉骨汤，还有蒸鸡蛋、素炒蔬菜等等，简直就是自家餐桌上的味道复制。大家本来担心在台吃不惯饮食，此刻一下就放心了。一餐晚饭，让我们融入台湾百姓的生活，心底多年生成的神秘，立时淡去许多。

在宾馆安顿好后，我们登上等候的旅巴，在街灯陪伴下直奔台北101大楼。街头往来疾驶的车辆，车灯闪烁，鱼龙乱舞。高达508米的大厦在建成时，高度居世界第一位。地下四层设有时尚的国际名牌店，还有岛上最大的外文书店。在八九十层高处，设有观景餐厅和观景台。每年除夕夜举办的高空焰火表演，在电视上我们多次见过，印象很深。但建造大楼的许多秘密，却从来没有听说过。比如台湾岛位于西太平洋地震带，每年发生地震多达200多次，其中有感地震也有30多次。建造大楼首先要解决的问题就是如何抗震。建设者在大楼上、中、下三个关节点上，分别设置一个重达660吨的大铁球，用粗大的钢缆牵引托住。一旦发生大地震，这三个大铁球会起缓冲与稳定作用，大大减轻地震波冲击，使大楼安然屹立在城市的风景线中央。101大楼能抗十级地震，是一位名字叫李祖原的著名建筑师设计的。

乘世界最快电梯仅用37秒钟就到了观景的89层。步出电梯，夜幕下流光溢彩、繁华热闹的台北夜景尽收眼底。环视云汉繁星，俯瞰永不疲倦的万家灯火，犹如醉后不知天在水，满船清梦压星河。难以言喻的浪漫，让人沉醉。大家争相拍摄，不放过每个精彩角度和璀璨的瞬间。我们被大楼每个观察点呈现的画面和台北城市建设者的聪明才智折服。在楼上，与智慧对视，血与汗的结晶是大楼最绚烂的装饰。与艺术的杰作缠绵缱绻，我们听见金属撞击的铮铮骨音在楼道回响，奏鸣出最嘹亮的和弦，那便是时尚的科学精神。

四处写着怀旧

怀旧的情愫在台北四处涌动。这一点，每条大街小巷，每处景点铺面，都毫不遮掩。

一大早，顶着淅淅沥沥的小雨到台北中山纪念馆参观。位于光复南路、仁爱路、逸仙路、忠孝东路环绕地带的纪念馆，四周有供市民活动的中山公园。纪念馆落成于1972年，采用中国宫殿式建筑造型，巍峨宏伟不见雕琢之气，是岛内重要文艺活动及大型演讲、展览的场所。纪念馆的大会堂可容纳观众3000人，很多全岛性的音乐、舞蹈、戏剧等活动都在这里举行，包括一年一度的台湾电影金马奖颁奖典礼。藏书30万册的孙逸仙博士图书馆，收藏有孙中山先生的相关研究、著述丛书等。

台北故宫博物院，是此次参观的重点。

台北故宫博物院择址外双溪，占地20亩，启建于1962年，于1965年孙中山先生诞辰纪念日正式落成。整座建筑仿北京故宫博物院的形式，分为四层，典雅瑰丽。正院的平面图采用了梅花形，分成五个大厅。第一层分别是讲演厅、办公室、图书馆；第二层是展览室、大厅及画廊，八间展览室陈列铜器、瓷器、侯家庄基园模型及墓中出土文物；第三层则陈列书画及玉器、法器、雕刻及图书、文献、碑帖与织绣等；第四层是各种专题研究室。历代帝王，尤其是明清两代皇家典藏中的"细软"、珠宝、陶瓷、字画等成千累万。宫中藏品有65.5万多件。由于不断接受捐赠与购藏，藏品每年都在增多，其中以陶瓷、书画、青铜器最为完备。此外，还有玉器、漆器、多宝格珐琅器、文具、雕刻、织绣、善本图书及满汉生活状况档案文献，品类多而精致。因为是循环展览，所以观众每次来看到的珍宝都不一样。三楼的翠玉白菜、肉形石堪称镇馆之宝。玉，一直是浸淫着华夏子孙精神品格的宝物，古人云："宁为玉碎，不为瓦全"，那绵长的力量，锤炼着世世代代中国人的气节骨血，从而使这种民族精神于世俗生活中得以升华。在台北故宫博物院，我读到了这种精神，更感受到了台湾永怀回归、各色文物合璧还巢的潮动心律。

  这让我很快想到了北京故宫。那巍然屹立的金碧辉煌紫禁城，珍藏着的中国历代帝王苦心积聚的巨型艺术珍宝，是中华民族五千年文明史的缩影。考证历史，台湾从未有帝王，更没有帝王建都史。而台北故宫博物院，之所以有"故宫"二字，正是当年蒋介石及其跟随者对祖国的思念，对故都的牵怀，便依样筑就，缓释思旧之苦，也慰大众怀旧情结。现在，这种怀旧已深入到每个同胞的骨髓。

  北京故宫的三希堂是乾隆御赏名画名帖的书房，"三希堂"匾额还是乾隆御笔亲题。乾隆皇帝得到了王珣的《伯远帖》、王羲之的《快雪时晴帖》和王献之的《中秋帖》后十分高兴，珍藏在三希堂。三帖中《快雪时晴帖》现收藏在台北故宫博物院，另两帖则藏于北京故宫。台北故宫博物院的三希堂古典茶座，内部格局仿清乾隆皇帝的养心殿而设，除了展示王羲之的名迹，四根梁上还挂着唐朝陆羽《茶经》局部放大照片，令人怀想。

遇见台风

从台北双溪别墅驱车到阳明山，满目郁郁葱葱。阳明山原名草山，蒋介石曾在这里居住，认为"草山"之名有落草为寇的意味，于是将它改为阳明山。大家在林间小道上徜徉，细细品味那渐行渐远的历史，物是人非，聊发许多感叹。

下午抵达野柳时，正遇"梅花"台风即将来袭。兴许是出于安全的原因，不见游客，但一到海滩，我们就被野柳鬼斧神工的蘑菇礁石吸引了。大家久久抚摸着女王头，慨叹大自然的造化。同行的女伴和大家一一合影留念，把每个人快乐聪敏的细胞激活，海滩上爆出阵阵掌声和戏谑的欢笑声，淹没了冲击岩石怒吼的海涛声。

就在我们环顾四周，不忍离去时，突然广播声起，提醒大潮来了，快躲远点。我们拔腿向岸边高处跑，回头时，只见一望无垠的海面变了颜色，湛蓝的海水不见了踪影，一匹巨大的白绫被风吹裹着，铺陈到天际。那腾起的雪白的浪花更是一片高过一片，你追我逐，互不相让，涌到海岸礁石上，被撕得粉碎，溅起冲天的雪沫。海潮不断啃噬海岸，发出震天的喊叫，把我们吓得远离。然而离开时，回望海面，那白绫却不见了。浪涛涌动着，万顷洋面，一忽儿深蓝，一忽儿泛黄，并不时把一片片巨大无比的雪浪弹挟其中，淹没了我们海边的笑声。整个海面变成千军万马厮杀的魔幻舞台，令人瞠目结舌。

没料到我们会和台风不期而遇。台风"梅花"的到来，不经意间为野柳平添了神韵，我暗自庆幸来得正当时。

深山锁不住艳丽

日和月一同出现在一个潭里，我心里一直想弄清这个究竟。

从台中驱车一个多小时，我们面前展开一幅幅绝美的水墨画，令人如痴如醉。在渔人码头边，导游阿吉告诉我们，日月潭到了。这里位于台湾岛中央的南投县境内，处玉山之北，能高山之南，被海拔2400米的水社大山、大尖山等环绕着。湖面海拔760米，平均深度约40米，是台湾唯一的高山天然湖泊。

在渔人码头放眼望去，清凌凌的湖水不染一丝尘埃，被湖中的小岛和四围山岚映衬得如一个水晶体般透明，宁静的水面不时掠过的游艇，犁开浪花，惊得湖面水珠四溅、波光潋滟，岚影幢幢。太阳欲洒未出，光华岛上，宝塔的倒影在水中摇曳多姿。当一幅天然的美景以自身的意志力让画师打磨成精致的卷轴时，她的光芒便永久晶莹剔透，惊艳时空，闪亮在所有寂寞里。日月潭被称为台湾仙境，"海外别一洞天"，作为台湾的标志，源自绝美的天然艳丽。

神仙之事不可知。但是乘游艇巡弋在梦幻般的湖面，我看到了神鹿，就在潭心岛上，一个石头雕琢的图腾，自由的奔跑中透出灵性。神鹿和日月潭最初的历史紧密相连。相传300年前，嘉义县有40个邵人山胞集体出猎，发现一只白鹿蹿向西北，于是尾随追踪。追了六天六夜后，面前豁然开朗，只见千峰万壑的重重围拥之中，一泓湖水在晴日下闪耀着光芒,就像纯洁的婴儿偎依在母亲怀中酣睡。水中林木茂密的圆形小岛,把湖水分为两半,一半圆如太阳,其水赤色;一半曲如新月,其水澄碧。日月潭也自此得名。山胞们发现这里水足土沃,森林茂密,宜耕宜狩,于是决定全社迁居此地,繁衍生息,直到今天。从早到晚、从春夏到秋冬,无论是风和日丽或烟雨迷蒙,日月潭浑然天成的风姿,各种气候里的不同景致,总给游人带来不同的感受。遗憾的是,我们待的时间太短,无法感受日月潭阳光普照的清爽和夜晚的清幽浪漫。

我们下了船,走进日月潭的街市,这里有许多卖当地特产的小卖店,但店家并不揽客叫卖,而是用热情的目光和笑意来招呼大家。街市最大的邵人会馆里,邵人姑娘为我们跳起了邵人狩猎和祭祀典礼上的舞蹈,让人领略到邵人文化的魅力,也赋予了日月潭山水之美更醇厚的精神内涵,逗得游人更想把周遭的文武庙、玄光寺、涵碧楼、慈恩塔、孔雀园等名胜蕴藏的人文真谛弄个明白。

因潭北岸地势较高,险崖陡峻,观景极佳,我们在文武庙的时间略多一点。文武庙是将孔子与关羽合供的庙宇,这在大陆无一先例,堪称独创。在山麓下仰首眺望,文武庙金黄色的琉璃瓦,在阳光下熠熠生辉,炫人眼目,透出与帝王同尊的庄严。向下俯瞰,满目高低起伏的山峦,犹如翡翠般,而群山合抱的日月潭就像一颗耀眼的珍珠,把群山映得神采飞扬,芳艳无比。日月潭真是凡仙合璧?让人不能相信自己。

怡人的森林浴

《阿里山的姑娘》传唱好多年,既没见过阿里山,也没见过如画的姑娘，令人常怀向往。

地处嘉义县境内的阿里山，是大武峦山、尖山、祝山、塔山等十八座山的总称，东面靠近位于嘉义县境内台湾最高峰的玉山。阿里山属于玉山山脉支脉，海拔2600米以上，森林游乐区面积1400公顷。

山区从亚热带的阔叶林到寒带的针叶林，资源丰富，景观多元。森林、云海、日出、晚霞和高山铁路号称五大奇观。

我们来时，正遇上森林铁路修整，小火车停开了，不免有些遗憾。事不凑巧，自阿里山宾馆登山时，天上又洒下零星小雨，未能见到日出，因午餐后要下山，赏晚霞也可能只有凭个人想象了。我们在蛮荒的树林中郁郁迂回穿行，到达阿里山主峰。但见云海茫茫，瞬息万变，时而像连绵起伏的冰峰，从山谷中舒展，时而像波涛汹涌的大海，从天外滚滚而来。整个山坡上的林木像牛乳洗过，又像披着层薄薄的蕾丝，山和树都要飘了起来。难怪阿里山的云海是"台湾八景"之一。

沿着长约600米的"阿里山巨木群栈道"而下，大家被阿里山森林中特有的"五木"：红桧、台湾杉、铁杉、扁柏和小姬松吸引了。烟雨朦胧，万木湿漉，没有鸟欢，没有虫鸣，阿里山静谧得没有一丝声息，仿佛与山外的纷扰世界完全隔绝。细细品味山道旁射干菖蒲散发的清香，潺潺小溪两岸海芋、金钱薄荷那馥郁的气息，寻找着菊塘草间隐现的扶桑花火辣连连的倩影，心旷神怡。那含风挹露，晨景初出的山花把整个阿里山染得芬芳四溢，走几脚就要猛吸几口，感觉甜润，沁人心脾。

就在我们要登上一处高岸时，忽见天似放晴，依稀露出几缕阳光，在朗朗的山路间，几只美丽的冠羽画眉拍翅振羽，翘首喳喳而过，一刹那，林间百鸟齐鸣，久久应和，引得游人驻足择石追寻，爆出阵阵笑声。爬了一个多小时的山，大家把倦累全忘了，林海的神奇融化了登山的疲惫。我们迷醉在花的原野里，在群鸟的天堂里，在万木的王国里。坐不了火车，赏不到晚霞，但在阿里山最热情的时节独享了怡人的森林浴，好不惬意。原来人生古难全，上天的赐予总会让心灵的欲望找到意外的归宿。

红桧林里藏泪痕

　　红桧是台湾名贵珍稀树种，木质坚硬，千年不朽，而且散发出奇异的芳香。用红桧制作的家具异常珍贵。奇特的是，一些红桧树根上，长出三代树木，被称为"三代木"。经考证，原来在地上的古老树根是树龄1500年以上的第一代，它枯死后经过数百年，一颗种子偶尔飘落其上，借枯树的养分，又生长第二代。二代木根老壳腐朽后，经过数百年又生出第三代。于是，我们都盼着一睹这棵枯而复荣，长得枝叶繁茂的红桧。更盼着能见到两株、三株、四株树长在一起的特有景观，这种奇树当地人称之为"两妯娌""三兄弟"和"四姊妹"。

　　攀爬在阿里山林海中，没多久，但见如虬如蟒、盘根错节的参天古树，千姿百态，古风披身。一棵粗壮硬朗、直插云霄的红桧闪入眼帘，红褐色的树皮呈条片状纵裂开来。大树冷峻威严，昂首挺立，它的胸围达12.3米，树高45米，树龄约2300年。这棵森林中的巨无霸就是"阿里山香林神木"。神木不远处，有一树形铁塔，大家不知何物，走近细看铭文，听导游介绍，才知是日本伐木军人建造的"树灵塔"。原来，日本人殖民统治台湾期间，觉得桧木坚硬，可做铁路的枕木，便组织兵士砍伐，许多古木被毁，除了修铁路，还被运到日本建造庙宇等。不久，不知何因，不少士兵感染瘟疫死去。小鬼子惶恐不安，都认为古树有灵，得罪了树仙，因而建此铁树塔谢罪。这也是神木得以保存之原因。不是所有旅行的记忆都阳光灿烂自带光环，常常被记住的反而是一些痛楚，甚至沉重的回忆。现在，阿里山上还留有许多大大小小的红桧树根，仿佛久抹不去的泪痕，向今天的人们诉说着那段悲惨的历史。但多少年来，红桧林隐风匿云、藏雷蕴闪、含雨酿雪，演绎着阿里山的四季，把迷茫、凶险、幽深、蛮野、沉悠的气韵化作阵阵松涛，翻卷起雄壮大山的滔滔激情，迎送着来往游人。

　　一路缓行，峰回路转。眼前骤然一亮，高山低洼处出现两泓水潭，犹如山间两面明镜，清澈透亮，镶嵌在青山绿树之中。它们叫"姊妹潭"，传说曾有姊妹俩爱上了同一个小伙子，结果如何选择？亲情不愿伤害，爱情难割难舍。最后，姊妹俩一起在此投水殉情而亡，造化出两面翡翠一样明净的碧湖，两位女子的灵魂也变成了一对守护阿里山的爱情仙子。导游阿吉还给我们讲述了许多关于阿里山古树的传说，例如"永结同心""猪八戒背媳妇"等等，估摸都是山里人根据树的形象编造出的爱情故事，寄托自己美好的情感罢了。大家面面相视，无不动容。

　　阴雨天漫步山中，云的涌流是日出的序曲，日出则是阿里山的高潮。待我们返回阿里山宾馆，草草吃了中饭，将要登车返程时，太阳吐出灼人的火焰，把万千峰岩和林海百花概揽怀中，以一层炫目的油彩把阿里山艳野、厚重、大气和雄伟映得五彩斑斓。山峦更灵动起来，露出留人的意蕴。我们憧憬着，今天的晚霞和落日将是何等的艳丽与辉煌。尽管念念不忘，毕竟我们行程已定，再美的景致也只能留给自己猜想和眷恋。

回味中的高雄

人之相思，很多来自脑子和舌尖上记忆的味道。

在高雄第一站是参观打狗英国领事馆。坐落在西子湾万寿山上的这个旧址，馆体花栏石雕、圆拱造型、风格别样，全是文艺复兴时代的建筑风格。馆内设备齐全，有文化厅、建设厅、洋行厅等，收藏着丰富的艺术珍品。登上万寿山头，可看到忠烈祠。在此远望高雄港，海天一色，货运航船，来往频频，笛声阵阵，港口一片繁忙景象。

不过，高雄真正的模样，是我们从夜市中品味出来的。傍晚时分，我们从万寿山下来，穿过高雄港和一条条整洁漂亮的街道，来到了全台湾最负盛名的六合夜市。据说让很多人憧憬的宝岛，其最吸引人的不是风景名胜，也不是当地的风土人情，而是最让台湾人引以为傲的小吃美食。蚵仔煎、棺材板、鱼蛋和卤肉饭……，来之前我对台湾这些地道小吃早已耳熟能详。

我们迫不及待奔走在夜市里，感觉整个高雄就是一席醇羹佳酿。狭窄的街道两旁，尽是美食香和吆喝声，我们却不知从何下口。看见一块签有马英九、连战等大名的郑记木瓜牛乳的招牌，好奇停下来，跟着排起长龙，一人买了一杯木瓜牛乳，在街头边逛边饮。一口进肚，台湾木瓜的醇香滑嫩和着淡淡青草芬芳的乳汁诱发了食欲。我们紧锣密鼓地逛，领受一些稀奇古怪的小吃风味，品尝到的仿佛就是一种久违了的朋友情义。鲜嫩爽滑的鱿鱼羹看起来极为普通，吃进嘴里则是别有风味，香浓的汤汁伴随着韧劲十足的鱿鱼下肚，又一人要了份肉羹、龙凤腿。食量再强的人来到夜市，也只能吃到冰山一角，腆着肚子放眼望去，还有太多小吃来不及一一品尝，只好一边回味留在口中的阵阵余香，一边盘算着下次再战六合。往回走时，我还带了一大包鸭头鸭脖，给大家下酒。

高雄有华丽的高楼，流光溢彩的街道，还有世界一流的音乐厅，琳琅满目的时髦商场，但是比起六合夜市的小吃来，都黯然失色。无他，民以食为天，食以味为美。独特的风味，是六合夜市历久不衰的根本。我也知道了，为什么好多街市商铺，尽管装潢华丽，大气非凡，在商贾争霸中，一朝倒下，难以复活，而六合小吃却久久地植根大众口里心里。夜市，让人看到了一个城市生命力蠕动的缩影。

思念化成巨浪

"落红不是无情物，化作春泥更护花。"我忽然想到龚自珍的诗句。往回走，每个人都很难割舍那些远离祖国，背井离乡的孤魂。

越过台湾岛最南端的鹅銮鼻，在垦丁公园几处景点稍作停留，我们沿着太平洋东海岸线漂亮的滨海公路行进，远处的兰屿、绿岛，一如静静的椰子树叶飘落海面上。台湾东部诗情画意的海岛风光，令人流连。到达台东县中部北回归线坐标，这里有一座纪念塔，拾级爬上汉白玉石的塔基，极目远眺，烟波浩瀚的太平洋把欢腾的浪潮有节奏地打在海岸狰狞的礁石上，落下一堆堆雪白浪花，而映照着的正是如血的火红朝阳。北回归线坐标后边，则是那些"外省军人"墓碑。"人言落日是天涯，望极天涯不见家。"这座纪念塔，仿佛是专门为他们而立，望北回归，显得格外庄严肃穆。大家照完相，不约而同地向山上挥手致意，告慰那些墓碑后思乡的眼睛。

夕阳西下的时光,在沿海公路上疾驶。远水斜晖,帆影幢幢,摇曳着郑和当年蔚蓝色的梦。海涛声声,椰子树婆娑的倒影也随着太阳西斜,越来越多,越来越浓密。不知不觉间,车子已到了花莲境内。花莲是台湾面积最大的县,35万人口,3000多平方公里面积。美丽的花莲溪水,清澈湍急,波涛滚滚,涌动在蜿蜒起伏的中央山脉间。

太鲁阁是花莲的名片,最牵动大陆游客的心。看一下台湾地形图就知道,从北到南绵亘的中央山脉,是台湾东部和西部的屏障。20世纪50年代末,台湾发起的十大经济建设工程点燃了中央山脉凿岩穿山的炮声。一万多荣民老兵和当地民工组成筑路大军,耗时三年八个月,掏空中央山脉,建成了中横公路为主的东部公路网。还有沿海的西部高速公路,东部沿海公路等。而中横公路桥多、涵洞隧道多,据说3000米以上长度的就有800多座。花莲这段,是太鲁阁人世居的地方。

最令人揪心的是,中横公路不仅是条沟通东西南北的战略公路,也是条血汗路。当年来到台湾的大陆各省军人,因人数众多,在当地娶亲安家异常困难,希望回家,但天长路远,关山阻隔。"天涯地角有穷时,只有相思无尽处。"他们流汗出力修公路,身心早已化作春泥,至死不渝。我们伫立在太鲁阁一处水库边,眺望不远处为纪念修路牺牲的218位老兵而建的长春寺,思绪万千。当年,国民党败退台湾岛,成千上万的士兵登上宝岛后,把热汗热血洒遍宝岛的每个角落,把对家乡故土和亲人思念的泪水永远洒在了太平洋,化作期盼海峡两岸统一的滔滔巨浪,撕肝裂胆,这滚滚涛声亦如一支安魂曲,日夜呼唤追寻着亲人的音容。一直以来,这滔滔巨浪不断吞噬着"台独"喧嚣,撕碎各种形式的"台独"妄想。多少人誓不娶亲,魂魄相守。长春寺上头,幻化出的阴山，抑或是上天被他们感动了，慈悲赐予。花莲的少数民族同胞、汉人、客家人、大陈人，很和睦，从不闹事。台湾少数民族感念老兵的恩德，从不参加"台独"活动，大家都冀盼着祖国早日统一，实现团圆梦想。这些留给我们很深的印象。

同胞的血肉情怀

在台湾短暂的日子里，无论是洽谈研讨，还是观光游览，最难忘血肉相连的同胞情义。

我简直有点不相信，导游阿吉会用那样真实的家庭生活画面震撼我们。阿吉全名苏俊吉，是台湾交通部门的一名职员。他生性爽直，又很达观，做两岸交流工作多年，练就了一颗火热的心。这一点，从他到桃园国际机场接机起，我们就感受到了。那天，我们游完了阿里山，在嘉义赶往高雄的车上，他主动说起了他的身世和他的家庭。阿吉一家六口，住在台北，父母亲几年前退休后一直和他住一起。而当说起他的老婆和两个孩子时，顿时眉飞色舞，得意起来。他的老婆是个金发碧眼的欧洲美女，是他多年前在比利时工作期间认识并结婚后带回台北的。老婆给他生了两个男孩。说着他打开视频，深情地为我们介绍漂亮的妻子和家庭的每个成员。说起才三个月大的小儿子时，他的眼里闪着泪光，关掉了视频。每个人都屏住呼吸听着，他有些沙哑的声音说，世上母亲是最伟大的，儿女分隔再远，心也总是和母亲连在一起的。他放下话筒，重新打开电视时，画面显示，这是台大医院的产房，一张洁白的产床上，他美丽的妻子和刚出生的婴儿连着脐带，婴儿的身上布满血丝，母子安详地躺着，脸上荡漾着幸福。这是小儿子，现在已3个月大了。阿吉说，其实大陆和台湾也像连着脐带的母子，永远也不能分开。车上立时爆发出雷鸣般的掌声，久不停息。

　　大家祈祷，祖国统一，繁荣昌盛，同胞团圆，早日实现。之后，你一言我一语，邀请阿吉到家乡做客，为他的家庭祝福，一路欢声笑语。

　　须臾见面，顷刻分离，心里阵阵酸楚。

　　最后一晚在台北住都大酒店，怎么也睡不了。我们聊了一通宵，从古到今，从来到回，天南海北，一点也不觉得疲乏。清晨四点多钟，和台方负责接待的工作人员同时起床，早早赶到大堂里，大家在室内穿堂一处假山飞瀑边摆开阵势，拍照留影，忙个不停，都忘了吃早点，之后还要赶飞机。然而，当汽车缓缓驶离酒店，望着车窗外那样亲切又忽而变得模糊起来的美丽台北一步步远去，陡然想起明朝俞彦《长相思·折花枝》的句子，"怕相思，已相思，轮到相思没处辞，眉间露一丝"。每个人神情凝重，相思涌起，不说话，挥舞双手，作难言的离别。

第五辑

潮湿语丝

　　文化海洋里的雄文翰墨，虽高邃古涩，却包孕深远，蔚为潮流，以思想洞照世界。追慕古今圣贤，掩卷沉吟，深究其文脉，或风流蕴藉，或落拓不羁，或澄静缄默。欲一次次穿越，获取旋开思想之门的钥匙，而今皓首穷经才发现，自己被一步一步引到了艺术高地的门口。为了不坠夸父逐日，临近太阳时被烧死的窠臼，我沐浴在璀璨光芒中，穷途跋涉，与先哲圣贤对语，直面人情世故里的沉疴宿疾，拾掇起那些被潮流打湿的遗韵。

水中人影

> 影子是我们永生的旅伴，闭了眼也能看得清清楚楚。一人照影，光芒四射；众影齐映，百感交集。

游泳奇才迈克尔·菲尔普斯坐在游泳池边，脖子上挂满了金牌，他手拿一块，用牙轻咬，水中映着他高顾的身影，一份得意，无限荣光。这个镜头被世界各大电视台制作成了体育栏目的片花，反复播放。菲尔普斯让生命燃烧，璀璨夺目的影子里，分明就印着他的永不言弃，顽强拼搏，印着他独特创新的熬炼。巨星伟大的奥运精神，是生生不息的体育之魂，它哺育着一代一代的生命。水中的影子是画像，因濡养了品质的光芒，才是活的。品质是人的灵魂，就像擎天巨柱，永远撑起我们的人生蓝天。

每天早晨，我都和朋友去沅江边或清水湖中游泳，无论是开始，还是结束，站在水里，大家都要照一下面孔，欣赏一下自己的尊容。别人怎么看你，得先瞧瞧自己。站在水里，躲也躲不及，一直盯紧的那张耐看的脸，突然反过来看自己，仔细端详一番，有如精于风鉴的相士，一眼就看清了岁月的真实面目。哪怕瞬间印象，也清凉入味。智者乐水，水中照影，确能悟出许多理来。影子是我们永生的旅伴，闭了眼也能看得清清楚楚。想摆脱影子,把头沉在水中畅游,再去寻找,眼前亮光一闪,影子一刹那就消失了,那水比墨汁还要浓、比油墨还要黑,透透底底的黑,仿佛化成一头穷凶极恶的魔,一口将我们吞噬了。那种漫无际涯的黑,那种虚无缥缈的黑,那种云天俱疲的黑,使我们猝不及防地堕入了恐慌里,身心空灵,一股凉气像蛇一样在体内游走,整颗心,空落落的。我知道,被黑暗包围着,永远也看不到自己的影子。上得岸来才发现,周围泛起的涟漪把影子又拉得老长老长的,觉得这残影好可怕。

古人云:"人心不同,各如其面。"凡尘熙攘,各人影子迥异。顾影自怜,自觉满意,皆是找到了一个平衡点。其实,一丝不挂,水里的影子才是最真实的自己。自怜,是爱自己,不是因为人们有多高的赞誉,而是那抹不掉的品质的光芒,密藏在影子里。人长得矮一点,黑一点,丑一点,鼻子塌一点,有什么要紧的?使人见了满面生春的是影子。水总是一副柔美情怀,和我们照映着,依恋着。亦如鲜花常伴丽人的影子,赞誉常伴正义的影子,掌声常伴胜利的影子,嘲笑常伴失败的影子。鲜花掌声也好,赞誉嘲笑也罢,俱在我们勾画影子的调色板上,任尔挥斥。能不能让影子流光溢彩,全在自己。怕什么?抑或是自省吧,到底还欠缺点什么,该弥补点什么,三省自身,把人生目标往高处调一点,影子又会差了一大截,不被风浪波纹拉长了才怪呢。倘若细照还会发现,人生原本就是一出戏,前头的或许都是配戏,好戏永远在后头呢。尤其在当下转型调整的年代,谁的奶酪都可能一动,如果总是一身怨气,不论多简单多充实的工作,都会觉得是被逼的苦差。不论是多富裕,拥有多么丰富的生活,都会觉得总是唱着配角戏。想起杨万里的"泉眼无声惜细流,树阴照水爱晴柔",才知道,连一棵无情无义的树木,都爱在这至纯至清至柔的水里照一下身影,水中照影多么真实,比起镜中窥己，那幅生硬的面孔，活泼了百倍，柔美了百倍。

　　一人照影，光芒四射；众影齐映，百感交集。

　　自古以来，我们的先贤为人处世常常照影，蕴涵了许多智慧经典，告诉我们，要照影察命。人之相识，贵在相知，人之相知，贵在知心。《论语》说，"君子周而不比，小人比而不周"，"君子和而不同"，这实际上就是我们长期以来的择友处世标准，不用去在意思想不同，观念不同，什么不友异色，不友兵子，不友僧道，男女不交，耻与商为伍，等等，在全球化时代，一友知天下，为什么要排斥那些有益的必不可少的文化因子呢？又说"君子之交淡如水"，因为淡所以不腻，方能持久，久而敬之，义结金兰。至于范张鸡黍，高山流水两肋插刀的君子之交的故事，使我们长饮甘露，滋骨润心，方有今天的朋友圈朋友群朋友会，维系了一个追梦同治的社会。《论语·季氏》里说："益者三友，损者三友。友直，友谅，友多闻，益矣。友便辟，友善柔，友便佞，损矣。"对于损者，也是值得警觉和审慎。我曾见过一些面孔，养尊处优而满脸红光，一双乖戾的眼睛见了你，要么转得飞快算计着你，要么翻着白眼找不着黑眼球了，要么看人眼皮不抬一下，好像新近遭遇什么冥凶，一股肃杀之气。对于这种面孔，他自己是不愿意去水面照影子的，我们早疏远，排斥在朋友圈外，也能省却了好些心事。如此看来，照影察命，洗濯心灵，是古之文化琼瑶，丰润自己，泽被社稷。

　　水中照影，不忍舍弃的，是水的柔美情怀中，那栩栩如生的倒影，是你像你，却能穿透你，翻越时空，打开你的心扉。波纹拉长你的影子，水却印着你的心迹。佛说，人的每一次相逢都是一场修行。人一生的修行，那影子都在水中映现。名门达官，星光闪耀，形影相守，形影相亲，身外托影假名，谋事谋益，旷古未绝，何止于今天？至于含沙射影，指桑骂槐，对影泼水，戳影子泄愤的，何奇之有？影子的端庄优雅和美丽，叫我们时刻修行在路上，不断审视自己。善恶凶险喜怒哀乐，有的标致无敌，有的秀色可餐，有的俗不可耐，浓眉大眼和虎额龙隼不是一个模子刻出来的。萍水相逢，是相遇的缘分。对于婚姻，是一种修炼，长长久久，相濡以沫，一切都是纯洁的。对于亲人，是一生祝愿，和和美美，永远不失富庶的欢快。相识的每一个朋友，缘在尘埃里，是一种照应，是冷暖的相扶，彼此心灵的相契，是尘埃中绽放的绚烂鲜花。时光荏苒，流水匆匆。往往还没有体味到修行带来的愉悦，生命的旅程就已悄然过半。且照且修，且行且惜，才不致让影子模糊了你的面容，破碎，消散在至清至纯至柔的水里。

迈克尔·菲尔普斯在告别泳坛的时候，说过一句话，生命里的所有美好，都注定会在繁华之后谢幕。每个人不也这样吗，在磕磕绊绊、打打拼拼中，都能得到无数的金牌，人生际遇，一日谢幕，相面映水，水中影子是否璀璨夺目，要考问你修行的成色亮度，但如花开花谢，我们都能找回那份曾经的感动。

城市剪辑

> 城市卸掉了大门,却总想把人关在家里。人们幻想着自己的快行线,一旦上线,就会让故事乘电梯快速上下,或抛却红绿灯,梦想狂飙。

装门锁

我对生活最大的讲究,就是简单,一点也没有讲究。

换房子的时候,家里做了些简单的装修。我不管钥匙之类的,便搁置在门口的物业处,匠人们进出开门也方便。少一点琐事,多一份安心。不过,那个木工建议我把门装个木线套,说是大方阔气,开关门时能减小声响震动。我一开始不置可否,后来就顺着他的说法思索了起来。不知为何,一时想起柳如是的《赠宋尚木》:"读书兼射猎,不屑夷门傍。"门虽是脸面,也还是越简单越好的。我不想谈各类有形的抽象的门,但居家的门,无端就撩拨了我的思绪。无端就想起,门把、门槛、门额、门壁之类的,妆在自己的脸上,富有了情趣。有了豪门、富贵门、吉祥门,以及朱门、柴门、蓬蒿门等等。豪门,权贵大户人家的门,气魄威严,除了装饰摆设,和世上所有的门,给人的感觉意义差不多，细细揣度，无限深意，关在每一扇门里的精彩故事，实在懒得虚谈妄议。

　　试一思忖，门之内外，咫尺天涯。门之外是波诡云谲的瑰丽风景，而门内则是个静谧安逸的天地，冷暖，欢悦，悲喜，痛愁，凡此种种，尽情演绎。一步之隔，出门便是带着眷恋分别，入门则是温馨的团聚。每个人都依恋一堵门，尤其是自家的门，那儿关着自己的一生。有了一扇门，门的声音大小于人于家感觉意义不是很大。普通人家，门也就算是与外界的一个隔断。城市卸掉了大门，却总想把人关在家里。人们幻想着自己的快行线，一旦上线，就会让故事乘电梯快走上下，或抛却红绿灯，梦想狂飙。我觉得还是简单好，能独善其身，没必要去求外在门脸上的奢华。

　　所有工序完成后，木工、泥工、瓦工就走了。我准备搬家时，到物业处拿回寄放的钥匙，把门的老头先是给我道了喜，然后一脸虔诚，千个叮咛，万个嘱咐，说住新家要诸事求安，永世富贵太平，各项细节要如是什么，不一而足。我沉浸在搬新房的喜悦中，一一称谢。之后，他把那串钥匙递给我，轻轻耳语一句："门是一家的风水，切记要牢固。"他说，"换把锁芯，图个平安。"

　　我怔怔地望着他，知道还有许多话说。他被我望得有些不好意思起来，竟把后头的话全咽下去了。只重复了一句，要换门锁。

　　想起来他说的话有道理。亲为亲好，邻为邻安。在一个院子里住着，他当然希望大家安全啦。安全是福。可我却仍是不置可否。想一想，现在还有几个人愿意串门，退一万步，街上有小偷，他的信息可比我辈准确。我把房钱付了，还向几个朋友借了债，这小偷还不至去我家里把个债务账本拿了去替我了结吧。

我一直没换门锁,到现在才把几个债主的钱还完了,却没有半个人去开我家的门,连走错门的人都没有发现过。

陌生人退货

一楼的三爷告诉我陌生人退货的事时,我立即想到,他预设的开头成了结果。

我们住的多层楼房,没有装电梯。单元楼口的电子门很少落锁,一则是入住率不高,业主都在忙装修,进进出出的人多而杂。二则是一楼的三爷家门正对楼梯口,上上下下的每个人都像体检一样,在门口露脸识别。三爷本姓陈,个头和打扮有点像电影《智取威虎山》里的三爷,才得了这绰号。

我们居住的单元是一本书,三爷是每天打开的扉页。三爷退休前是县一中的语文把关教师,也是凑巧,一单元的几个业主都是他过去的同事,或者学生,大家对三爷一向都是恭恭敬敬的。他浑身率真,站在门口,就有一股真诚体贴人的气息扑面而来。老两口都是热心人,见了人都会亲切打声招呼,问寒问暖一番,倘有人心里不如意的事和他说了,两口子便天天记着,直想给你当好参谋,唠嗑几句,盼个好结果。时间一久,瞧见三爷,全单元的业主及各家常来的客人彼此都熟识了,楼口有这一个"防火墙",反觉得电子门落锁是多此一举。

三爷和人聊天常爱发一些感慨。大家都说他是综治稳定的义务宣传员。他常说,城里人最踏实的一个事,就是手机银行使小偷绝迹了。也赖科技发达,人人不需现金,家里不放钞票,就没有了值钱的物品,小偷上门往往捞不到一天的工钱,谁还愿意干呢?风气好了,所以他家很少关门落锁,也说从不见梁上君子光顾过。大家只是不当面揭他的短,不好意思伤害他,但丢东丢西的事时常还是有的,就劝他,防人之心不可无呵。三爷哈哈一笑就过去了。

前不久,三爷在长沙儿子家过年,老两口住了一段时间,回来已到谷雨时节。那段时间雨水特别多,很少见晴日,家里的行李什物都发霉了。他天天开了门窗去串门,连保险箱也都敞着。有天回家已经很晚了,却发现家里有人来过的痕迹。他的心宽得很,细细查看,只是放置在保险箱里的铁皮饼干桶不见了。他也没有声张,只感觉私闯宅门的不速之客拿错了东西。"桶里的宝藏虽攒了好些年,却不值钱呵!你拿两个苹果,拿条毛巾都比那玩意儿值呀!"他和老伴说,这人慌慌张张不会办事,肯定会后悔的。

第二天早上发生的事,让他颇感欣慰。

三爷每天都有早起晨练的习惯。那天下雨,他早起和老伴打伞出去散步了,依然是敞着门的。等他老两口回到家,赫然发现客厅茶几上放着那个饼干桶。他嘿嘿一笑,心里的一丝不快便一扫而光。他利索地打开桶盖,拿出里边用毛边纸包裹着的东西,那是他这些年脱落的满口牙齿,有的发黄,有的黄中带黑。一共28颗,一颗不少。他的牙已脱好几年了,又无法种,只得配上满口假牙,那些废品只能备见阎王爷用了。他包在那儿,并在毛边纸上用毛笔写了行小楷:"请阎王爷验明正身!陈三年"。

捏着那些脱落的牙齿,他左一看,右一看,没发现异样。但那行小楷字下面,却看见一行细细的钢笔字迹:"型号不符,退货"。落款署名:"陌生人"。

三爷盯着那行小字，心中久久不能平复。

红绿灯下的老年车

二哥买了一辆白色代步车，大家戏称是老年车。他每天开车接送孙子上学放学，买菜购物，穿行在大街小巷，忙得不亦乐乎。

我坐在阳台上，看大街上车水马龙，人来人往，在行色匆匆的流动中，他的代步车特别扎眼。窄小的窗户，低矮的座椅，苍白的车身，无论是熹微的晨光中，还是摇摇欲坠的夕阳里，在烈日炙烤，或是弥天风雪狂舞时刻，他总是一往无前，驾着他的战车，坚定地奔向自己的目标。二哥退休五六年了，在家待不住，谋了份小区保安的差事。他一向敬业，工作也好，家务也罢，从未出现过丝毫的差池。而接送孙子上学放学则是他最神圣的仪式。他时常和我说，愈是老年愈需要出来晒足阳光，抓住晚霞中的那抹亮色，让生命迸出火花，才能呈现色泽。生命有亮不黯。

昨天夜里一场小雪，使天地变成浑然一色，俨然是银子砌出来的。树枝、电线、屋顶都银装素裹，道路上的积雪被疾驰的车流碾压成碎银，泛着乌光，像一束束炮弹，直往绿化树上飞。天气冷得让汽车底边都穿起厚厚的裙裾。街上显然很滑。清早，二哥去送孙子上学，摇头摆尾走得很慢。他们到红绿灯前，习惯性放慢速度，连带着执勤的交警微笑和动作都慢了下来，引得后面的汽车不停按喇叭催促。大概是绿灯快切换了，他焦急地想提速冲过去，在斑马线上被交警拦下，车子一下横在了交警面前，熄火了。他试着连打几次火，都没有成功，他急得朝交警直跺脚,头上立刻冒出豆大的汗珠往雪地上淌,口里嘶哑地嚷嚷:"学生上学要迟到了!"

如同电脑屏幕卡着陷入暂停。看着时间在红绿灯里一分一秒流逝,孙子迟到要挨罚,自己返程还要买每天准点到市场的活鲫鱼,回到家刚好赶上自己的交接班。一刻的失误无法弥补,他听着红绿灯跳动的声音,忍受着一分一秒跳动的煎熬,仿佛这一刻的熄火暂停,是一种永远的停止,生命链条上的所有节奏再也不能切转。他多么希望暂停不停,一切永远不要结束啊。

执勤交警是个年轻人,从二哥近乎歇斯底里的叫声中,读懂了他满腹心思,是成长的童稚、是生活的伤痕、是抹不掉的痛苦和欢笑,是典型的老年焦虑症,伴着火急火燎的老年车轮,在面前时光里一跃而过。那是揪心的老人的忧伤,瞬间钻进全身的每个毛孔里去。眼见红灯马上切换,交警瞧着排在后面的汽车长龙,也焦急起来,边安慰他别躁,边凑过来给他打火,车子依然像是被冻凝成冰冷的一团,不冒一丝热气。交警一时也没有办法,躬起身子,伸手把排气管口的凝雪抹掉,帮他一起把车推到边上去。两人推着车离开车道才走几步,绿灯结束时,车子竟一下发动起来。交警用警哨警示涌过来的车流,注意安全,示意他先行。二哥一阵狂喜,头也不回,脱掉上身厚厚的羽绒服,像是脱下一身煎熬,抖落浑身寒意,急不可耐地挂上挡,一溜轻烟跑了,把冰冷的焦急和叹息挂在了红绿灯上。

梦的花园

> 每个盆栽里都盛满了情感的风云，修修剪剪，吹吹揉揉，所有的枝枝叶叶就都成了心中的样子。人们还是从中发现了那擦不掉的碧痕，那是他多年珍藏在心底的梦，一个梦的花园。

机关院落一尘不染，临街的花园，当初栽植有许多花草果树，尤以柚子树最多最大。古朴苍青的柚子树七八米高一棵，沿路沿墙生长着。秋冬天寒，叶落枯零，柚子树浓郁异香的叶子仿佛要直竖起来，一簇簇、一丛丛，裹满了树冠枝干，金灿灿的柚子像悬挂的一串串灯笼。

王师傅负责院子里园林管护几十年，对花花草草感情笃深。他平时不大说话，一说起花呀草呀，就浑身来神，满脸光彩。他说院子里的柚子树喜庆吉祥，每棵树自有特点。他有事没事都爱待在花园里，那里似乎藏了整个机关数不清的秘密。满园桑榆槿柘，奇花烂漫，芍药蔷薇，朝飞暮卷，桂子金菊，香影迷人。四季繁花，在季节的铃铛声里次第吐蕊，见雨长，随风艳，朵朵粉嫩，让人思绪芬芳，心事熏香。花园把机关映衬得雄伟庄严，有别样的神采。置身其中，虽临宽阔的大街，柚子树却隔离了嘈杂喧哗，院子即使不是处山川清静之地，却寂静而幽雅。在阳光照射或细雨微风时刻，抑或是大雨滂沱中，观赏精致的园林，曲折萦纤,风光秀丽,即便顶着酷热,冒着风雨,没有半点烦闷,青葱翠绿润浸,心情总是愉悦的。花草虽然时常更换品种,柚子树却是20世纪50年代修建院子的时候栽植的。树龄比现在上班的老机关大了一截。每有人调动工作,搬离院子,都舍不得这院子里的一草一木。王师傅说自己眼里梦里装得最多的,还是这花园。园里的一草一木,一枝一叶都有灵性,观照着万物苍生。

大家时常想他说的那些充满了生活情趣的话,也带着晓悟的奥妙。花园藏在机关深宅大院里,忙忙碌碌的时候,人们对花园会熟视无睹,但偶有片刻闲暇,便会体味到,枯燥的机关公文案牍外,花草树木,风流婉转。它永远是疲累中的一片森林,黑夜里的一束亮光,节日里的一幅织锦,铺陈在每个人心里。心里有什么意念,花园就能呈现什么主题内涵。任何时候,我们常记住的,往往不是阔大的场景,恢宏的气势,浩瀚缤纷的色彩,而恰恰是那些细枝末节,一滴水,一丝光,一草一木,一刻的惊心。万物竞秀,万千气象,万家灯火,尽如人生,惊鸿一瞥,挥之不去,心里常记住的才是珍贵的。

正因如此,当有一天,人们尝试着开放机关,方便群众,打造通透院落时,王师傅有点迷茫,好好的院落,非得要把花园挖了就接近群众了?在挖花园修停车场的几天,他深夜独自守在花园发呆,口里心里默念着什么,又仿佛是在呓语。他觉得人世间所有的生命都熬不过花草树木的执着,它们在季节里轮回,如太阳般升起和落下,自己却愧对了它们,尤其是那柚子树,几十年默默守候,也是一种坚守,但自己无力救赎。他的生命与花花草草结了缘,真舍不得那一草一木。想想这些年,呼吸的是花草之味,说的话是花草之情,他把自己所有喜怒哀乐融入了花草之中,只要在花园中,他就觉得到了自己温馨的世界。

在机关院落改造完成后，王师傅在管理停车场外，有时间便开始钻研起盆栽艺术。他试图构筑一个梦的花园。他是个有心人，常常和人聊盆栽，并经常到外地学习别人的做法。他感觉到，和花卉的种植不同，盆栽通常是将一棵或多棵植物种在一个盆中，经过艺术处理，依靠想象力来完成修剪及改造工作。造型、比例、弯度、盘根、健康状况等，都是要考虑的因素。必须掌握技巧的方方面面后，再创造盆栽风格。一开始，他还和行家交流松、柏、枫的培植法，以及杜鹃、榕树的培植和鉴赏，从欣赏和养护中慢慢爱上这门艺术。往往一棵树经过他长时间打造，融入艺术手法，让造型更突出，整棵盆栽便显出独树一帜的品位。

观赏着一棵棵造型独特的精致盆栽，也会随之生出青葱翠绿的草木情。人们自然看到，这世间每个人都有为之奔忙劳碌的东西，并且为之而努力，为之而奋斗。

后来，机关大院又进行了几次改造，铺沥青，栽了一些个大的桂花或银杏，更显得开阔敞亮，气度不凡。每一次王师傅都记着那些挖掉的柚子树，不停念叨，却没人会回过头来，再拾起他的那些旧梦。他再不提了，一门心思忙他的盆栽，使心里被刨掉的草木韵味复活。他就觉得，对一些自己喜爱的事物，珍藏一份纪念，不也是一种闲情逸致吗？观赏滋生想念，相见逗惹回忆。这时倒真的有些诗意和雅气，似是一缕梦境。

心里清晰记着，眼里便古韵悠悠。一些年后，人们在机关院落的空坪里，见到了王师傅独自转身后的成果。他把自己培养的那些盆景，按照大小造型、塑形风格集中摆放在院子的空地上，俨然举办了一场个人盆景艺术展览，吸引了机关院子内外的干部职工，特别是盆景爱好者前来观赏。这些经过长时间打造的盆栽，古朴苍青，因四时葱茏而显生机,却因人赋形而立了魂魄。人们赞美这些活着的雕刻,说它是碧霞珠玉,是妙手丹青,每一盆都蕴含了一种情感的刻度,融入他的创意和艺术理解,寓于人文精神之中,有的真是一盆难求。不过,驻足细心一看,就觉得这些盆栽取名似乎有点怀旧,红心柚、多子柚、露脸柚等等,不一而足。盆栽的枝梢都挂满了一串串小巧而金黄的似柚子又似灯笼的果实,轻风掠过,勾起人们清新的记忆和想象。他看到了人们的惊讶,那些赞赏让他的所有迷茫,都随风飘散。心已静谧,不再感伤,不自主就涌起阵阵暖意。

其实就是这样,盆栽的艺术,都是内心酝酿的目标情韵,能进退,善取舍,弯曲有姿,时时处处打动人。王师傅把很多思想、理解、想象都融入盆景创意中,每个盆栽里都盛满了汗水和智慧,盛满了情感的风云,修修剪剪,吹吹揉揉,所有的枝枝叶叶就都成了心中的样子。

最后,人们还是从中发现了那擦不掉的碧痕,那是他多年珍藏在心底的梦,一个梦的花园。

每天都这么走

> 春花，秋月，夏雨，冬阳，风吹扯襟，满口清凉，天天如是，等到浑身大汗淋漓，五脏六腑污秽尽泄，这便是一天里最难得的享受。

时刻都想走到最高处，哪怕是浪尖上，峰峦上，云巅上。

每天清晨，我都在龙珠湖昂首信步。想起曾经有人说，在大自然的怀抱里，我们容易忘了自己，忘了时间。我却不以为然。清晨里去领略阳光雨露，深深呼吸，迈着方步，是一件很享受的事。可是，走着走着，静下来一望，觉得自己是提脚跟人赴事，紧跟着人家的影子动弹，丈量人家走过的路程，一步一趋，往复循环。我想用力超越，却发现人家走得不比我慢，向前望望，每个人不都是这么按部就班吗？真要逞强，也不过是去虚张声势罢了。几想抽腿，却不甘心掉到队伍的最后面，这样就更容易遭到大家嘲笑，大清早的，一张张油腔滑调的脸立即跃然纸上。这时，我豁然明白，人到了一定的年纪，渐渐就失却了欲行高远的力量。在荡漾着诗情画意的早晨，连散步走走，都思前顾后的，使本来简单的运动一下变得复杂，有了挂碍一般，还怎么去享受每一片绯云，每一缕朝霞让人心花怒放的神韵呢。

时间直线前行，运动循环往复。人老不必嗟叹，又何须避讳？花有开有谢，树有荣有枯，循时而进。何况早晨晚间行走与年龄无关，与身份无关，与心里的大事小事关系也不大。也有人说，漫步是善思考者的节目。清晨走走，正可以把思想理一个头绪，廓清纠纠缠缠，让思绪酝酿的沁香浸透山河园林花木气息。每天都这么走，山清水秀之处，风光宜人，情趣自得。

广袤的龙珠湖实宜早间散步疾走。公园随地势高下，畅河疏渠，两岸尽植柳树、枫树、香樟，孤峰居正，端坐如君子沐浴听风，亦如寿龟露脊，乐得太阳晒背。山上银杏、桂花、松柏翠色欲滴，秀枝迎客，日不透荫。因其洼以为池，而累运土石以成山，整个公园便径曲而深。池畔芦荻菖蒲茂盛，云水萧疏可爱。道旁平畴沃土，遍栽桃李菊荷等，倘是春夏，花与朝霞相映，香樟青郁润肺，秋冬则仙桂满湖，梅开暗香袭人，瘦泉清心，霜同剥癣，仿佛记录着去客影踪，再来还有香味呈现。园中虽然设施简陋，于中疾走，四时景色隽秀。春花，秋月，夏雨，冬阳，风吹扯襟，满口清凉，天天如是，等到浑身大汗淋漓，五脏六腑污秽尽泄，这便是一天里最难得的享受。为什么不这么走下去呢？

人生就如早间的漫步，不急不慢，均匀迈脚。能相约相携固然是好，陟彼高岗，一路欢快，赏心悦目，兴会淋漓；独自与风景相识，物我两忘，也不必歧路彷徨！尽管老之将至，但这恰是抵抗未老先衰之良方。一路洒脱，送走凄清，阔别诸念，乃生兴味。

远山衔黛，我继续朝前走。淡蓝的天穹，迅疾飘来一片云朵，在清晨的蓝色天幕里划出一道道弧线，等到挨近了，才见是成群的鸽子，正在湖上空盘旋飞翔，湖中鸟影，羽羽清朗，平添了一番趣味。湖畔垂柳依依，和大香樟沉郁的影子杂混在一起，被高高升起的太阳涂抹成一片嫩黄，而在背阴的水里却如一朵墨绿的云，逗得鸽哨不止，久久绕湖徘徊，早早地用管弦煮沸了湖水。在茶馆侧面的草地上，一只漂亮的八哥屹立不动，聚精会神啄土里的一根什么，八哥把头不时后仰，身体浑然着力，拔出一截，足足有近十分钟时间，它不停地仰头摆尾，显出不拔出不罢休的劲头。最后，八哥双足稍一后退，用力拔出一截长约尺许的绳子，它啄了几口，发现并没有找到瞄准的食物，八哥憨态可掬，着实让人忍俊不禁。不过，那小家伙并没有灰心丧气，短暂的失望后，又紧紧盯住刚刚扯出绳子的泥土。片刻，它扑楞了一下翅膀，用喙奋力朝湿润的土壤里啄去，啄出一条肥硕乱抖的蚯蚓。这时，八哥双足并用，狼吞虎咽，三两下就美餐完毕，轻轻吱吱作鸣，振翅远去了。这令我感叹不已。早起的鸟先得食，勤快的鸟儿才有吃。生机勃勃的早晨孕育了一切希望。

刚刚走到三堤两港大广场，突见绯云遁隐，淅淅沥沥下起雨来，仲春的公园里，烟气腾腾，杨柳依依。好多来做锻炼的，或躲进篷里避雨，或三三两两疾步快走，赶往家里去。我不以为意，就这么走着，淋湿头了可以洗澡，淋湿衣服了可以再换，岂不是更其乐陶陶？我就这么走着，觉得生活就是这么可爱，突然增加了搏击的力量，一直往前，恨不得一下把每天的里程走完。

怕　热

> 底线意识不牢，说来说去，是底线外的实惠太多了，往往物超所值，诱惑力太大，必然有人窥伺，进而舍本破底，顶风博利呵。失去了群众，我们将一事无成，跑顶帽子来，做个孤家寡人，有什么乐子呢？

早晨一醒来，望见屋外太阳像洒的辣椒水，蜕去金黄色的外衣，发出灼灼的白光，云彩受不住炙热，也躲得没了踪影。对面屋顶上，每天叽叽喳喳的阳雀子也只贴着树荫蹦上跳下，生怕太阳伤了它的翅膀。屋顶反射的炫目强光，照得人睁不开眼。实际上这几天连热，自己几乎忘了感觉。看日历时节已进处暑，楼下花园里的树木都蔫耷耷的，百花尽枯。没半点遮拦的，哪儿不热呢。

小时候似乎特别爱过六月，热得受不住的时候，往水塘或河港里一跳，几个人打一阵水仗杀几个凫，凉飕飕的，什么热气热浪早没踪影了，运气好的，还摸得一两条鲫鱼改善一下生活。在每个家庭都为生计发愁的时候，我却盼着过六月。六月是少年没有寒冷和饥饿的幸福日子，谁不留恋美好时光呢？

不知怎么弄的，这些年一到热天就没地方钻，总是受不住。进城后躲在城市水泥堆砌的立方体里,日夜享受着空调吹拂,四季如春,尽管酷暑阳光炙烤,城里没有多少树木森林,池塘河流更是稀少,再没得可躲避之处,也热不到了。乡村怎样过,几乎很少去想过,更别说要怎样解决当前农村农业农民系列问题。

然而我心里感觉热的,似乎还不止这个炙热的天气,还有一阵紧随一阵、一圈紧缩一圈的烦琐缠身事务,让人应接不暇,避之不及,难解心结。前几天梳理几个矛盾问题,乡村农民非法占用耕地建房,农户田土纠纷最令人揪心。有关部门和乡镇干部多次上门做解释说服工作,因个别人暗中操纵,使得群众心里疙瘩难以消解,往上跑得越来越多,只相信上面。本来这也是好事,可是下面又没错,为什么你就是不听,而且往往还偏和你故意别扭。若要追究原委,太简单了,一个小群体舍命博利,他们把集体公共资源看成了小集团的个人自留地,谁要改变这种现状,就是麻烦,似乎其他的都与他们无关,非常漠然。有人说是我们礼乐坏了,有人说是法制不健全,还有的一味怪罪干部素质没跟上。众说纷纭。干部的手脚有点被捆起来的感觉。前一阵子,我们把脱离群众的危险剖析得清清楚楚,明明白白,到底如何消除这种危险?大道理我们天天喊,人人讲,我觉得现在的讨论越少越好,办法越多越实用越好,归根结底,还是个方法问题。感情有原则,感性有底线。各级要给群众讲清楚,群众也要守住底线呵,一次又一次触碰底线,一次又一次修改底线,已致我们被人牵着鼻子,被动不已。

对于干部来说,底线越过就是毁灭。底线意识不牢,说来说去,是底线外的实惠太多了,往往物超所值,诱惑力太大,必然有人窥伺,进而舍本破底,顶风博利呵。

近段时间,我总往下面跑,努力寻找打开这个心结的钥匙。一段时间以后，我发现自己是"得道寡助"。长期下去，会有几个人愿俯下身子，钻到老百姓堆里去，终日里口干舌燥，还得忍气吞声遭遇讥讽和攻击呢？往上跑寻找机会，耀祖荫宗固然荣光，可我们终不能费神太多呀。俯下身子，贴近群众，才是我们要终生面对，并要做好的最重要的事。失去了群众，我们将一事无成，跑顶帽子来，做孤家寡人，有什么乐子呢？我的直觉、我的良心告诉我，这样做必是短命的，时时刻刻充满危险。

想起历史上有名的苏武，在天汉元年（前100年）奉命以中郎将的身份持节出使匈奴，被扣留。匈奴贵族多次威逼利诱，欲使其投降，后将他迁到北海（今贝加尔湖）边牧羊，扬言要公羊生子方可释放他回国。苏武历尽艰辛，留居匈奴十九年持节不屈。至始元六年（前81年）方获释回汉。其间，匈奴还让李陵等劝降，苏武也未变节。苏武去世后，汉宣帝将其列为麒麟阁十大功臣之一，彰显其气概。像苏武一样不论何种处境，能守住自己的底线，有气节者，历史上有很多，如东晋陶渊明，近代吴佩孚，当代张志新、朱伯儒、孔繁森等，不胜枚举。守住底线，虽要牺牲很多东西，但守住这个节值得。荷残风骨在，竹老气节存。于谦有诗言志："粉骨碎身全不怕，要留清白在人间。"可见，我国自古以来，人们都注重气节，把守底线看成守生命。回到当前，我们讲底线，还是要回到文化道德层面，回到法律层面，两者高度统一，既有良好的氛围，也有高度的自觉，又能形成有效监督，则大事可成，气节可守。这个难道也还要等季节吗？

然而我非圣贤，也不可仙风道骨到头。在今天的热浪潮流里，标榜超凡脱俗，可能要第一个窒息。哪儿会有一丝凉意呢！我觉着没法躲避的六月里，诚惶诚恐地因应着每一天，想把自己负责的各项工作推上前去，以至想改良更大范围内的风气，却苦于满处热浪，一时又难以找到降温解表之法。想找几个志同道合者不声不吭中积累力量，百般努力，让他们踏准节拍，却又担心他们淹没在汹涌澎湃的狂澜之中，找不到自我，最终铸成我的终身之憾。

俗话说，处暑晴，干死河边马铃根。连连的酷暑有好些时日了，真是叫人难忍。而且，一进暑天，我就会惶惑不安，我最怕热。处暑了，不知后头热浪还要掀几番，故心也最愁。

与子细语

> 触摸心灵,隐隐作痛。尊崇道统,勇于担当,经过岁月的打磨,生命的欢笑与歌唱,将永远回荡在面前清流碧波之中。

靠近年底,对过去日子的长短琐碎梳理,总爱思前想后。于是,就像泛着一叶扁舟落入大江大河的风浪之中,不知前面风有多大,浪有多急,心里没底,就有一些异样,整日惴惴不安。昨晚睡着,听到"滴滴滴"的水声,特别刺耳。起来查看,果真是一个自来水龙头拧不紧了,冒出水来,一滴一滴均匀地落下,像古时计时的沙漏水漏,催得人急。

我爬起来折腾半天,才堵住漏。这时已至拂晓,便打开电脑,胡乱涂鸦。忽然一条消息让我掉入了冰窖。根据美国约翰斯·霍普金斯大学最新实时统计数据,截至北京时间2021年1月16日上午8时,全球新冠肺炎累计确诊病例数突破9349万例,累计死亡人数超过200万。梳理全球各国死亡人数数据发现,20多个国家死亡人数已经超过全国总人口的千分之一,全球单日新增新冠肺炎死亡病例数呈加速增长趋势。在过去一年里,全球平均约每20秒就有一人因新冠肺炎去世。而如果仅计算2021年的数据,则全球平均约每8秒就有一人因新冠肺炎去世!

这种生命的黑洞,使万物都在恐惧、战栗;逃避。相隔仅8秒钟,一滴水落下的时间,竟是一个人生命的终结。这真是一个噩梦!庚子年,大凶之年结出的这个毒瘤,尽管我们祭出了疫苗,按下了规律的防控键,却还恣肆狩猎在我们的家园,变幻出毒株利剑,屠戮我们的生命。现在,我们被莫测的幽灵纠缠,已走到了又一个时间的路口,走入了一种难以挣脱的囚禁。别说奋力"越狱",就连动弹一下也成了奢望。如何步出这阴影呢?心中再也无法安宁,穿衣出门,踏上朦朦胧胧的晨光,进入朝阳公园晨练。

此时的天空,半明半暗,星星还在眨着眼睛,一闪一闪。清脆的鸟鸣伴着潺潺的流水,一声紧接着一声。在公园生态清溪边,伫立的《子在川上曰》塑像面前的人工小河十分沉静,流水从高处太湖石垒成的假山上汩汩淌下,哗哗有声,形成一汪小瀑布之后,在卵石中穿梭,流到又窄又浅的石凿壑口,便形成滔滔激流。"逝者如斯夫,不舍昼夜。"想起孔子常说的"畏天命、畏大人、畏圣人之言",我驻足默立。孔子矫首昂视,铮铮铁躯,闪着寒光。两千多年前的孔子,在河边一语成谶,慨叹的仅是时间吗?"君子居易以俟命,小人行险以侥幸。"伯牛有疾,子问于牖。敬畏天命,乐天知命,君子秉性。君子也好,圣人也好,大人也罢,何须在此行险呢?未免太不值了吧。

千万年来,时间径流,正是有了生命的伴随,才会那么灵动,那么丰富多彩,那么缤纷耀目。然而现在,流淌的时间之河,竟是一个个鲜活的生命累叠。曾几何时,经历了桃李争春,夏日繁花如火,秋天矫菊傲霜,寒冬蜡梅吐蕊,生命的灼灼芳华,绽放着一路芬芳。也正因如此,时间的步伐方显清晰,我们采一缕时光,用心雕琢后,任它流过田野,流过城市,流过日月星辰中所有的时间与空间,我们都能得到启迪和慰藉。或许可以这样说,倾听时间,追问时间,雕刻时间,是我们一生的事业。却未曾想过，在无法预测未来的日子里，刚强的生命任急流冲洗，惶惑而无助。"夏虫不可语冰"，让我们徒觉生命的迷离莫测。

乐天知命，我们怎样找寻救赎呢？

子曰："吾十有五而志于学，三十而立，四十而不惑，五十而知天命，六十而耳顺，七十而从心所欲，不逾矩。"时代的烟尘，落在每个人头上，真成了一座山。沉沉地、死死地压下来，负不起，推不脱。大难当头，应该做的第一件事，除了抗疫还是抗疫。当下，紧要的是各个年龄层调整心态，跟上抗疫的节奏，随遇而安。尽管人是越长越不完美的，除开肆虐的疫情，还会逐年收获焦急皱纹和病痛折磨，但如果我们不懂得接受它们，就注定无法快乐起来。因为那才是生命和自然的常态。我们说畏天命也好，耳顺也好，从心所欲也罢，更需唤起时代的精神，就像发现器物的老旧残缺一样，还须接受自己身体的缺陷，跟上大众的防疫步伐，尽管每个年龄阶段也还有各自的困难。人生就是一场直到死前都停不下来的修行，每个年龄段，合理行事，尊崇规矩，顺势而为，明天才会一顺百顺。难道连天天消毒洗手、漱口冲凉，戴口罩，不聚集，清清爽爽、干干净净地坐在家或办公的斗室中，避难避险，尚不能举？疫情当前，不管处在何种年龄段，防疫无间隙。每个人把自己的时间用防疫的药品物品填满，用充满规矩和习俗的社会生活填满，再把虚无的功名利禄作为消遣。这样子，人生才可以放置于科学的书本中，一页页快速轻松地翻动，从出生到离世，从而跳出荒度一生的魔咒。

子曰："邦有道，贫且贱焉，耻也。邦无道，富且贵焉，耻也。"毋庸讳言，人生每时每刻都处在名利场，注定是一场与功名利禄，与荣华富贵的共行。当下，我们虽处令人目眩的物欲横流的诱惑之中，更须剑胆琴心，淡然以对。说到底，就是我们面对疫情时有正确态度，正确取舍。面对疫情时代的洗礼，我们不能随俗沉浮，心也不能焦躁难以安放。"富与贵，是人之所欲也；不以其道得之，不处也。贫与贱，是人之所恶也；不以其道得之，不去也。"追求和获取名利，畏天命之时，切莫忘了坦然淡定的人文情怀。自古以来，荣华富贵险中求。疫情时代，命安即富贵。困厄横生，非一人之祸，唇亡齿寒，世人皆忧。家国兴盛，才是我们当下最大的富贵。即使遭遇挫折不幸，坦然处之，富贵自生，就像孔子面对那弯清流的笑声，淡定而从容。由此，对生命的理解与感悟越来越深。光阴可以消磨我们的风华，更带给了我们成熟的魅力；时间可以暗淡我们的容颜，智慧与淡定却浸润在我们的心里。人文情怀，似露水沁润，历经一路风尘，只一转身，春暖花开、蝶舞燕飞的春天，终属于我们。

信念是指向的罗盘。子曰："信近于义，言可复也。恭近于礼，远耻辱也。因不失其亲，亦可宗也。"这种取向，就是信念与责任的完美统一，体现出一种责任担当精神。治疫制魔，人人有责，尽职尽责，难事也易。我们深知，责任的细节里，是我们内心强烈的道义感和责任心需要承受的负重。向来儒家道统，是信念和责任并重。尽管触摸心灵，隐隐作痛，但我们在轰轰烈烈或平平淡淡的前行中，难免会有这样的起伏。悠悠岁月，碧水长流。我们坚信，尊崇道统，勇于担当，经过岁月的打磨，生命的欢笑与歌唱，将永远回荡在面前的清流碧波之中。

好来顺想

> 顺来顺往，始于初心，是为命门。这就如心田里一颗吐芽的种子，顺着，便会生出枝叶藤蔓，开出馥郁的花朵，香远益清，自成一道风景。

闲静翻书，看到一帧冰心的相片，她的身后一副对联："世事沧桑心事定，胸中海岳梦中飞。"句子出自龚自珍《己亥杂诗》，墨迹是梁启超的，结字谨严，笔力遒劲，风格高古。冰心先生以此处世箴言表达自身的志向。原来这是1923年冰心赴美留学之前，其表兄刘放园请梁任公所书，细看落款是"乙丑闰浴佛日"，其时冰心已去美国两年多了。先生虽然身居海外，心却飞于高山大海，神驰于长江黄河。尘事百折纷呈，每见一次，顺想一回，都会读到先生关于初心的提醒：人如其文，书如其心。

千百年来，国人崇尚顺，顺于天道，得于人和。《周易·升卦》说，君子以顺德，积小以高大。芸芸众生，熙来攘往，一帆风顺，乃终生理想。顺理，顺心，顺其自然，往往视之为生活的信条、准则，乞求一个顺风顺水的精致存在。滚滚红尘，这种处世心态，也是对任何不理想结果的接受认同，哪怕那是不尽如人意，乃至有失公允。但并非得过且过或消极无为，而是在尽力之后不计得失，不执着，不强求，拿得起，放得下。这是一种心灵的洒脱，也是一种心胸的豁达，即所谓尽人事听天命。尽力了，自然没了遗憾；不执着，当然少了痛苦。无痛无憾的人生看似平淡无奇，实则登高望远。不过，顺来顺往，始于初心，是为命门。这就如心田里一颗吐芽的种子，顺着，便会生出枝叶藤蔓，开出娇艳的花朵，花朵静静吐蕊，香远益清，在四时的阴晴圆缺里，在上下俯仰间，便自是一道风景。我们莫不感叹初心的力量，能让你时刻如沐春风。

据史料记载，明朝时，夔州人青文胜赴任龙阳县（今湖南省汉寿县）典史，青文胜食同民俗，律己克勤。龙阳因毗邻洞庭湖，常常遭遇水患，当地官府却无视灾情，每年照常强行征收赋税，民众不堪重负，哀鸿遍野。目睹这一切的青文胜寝食难安。洪武二十四年（1391年）夏，龙阳又遭遇了特大洪涝灾害。青文胜难抑忧愤，慨然赴京上疏，请求减免龙阳赋税。然而两次上书均不见回复。青文胜仰天长叹："何面目归见父老。"五月初一，青文胜再次准备好奏章，击响登闻鼓，并在鼓下自缢。明太祖朱元璋闻知此事，深怜青文胜为民舍请命，降旨免龙阳赋2.4万石，定为永额。邑人感念青文胜爱民之心，建祠祀之。一个封建时代的朝廷命官，在顺民顺朝的选择上，让"帝闻大惊"，令万民动容，成为官场的一道风景线。党的十八大以来，习近平总书记明确指出，推动长江经济带发展，必须坚持生态优先、绿色发展的战略定位，为此中央加大生态环境保护督查力度。前段时间湖南省委巡视组巡视某县，在交办问题整改时，指出该县在洞庭湖生态建设上，违背中央精神，盲目决策，签订砂石开采合同，致财政损失超亿元。而相关负责人在此前却官运亨通，步步高升。群众对他们的一帆风顺是隐隐有些忧虑的。他们太顺，国家、人民还将要损失什么？和封建时代为民请命的青文胜比，他们难道不汗颜羞赧？可见顺者，不是顺水推舟的随波逐流，不是自己顺，百事顺，还须有对初心的矢志不渝，才是顺理成章。一句话，为官者，顺仕途，首先得顺民意。顺其自然，不争不辩；得之坦然，失之淡然。

    人生几难顺水放舟，不顺者往往十之八九。慢慢品味，青春年少意气风发，成长中的酸甜苦辣，青春爱恋，成家立业，儿女情长，时移世易，顺者几？中年过后，儿女纷飞，家园冷寂，尝尽人世间悲欢离合。真心的付出，假意的敷衍，恶意的欺骗都曾有过。人生跌宕起伏，生老病死，恩怨得失，不顺太多，才苦命求顺。而得失、毁誉、宠辱，皆须慢慢看破，轻轻放下，活得自在，勇于接受现实，顺其自然。逝水流年，心静如水，看顺其实是智慧。

    有人说，要想万事顺遂，那是梦想。梦里可以跑可以飞，可以发财发家，可以梦笔生花，不一而足。但古已有典，好事难成，而噩梦连连。且《庄子·大宗师》曰："古之真人，其寝不梦。"而要做到真人的地步，物我两忘，几人可达？可见痴人说梦，也不过是挖苦人罢了。滨湖小城汉寿县城有家不错的小餐馆，取名"好来顺"，颇讲究文墨，迎合了大众文化品位，一任你腰缠万贯，或者铜板无一，也不论你是高官小僚，大儒钝汉，呼朋引伴，只要进去了，便是客，你请他客不重要，重要的是心里想要的，金樽清酒，玉盘珍馐，甜咸酸辣，五味调和，飞觞醉月，诸多万事顺意，现场支付兑现，立顺铭牌，顺来了生意昌盛。

    顺者，十取一焉，百取十焉，凭心态智慧。冰心说过，成功的花，人们只惊慕她现时的明艳！然而当初她的芽儿，浸透了奋斗的泪泉，洒遍了牺牲的血雨。何曾有百事百顺？

    当我们不断回味着那些生活中的酸甜苦辣，更为留恋的其实是一种意境和心绪。那些萦绕于心头的滋味，隐匿着属于自己的甘香或苦涩，人世间无法顺得。俗话说，民以食为天。中国是一个有饮食文化的民族，杯盏面前，想好来顺，还是有的。饮食男女，于此足矣！

茶之味

> 生活倦累，闲暇之余，喝茶，沏好茶，斋中小酌，沉淀心性，小憩有趣，品茶亦如品人生。

我对品茗一向无甚讲究。沉湎于日常琐屑，似乎难有闲暇研味，渴了饮大碗茶，放下碗，一走了之。我从来不讲究茶茗与做工的精细，皆因不通茶经，不懂茶道，呷无至臻之味，喝出来的只有匆匆赶路的忙碌。镇日了无头绪，无暇欣赏路边风景，错过花开蒂落，也错过人生长河里涓涓细流。等真的顿悟了，转身回头，便觉错失了生活的诸多况味，所有怡人印痕，随着那只大碗丢在了远去的日子里，有点百无聊赖。

后来，家里换房搬家，起居之外，多了斗室，我顺阳台走廊便辟一处简陋茶斋，美其名曰德雅庐。我不求什么茶具高雅名贵，只放进两件简单家什，竹帘轻卷，廊边置一张小桌，摆上一把青瓷茶壶，几个小瓷杯，两把凳椅，头顶垂下昏黄的鸟窝灯饰，几上墨兰生情，楼下老树绿影扶疏，院子里常年草木葳蕤，怡然感受这斗室生出的一份闲暇，哪怕片刻闲坐，却是最难得的惬意时光。我暗自庆幸，好不容易在熙来攘往的尘世，觅得这一方净土，一片静谧，每每洗心，屏息思远，掏不尽胸中情怀。朋友戏谑，这斗室雅得都蹦到楼下了，谁人拾得，也该雅韵满面。

于是常坐下来，放下飞天的思绪，电炉煮水，动手醒茶，与茶为伴。我喜欢茶水汤色明亮老红的普洱，浓香弥屋，顺口顺喉的酽厚，入脑入心，立刻唤起被按住的思绪，成一股力量，缓缓在胸中激荡，趁着雅香清韵，和朋友海阔天空，闲谈说道，古今建瓴，春锉碎散，方才尽兴。乌龙、大红袍、六安瓜片、铁观音、君山茶、石门云峰等等，清心畅怀，自有情趣，让人觉得品茗中，胸怀豁达，拾获了一份自然心境。后来有好几年时间，尤喜欢泡龙井，开水现冲，清汤淡绿，苦涩风雅，久有醇厚，一盏独酌，早香飘逸远，拭过数巡，凡尘俗念，茶中洗净。

　　渐渐地，茶就回归了山里的原味，竟然就把喝茶养成了习惯。

　　红茶绿茶白茶花茶，随早晚和时令的变化而择其佳。用以泡茶，虽然都是清香怡人，更蕴含大自然的鲜活根脉，风味别致。茶中分明就有了来自高山峰巅的雄奇云雾，有了川流滩涂的曲水清韵，有了纵横阡陌的红尘，有了峒谷险壑的空灵之气，华英珠玉，蕴含红霞，茶之芬芳，全来自天地之灵，日月煦养。山川之气，时时品鉴，处处用心，各含意味，每道每杯，慢啜细呷，神思自由，日久生性，皆能言之大本大原，而究其所终极。我时常心向远海，目仰高山，山海相撞于茶盅，茶气濡染，是厚重的氤氲感，领略了个中之味，便给人以会心的惊喜。

　　于是乎理解了为何说茶乃国粹，好多古今圣贤得雅饮茶，传为佳话，方才饮出茶味来。清朝皇帝乾隆一生喜欢喝茶，精于饮馔，晚年更是嗜茶如命，得闲饮茶，往往意不在茶，而在清心畅怀，闲话古今，品味的是社稷之外生活的另一番闲情逸致。当他85岁准备退位时，一个大夫惋惜地说："国不可一日无君。"乾隆呵呵一笑，幽默地说："君不可一日无茶。"乾隆擅饮，活到89岁，堪称历代帝王中的长寿者。曹雪芹则借《红楼梦》中人物妙玉之口，讲到品茶是要静下心来，慢慢地举杯，淡淡而饮，一杯喝三口，悠然地轻轻咽下方能品出其中的滋味，若是一口吞下，囫囵吞枣，便辜负了香茗。妙玉言之凿凿："一杯为品，二杯即是解渴的蠢物，三杯便是饮牛饮骡了。"鲁迅饮浓茶是出了名的，芳烈入口，心生风雷，殊不知，浓茶饮出了他的诸多脍炙人口的经典著作。文化名人郭沫若饮茶更钟爱绿茶，茶中常得佳作。他曾写过一首称赞高桥银峰茶的诗："芙蓉国里产新茶，九嶷香风阜万家。肯让湖州夸紫笋，愿同双井斗红纱。"诗意含蓄深沉，堪称茶诗精品。

相传古时文人雅士多设茶寮，小品用具，百般考究，同友煮水，寄情论道，溺于雅趣。当今城里的茶馆多，而聚饮者寡，难得清静恬淡之心，品出茶之味。我尝到过一些朋友家设的茶斋，大都简奢不俗，落座直觉舌根发涩，更有斟而细品寻味之意。求雅得闲，单说铭牌就讲究得了，芳心斋、墨味坊、三味饮、释心座、兰雅堂等，不一而足，别致而高雅。摆设按自己喜好不类，大都以红木桌椅或千年老树古根为案。更有甚者，经营家私的日强先生，其茶斋寄柳庐，张罗着一色精雕海南花梨案椅，间置明清时期大型木雕卧虎，体型较长，宛若条几，其上平缓，色调素雅古朴，考究的墙面上，以私藏的齐白石老人一轴《绿柳垂荫图》镇斋，画中奇石点墨成金，河柳、鱼鹰散淡却不孤寂、平和但不乏味、亲切绝不媚俗，正合饮者意韵。那天我们沏的是一壶铁观音，是以红泥小火炉煮水小酌，主人洗手更衣，环伺的茶童更是故弄玄虚，侃侃谈起炉火与茶具摆设，泉水煮沸温度，小盅坐垫，种种茶事，项项细节，一应义例，看似不经意，却是处处用心，各含深意，马虎不得。有文人的痴，匠人的细，诗人的情，画家的意。边品边呷，茶才入口，仿佛见古人寄情，一页一页，雅韵飘香，躺在杯底，自在安放。我已被他的一套繁文缛节累倒。如此茶味，不如说是礼仪演绎。我等寻常之人，哪里会有这等闲功夫，暗思如此品茗之乐，怕是与古人茶寮韵味相去甚远，上者不易得，少喝一盅也罢。

茶友崇尚"禅茶一味"，讲究人缘，善缘，茶缘的。讲究在一饮一食中知礼。虽寓有艺术情味，惜乎后来人在此方面作更深发挥。在所用的器皿上，如古铜、古陶、古瓷，其式样、其色泽、其花纹雕镂、其铭刻款识、其品质乃至其他一切，皆讲究极深的艺术个性。我偶觉得这些讲究，与生活中寻得一份真意和随意背道而驰。我爱品茶，却不执着于这些言辞，拘泥于礼仪。

不过，也有一些朋友介绍的茶饮，于自身保养益处无穷，则不妨常试试。诸如绞果蓝、苦丁茶、牛蒡茶、岩茶等降血压、血脂、血糖，大红袍、普洱茶、益阳黑茶等减肥降血压，药疗改茶补，与品茶的艺术搭不上话，牵强附会岂不是贻人笑料。之所以说品茶，在于品茶知趣，知情，知性，知味，知礼仪。生活倦累，闲暇之余，沏好茶，斋中小酌，沉淀心性，小憩有趣，品茶亦如品人生。

我习惯于廊间细呷细品。随缘把盏，独处有韵，静观日月沉浮，妙得茶中往事，清风无闲时，潇洒终日夕。夜阑人静，皓月挂窗，偶有丝竹琴声相合，楼外花影绰约，焚香品茗，则齿颊留芳，口中飒飒生风，清心畅快，得自在之乐。

珍藏每一次感动

> 我珍藏每一次感动,也是撒下一路种子,追逐着开花结果远行。

我身上常带着一个小本子,随时记下自己喜爱的事物,哪怕是一句话、一缕风、一滴雨。我把每一次感动都镶嵌在字里行间。久而久之,这小本子竟积下厚厚一摞。就像收藏的奇珍,闲暇时翻翻,里面弥漫的浓郁气息,便引诱脑子不安分地远行。

十多年前,在洞庭湖畔的岩汪湖镇工作时,我到农民五叔家落脚较多。他娘儿俩的生活与千万个农民家庭没有什么两样,家什简单,了无隐匿。五叔死后,他剽悍、勤劳和怪吝的身影,却在我心里挥之不去。我翻出当年的随记本,满怀感动。那时候的乡村一年四季挑大堤,任务繁重,是件难事。我去蹲点的村安排任务,那是我第一次见到他。五叔不顾有人反对,要求分组搞竞赛,先完成先回家。村里按他的提议分土场,几个组比着干,全村像一阵风,不出半个月,任务就煞了尾。我记着,只有风知道五叔的重量。农业税和"三提五统"上缴,他家没割稻,硬是借谷卖了完成任务。后来婚姻的不幸、疾病的折磨等众多原因,使他成为全村最后一个贫困户,让人一见生悲。我记着有关他的最后一句话,他说人要像茶水一样,融进众人的口里心里,平和有味。一连串的感动让我震惊。脱贫攻坚之中，我读了诸多报纸杂志和一些网站的文学作品，心里就有了把真心真情交给读者的想法。于是，我的思绪回转，把他的脱贫经历写出来，给中国作家网发送了我的第一篇散文作品《穷困的道场》。两天后收到管理员发送的信息，我打开电脑，赫然发现在首页新作品栏里刊载了该文。之后还被一家刊物和几个大型网站转载。这一下给了我巨大的信心。我心里热乎乎的，把那些小本子好自珍藏着。

几年前，我的生活变轨，从忙忙碌碌中脱离出来，寄居北京。普遍认为，投身文学创作，四十岁之前没有功成名就，就不要再蹚这条河流。刚到北京，已过知天命的年纪，面对生生横着的这一道杠，我情绪低落，犹如困兽，日暮途穷。我痴痴翻着一摞摞随记本，寻找心灵的慰藉。徐徐回望，拜生活所赐，昔时的所有感动，都那么坚实可信，提炼出一些细节，还原情景，都是可歌可泣的文学典型。何必有一身重负呢？我边看边思索，禁不住坐在电脑前，先后写了一系列扶贫主题的散文《青龙桡·年味道》《灯火里的红与黑》等，投给报刊，均被采用。《云巅垂纶》等好几篇还被中国作家网选为一周精品，引起读者关注。 我如饮久藏的陈酿，同时也意识到，被每一次感动催行的双脚，一只是丈量着昨天货真价实的喜怒哀乐，一只却伸进了明天的文学门槛里，每一步都是热情而真实的生活。

我寓居地离作家大厦不远，每次外出，看着它骄傲的身躯直挺着，高高俯视行人，翠绿色窗户闪着诱人的光芒，让人情不自禁昂首仰视，满怀崇敬。我曾好多次尝试过走近它，却不得不躲避它炫目的光芒。但是，我觉得对文学的信仰和热爱，不应该屈服于命运，也无须纠结名利。我想更多地去了解作家的世界。

那是个盛夏的早上，我步行来到朝阳区农展馆南里十号大院外，进还是不进？在枝叶扶疏的白玉兰树下，我惶惑了。白玉兰把生命之根深深扎入地下，妖娆的身姿和灼人的颜色，像一簇簇永不凋谢的璀璨焰火，给人以启示。我踟蹰片刻，便径直叩开了常记着的中国作家网办公室大门。接待我的是个光头男子，头上光芒四射，魁梧的身材像是生铁铸成，眼镜后的双眸特别有神。他正在电脑上十分专注地修改稿件。听了我的来意，目不转睛盯着我好长时间。他被我炽烈的文学热情打动了，给我端茶倒水让座，自我介绍姓尹，笔名超侠。那一刻，我简直不相信自己的耳朵，面前就是大名鼎鼎的全国少儿科幻联盟发起人、著名科幻作家、诗人、编剧超侠！他高大的身躯，丝毫没有气势撼人的样子。上楼之前的所有疑虑畏怯一瞬间就烟消云散。就这样，我们聊起文学，不知不觉半天过去了。他又介绍我和网站各位编辑老师见面，我们和总编辑陈涛先生及原创频道编辑邓洁聆女士聊了许多创作上的问题，并拜访了同一层办公的《人民文学》编辑部的老师们。

我要离开时，超侠执意留我在机关食堂吃工作餐。我俩挑了一张靠边的小桌，多位作家和编辑老师来就餐打招呼，他都一一介绍。他吃完后，专门又给我打了一小碗羊肉汤。我细细品味，每喝一口都香甜萦怀，感觉所有岁月在饭桌上也就有味可循，而且芳香四溢。想起大师们令人拍案叫绝的大作，兴许就在这小桌上获得灵感，横空出世，心里就热血喷涌，觉得创作这件事也更加令人醉心。

送我走上宽阔的农展馆南路时，超侠亲切地说，文学创作其实是一种生活态度，生活方式，是无法删除的生活经验留影雕痕，给读者一个新的视角体验。以你的文学基础、生活积淀，你会有一个完美的人生。

我在北京常参加作家们的各种文化活动。与许多作家、编辑老师交流时，每每说到超侠老师，大家都说，他是一个你想见随时可见到的人。但是，他对人预设了门槛，常常习惯看人品、看作品，品鉴你的文学情怀。尔后，他陆陆续续向一些大型报纸杂志推介我的作品，均被选用或转载。我庆幸过去的随记本又派上用场，每一次感动被重新点燃，那些久久珍藏却渐渐黯淡的往事又开始鲜亮起来，并终将呈现精彩的结局。

去年，中国科协和北京市政府主办了 2021 中国科幻大会，我参加了丰富多彩的活动。我和几位著名作家、诗人前往人民日报社等地参观学习，面对面和《人民周刊》等多家报刊、人民日报出版社的多位编辑专家，进行了全方位交流。在新的视野里，我得以有机会开辟并拓宽自己的创作空间。这一次经历中令我忐忑不安的是，几位作家在集体合影时，竟把我安排在正中间的位置，让我看到他们对文学新人的扶掖是发自内心的，是骨子里与生俱来的。几位著名作家和编辑老师对我新近长篇小说的创作进行讨论，在人物塑造方面传授了许多金点子，给作品注入更多内涵。正是大家的精心指导、鼎力相助，才有我的一篇篇作品问世，才有近二十万字散文集《望潮归》得以登上文学的殿堂。

我珍藏每一次感动，也是撒下一路种子，追逐着开花结果远行。

后　记

"天地有大美而不言，四时有明法而不议，万物有成理而不说。"这是古圣先哲面对自然发出的不尽感慨。天地无言，美在其间；四时有序，时光斗转；万物循仪，安详泰然。身处农业社会的人们，没有工业化时代对效率的过度追求，却能在面对万物时生发出美的遐思，感悟天地的哲理意蕴，为人类文化的奔涌江河不断注入活水。先哲们留下珠玑文字，构筑起蔚然壮观的文化殿堂，让后人叹为观止。身处变革时代的我们，要延续崇文重道的传统，刻录时代的变迁和脉动也非易事。这需要亲近自然的观察体悟、接续古今的哲理思考和诉诸笔端的文化情怀，如此，方能成就引人入胜、令人感动的文字。

我一直努力捕捉身边生活的些微变化。现将近年用真心真情记下的数十篇短文结集出版，抛砖引玉，希望广大读者朋友不吝赐教。之所以命名为《望潮归》，并以潮字贯通各辑，是因为这既是感悟天地万物美美与共的生机之潮，是直抒胸臆的情感之潮，也是湖湘文脉绵延传承的文化之潮的混合体。当然，时代大潮迭荡，山川风物犹在，使这万千种种熔为一炉，慢工陶铸为眼前的文字，皆是敬畏和礼赞造化、追慕先贤、描绘当下，从而寻觅到我们共享的机缘。如果要总结这些文字内容的特点，那么，我觉得有以下三点。

发现自然之美，享受山川之乐。放下自我，把心浸润在岁月的尘埃里，物我两忘。忙碌嘈杂中，经常忽略身边风景，一朝突然有了灵气，一经搓揉点化，便是绵绵无尽的乡愁，以美的形象跃然于纸上。梧桐小草、老树葛藤、石潭飞瀑、虫鱼花鸟皆是文字笔墨最佳的栖息之所，更是湖湘大地平凡山水的魅力，以及文化和人们情感的注入。对于由乡入城并熟悉了都市生活的人们而言，自然往往与乡愁如影随形，故乡是心灵的归依之地，为我们提供了对抗各种有形无形的都市生活压力的心灵浴池，我们需要在自然的呵护中让灵魂暂歇，获得继续前进的力量。

升华哲理之思，体悟求索之乐。对生活的热爱让我们获得丰厚的馈赠。我常迷于山野之间追问生命的本真，沉溺于市井探求生活的雅兴，稻粱之谋可以领略人生百态、人情之缘可以洞悉微妙机理。平常心得大自在，平凡事悟大智慧。西湖晨日、洞庭夜月，轻易触发心灵的遐想，大浪淘沙、米面物语，最易引起对往昔的追忆与反思。静观天地，恬淡如常，家长里短，不失本色，既能为花事而神伤、为逝水而惋惜，也能为酒香而陶醉、为渔火而喟叹。父老乡亲的生存状态，普罗大众的生活变迁，便折射出时代的发展脉络，也令人洞悉了新旧交锋交融的瑰丽景致。

感悟文脉之旅，品味文化之乐。厚重的湖湘文化之中，留下了帝王将相、迁客骚人的足迹，在中华文化的殿堂上展现出别样的风采。诸如杜工部客死湘水、刘禹锡贬谪朗州，迁客入湘是诗人个人的不幸，却也是湖湘地区文化发展"破天荒"之幸。范仲淹畅想洞庭湖、朱文公讲学岳麓山，湖湘地区开始以积极的姿态融入中华文化发展的洪流。濂溪一脉贯千年，湘水入江尽余波。我长期工作生活在基层，越是在这种文化的边陲，越能独享一些特色文化之精髓，得以活水煮活鱼。伴着一路风尘，一路修行，钟爱的目平湖，传奇的金牛山，既是视觉盛宴，也是文化美酒，厚重博大的文脉不时从历史深处涌来，影似流云，却历历可记。以平视的态度对待生活和他人，方能以更博大的视野把握文化的源流。以文人墨客为代表的雅文化和以柴米油盐为主要内容的俗文化，锻造了我们真实的生活，而今被年复一年的潮水打磨得光华如许。

心之所系，梦之所往，情之所归，教人再也按捺不住激动的心，拿起笔饱蘸浓墨，欣然写下这些文字。林林总总，倘能为广大读者提供真的启迪、美的享受，帮助奔波忙碌者缓解压力，收获些许的宁静与自由，并启发智慧和哲思，那将是善莫大焉。

我在这里要感谢一路相伴的各位领导、同事和朋友，是他们对我工作和写作的支持，令我珍藏一份独到的生活素材，让我有了精彩的人生脚本。我将从这里起笔，渐次走向人生剧情的每一场。解以刚、余仁和、徐政等，以他们精彩传神的故事，伴我度过写作中的寂寞和虚空。感谢中国作协原副主席、书记处书记，著名作家高洪波先生，百忙之中拨冗指导，倾心推介，令人感动。感谢著名学者姚建彬教授在教学科研之余，逐篇阅稿，精辟分析，研墨作序，敦促我创作路上一路前行。感谢著名学者李山教授，还有著名作家唐浩明、王彬、安武林、超侠等给予的诚挚批评和鼎力推荐。感谢人民出版社的文字编辑王璐瑶和美术编辑石笑梦，她们修改润色，精心设计，为本书增色不少。好友曾明山、何权，为本书提供精美的摄影作品，丰富了全书内容。由于时间仓促，本人水平有限，书中疏漏舛误在所难免，恳请广大读者批评指正。

2022 年 7 月

图书在版编目（CIP）数据

望潮归 / 曾庆国 著 . —北京：东方出版社，2022.11
ISBN 978 - 7 - 5207 - 2931 - 4

I. ①望… II. ①曾… III. ①散文集　中国　当代　IV. ① I267

中国版本图书馆 CIP 数据核字（2022）第 145836 号

望潮归
（WANG CHAO GUI）

作　　　者：	曾庆国
责任编辑：	杨美艳　王璐瑶
装帧设计：	石笑梦
出　　　版：	东方出版社
发　　　行：	人民东方出版传媒有限公司
地　　　址：	北京市东城区东四十条 113 号
邮政编码：	100007
印　　　刷：	中煤（北京）印务有限公司
版　　　次：	2022 年 11 月第 1 版
印　　　次：	2022 年 11 月北京第 1 次印刷
开　　　本：	710 毫米 × 1000 毫米 1/16
印　　　张：	18.75
插　　　页：	2
字　　　数：	232 千字
书　　　号：	ISBN 978–7–5207–2931–4
定　　　价：	68.00 元
发行电话：	（010）85924663　85924644　85924641

版权所有，违者必究　本书观点并不代表本社立场
如有印装质量问题，请拨打电话：（010）85924736